The Sirens of Titan

泰坦星的海妖

Kurt Vonnegut
馮內果——著
張佩傑——譯

目錄

導讀
面對末日

童偉格（作家）

我們在世界末日中該有什麼樣的行為舉止？當然，我們更應該善待彼此，但我們也不該再那麼嚴肅。笑話是很有益處的。還有，如果你沒養狗的話，去養一隻吧。

——馮內果，〈最後的演講稿〉

上個世紀末，得益於麥田出版的一系列作品，我初次讀到了馮內果的小說。從此，馮內果就是我私心喜愛的小說家。當時，我認為很容易可以判讀：馮內果小說創作的高峰期，無疑，正是在一九六〇年代。因為幾部代表作，都在這個時期完成的。如《第五號屠宰場》（*Slaughterhouse-Five*, 1969），這部特別是就書寫技藝而言，遠遠超越一般科幻之作的現代文學經典。現實中，死傷比廣島原爆更慘重，卻更無人在意的德勒斯登大轟炸，由馮內果在小說裡，碎碾為主角比利．皮格利姆，在時空裡錯亂跳躍的餘生。對我而言，馮內果是以小說，發明了一種相當基進的記憶形式，去直面集體的無記憶。實因龐然的暴力，本就難以由個人，去全盤真栩地留記，然而，小說裡，比利一生的失序、無法痊癒，只好力圖超然自癒的荒誕歷程，銘印了那般暴力，在遭難之人獨自記憶裡，一再欺身的實感。

或如《貓的搖籃》（*Cat's Cradle*, 1963），這部切剖原子彈創造者，那闃黯（如果不是虛無）內心宇宙的探測之作。馮內果的提問是：為什麼，人會在明知其毀滅性的情況下，還是必得創造出原子彈不可呢？也許，並沒有什麼偉大的道理——僅因但凡科學理論上可能之事，人不免皆想不計後果去證實。而會否，這般不可自抑的、孩童式的好奇心，既前領人類智識進展，同時，也將成就對人文世界的徹底背棄呢？這個命題，早在整整六十年前，馮內果就已作出極深刻的摹寫。

對我而言，這是馮內果書寫的獨特性：在他的小說裡，人類歷史的總體世故，始終，總像是被把玩於孩童之手那般瀕危。於是，關於人間世故，一個人體解得愈多，他就更愈迫近那種恐怖的天真。因此，更愈惶然失措。彷彿人世並不值得經驗。除非，此人終於學會一種認真且堅毅的幽默，去適應這種致命的天真，並重尋這般適應的個人意義。某種另類的自我啟蒙。更多年後，當我理解宏觀看來，也許，上述自我啟蒙，正是馮內果所有小說的一致意向後，我恍然明白何以，馮內果個人最喜歡的作品，會是《泰坦星的海妖》（*The Sirens of Titan*, 1959）。

也許，可以這麼說：在馮內果一生探索的蹊徑上，《泰坦星的海妖》這部早期之作，封印了更質簡的扣問，因此，是馮內果的讀者們，最不應錯過的一部小說。質簡，因為就敘事分析而言，《泰坦星的海妖》，並不像馮內果的其他代表作那般繁複，亦不牽涉二十世紀裡，重大的歷史事件。整部小說，只藉由在地球上，主角們（以及一頭與飼主，同困在「漏斗狀時間地區」裡的狗）的遇合，及火星人對地球所發動的一次無厘頭戰爭，引領讀者，抵達主角們最後，在泰坦星上的察知：原來，上百萬年來，地球上的每個人類，曾經做過的每一件事，無一，不是十五萬光年外，特拉法馬鐸人（他們是一群機器人）有意的設計。其目的，只是為了透過人類，傳送一個護身符大小的零件，讓擱淺在泰坦星上的特拉法馬鐸信差，得以修復一艘太空船，以便繼續前往宇宙邊緣，傳遞一聲接近無意義的問候。這就是人類文明的總體意義。

扣問，則因當小說的敘事，總體歸攏於上述察知時，整部《泰坦星的海妖》也就自我還原，成為事關創世論的重新提問：在察知了自己的文明，乃遠方的機器人所造的這一真相其後，「人類」究竟是什麼呢？還有什麼存在的目的呢？由此，《泰坦星的海妖》亦成為更本質化的科幻小說。

本質化，因為當真相揭曉，察知者的生平，無論是受苦或享樂，頓時皆都無意義時，小說家馮內果，卻為我們再現了一個滿溢生機、幻真如夢的泰坦星——這顆衛星上，有漫生的綠藻，無垠泥炭地，群棲知更鳥，以及掠過天際的璀璨土星環。彷彿，是當存有的目的驟然失落後，小說主角們，才重新獲贈了真切的生活。多年後重讀，我認為，《泰坦星的海妖》這部小說裡，泰坦星上的生活圖景，以及小說最後，在白雪覆蓋的公車招呼站裡，小說主角之一，馬拉吉．坎斯坦特等候故友的場景，是我個人讀過，最優美的馮內果書寫。

使人動容的，除了馮內果不馴的想像力外，也因為他所描述的，那些完成傳遞太空船零件任務之人，在傷停時間裡的生活實習。學習別無目的的情感。學習彼此關愛與善待的方法。以及，也許最重要的——在橫遭一名恐怖孩童之手，給莫名操弄並摧毀後，學習在末日裡，猶能復原如真摯孩童的可能性。一如從《泰坦星的海妖》開始，直到過世前所宣讀的那篇〈最後的演講稿〉（收錄於《獵捕獨角獸》一書），半世紀寫作裡，小說家馮內果一再尋索的可能性。

第一章　介於羞怯和遙遠之間

我猜，天上有某個人喜歡我。

——馬拉吉．坎斯坦特

當今，每個人都知道如何從自我找到人生的意義。然而人類並不總是如此幸運。大約不到一個世紀之前，不論男性或女性，都無法輕易探知他們自身的諸多謎團。

他們甚至無法說出通往心靈的五十三個門脈中任何一個門脈的名稱。華而不實的宗教變成賺錢的大事業。

由於人類對自己之內的真理一無所知，因此不得不向外追尋——一再逼使自己尋往更外面的地方。人類之所以向外追尋，主要是想知道到底誰才是天地萬物的真正主宰者，以及天地萬物的作用究竟是什麼。

人類一再將先遣人員往外推展。最後，將那些人推進太空，進入無色、無味、無重量且永無止境的太空海。

人類將他們像石子般狠狠拋進太空。

這些不快樂的先遣人員最後卻發覺，他們所發現的，在地球上早已處處可見——無止盡且毫無意義的夢魘。無垠外太空裡蘊藏最豐富的東西，有以下三樣：內容貧乏的英雄詩、低級喜劇和毫無意義的死亡。

最後，外太空喪失了它原本令人產生幻想的吸引力。

只有內部世界仍然值得探索。

只有內部世界仍是未開發的處女地。

這是善良和智慧的開始。

從前心靈尚未被探索的人類是什麼樣子呢？

以下的真實故事發生在夢魘年代，也就是大約介於第二次世界大戰和第三次經濟大蕭條之間的幾年內。

§

曾經有一群人。

那群人會聚集在一起，是為了即將出現靈魂顯形的現象。有一個人和他的狗將要顯形，將要從空氣中出現——先是稀疏地逐漸現身，最後，變得與活生生的狗和人一般真實。

不過，那群人將見不到這場顯形。這次顯形是只發生在私人土地上的私人事務，因此顯然地，他們絕對不會受到邀請而得以參與此一視覺饗宴。

這場顯形就像現代文明社會裡的絞刑，發生在四周沒有窗戶的高大圍牆內。而等在牆外的那群人，與圍牆外不得其門而入的群眾十分相像。

那群人都知道自己不可能看見什麼，卻覺得能夠靠近並看著圍牆、幻想裡面正在發生什麼，是件極為有趣的事。顯形和絞刑的神祕之處都在圍牆的阻隔下魅力大增。而且，由於病態的幻想，這些幻想製成了許多春宮畫式的幻燈片——被群眾放映在石牆上的春宮畫式幻燈片。

那座城鎮名為「新港」，位於銀河太陽系地球美國境內的羅德島上。至於那道牆則屬於倫法德的私有地。

顯形發生前十分鐘，警方的特勤人員散播謠言說：「顯形已經提早在圍牆外面發生了，可以在兩個街區外的地方清楚看見那個人和他的狗。」群眾因而飛快跑到十字路口，想親眼目睹這個奇蹟。

群眾對於奇蹟的愛好已達到瘋狂的程度。

群眾隊伍最後面有個重達三百英磅的婦女。她罹患甲狀腺腫瘤，帶著一顆焦糖蘋果和一名臉色蒼白的六歲小女孩。被她抓住的那個小女孩一下子被拉往那裡，一下子又被猛拽向這邊，簡直像極了一顆綁在橡皮筋末端的球。「萬達・瓊。」她說：「假如妳再這麼無理取鬧，我下次絕對不會再帶妳去看顯形。」

§

過去九年當中，每五十九天就出現一次顯形。世界上最有學問和最值得信賴的人，都曾哀求能擁有觀看顯形的特權。可是，不論那些人的請求如何冠冕堂皇，還是被冷峻地拒絕。每次拒絕的理由都一樣，都是由倫法德夫人的祕書執筆：

溫斯頓．奈爾斯．倫法德夫人請我通知您，她無法依您的請求邀請您來觀看顯形。她確信，您一定會諒解她的感受——您想觀看的顯形現象，其實是非常悲慘的家庭事務。因此，不論動機多麼高尚，這實在不適合外界人士前來細查。

倫法德夫人和她的員工並沒有對來信詢問顯形的幾萬個問題加以回答。倫法德夫人認為她並不欠這個世界任何資訊。外界要求她有義務在每次顯形發生後的二十四小時發布報告。不過，她每次的報告都不超過一百字。每次都由管家張貼在通往那片私有地某個入口處牆上的玻璃箱裡。

那道通往私有地入口的門很像愛麗絲夢遊仙境的門，位於西牆附近。門高四呎半，是鐵製的，以巨大的鎖緊緊封閉起來。

私有地的大門則用磚塊團堵起來。

出現在鐵門旁玻璃箱裡的報告相當令人喪氣和埋怨。其中隱含的訊息只會使那些存有好奇心的人更悲傷而已。報告說明了倫法德夫人的丈夫溫斯頓和他的狗卡薩可顯形和消失的確切時間。溫斯頓和狗的健康狀態一向都被寫為良好。報告裡也暗示著倫法德夫人的丈夫能夠清楚看到過去和未來，卻又故意不表示他們看到什麼。

§

由於現在群眾已被誘離那片私有地，一輛出租高級轎車得以抵達位於西牆的小鐵門前。一位身材瘦長、穿著愛德華時代服飾的時髦男子從轎車裡走出來，拿出文件讓看門的警察查看。他戴著墨鏡、貼著假鬍子來喬裝自己。

警察點點頭，於是男子就從口袋裡掏出一把鑰匙打開鐵門。他很快地走進裡面，「砰」一聲猛然關上鐵門。

接著高級轎車就開走了。

小鐵門上方有一塊告示牌，上面寫著：小心惡犬！夏季落日的光芒在牆頂的碎玻璃片上閃閃發光。

走進私有地的男子，是有史以來第一個被倫法德夫人邀請前往觀看顯形的人。他並不是什麼偉大的科學家，甚至沒受過什麼良好教育。大一新鮮人的日子才過一半，他就被維吉尼亞大學開除了。他就是來自加州好萊塢的馬拉吉·坎斯坦特。他是最有錢的美國人，也是個惡名昭彰的浪蕩子。

小心惡犬！——這是寫在小鐵門告示牌上的警示語。但在牆裡頭，卻只見一副狗的骨骸。牠被殘忍地用尖釘項圈套住，串掛在牆上。這具骨骸來自體型非常巨大的猛犬，長形齒互相齧合。它的頭顱和緊閉的上下顎形成典型撕裂肉品的機器。這裡曾有一雙明亮的眼睛，那裡曾經有一對靈敏的耳朵和一對敏銳的鼻孔，那裡也曾有食肉動物的腦。甚至彷彿還看得見令牙齒得以生長在肉裡的成串肌肉。

那具骨骸非常具有象徵意義——它是某種會話的小道具，由一位幾乎不和人說話的婦人所擺設。從來沒有狗死後像那樣掛在牆上。倫法德夫人向獸醫師買來骨骸後先漂白、磨光，再逐一加以串連。那副狗骨骸是倫法德夫人在受盡時間和丈夫對她的多次惡作劇與耍弄之後，才做出的銳利諷刺又曖昧難懂的註解。擁有一千七百萬美元財產的溫斯頓·奈爾斯·倫法德夫人可以很輕易地在美國上流社會裡獲取最高社會地位。她不僅身體健康、風姿綽約，而且才華洋溢。

她的才華表現在寫詩上。她曾以筆名出版一本名為《介於羞怯和遙遠之間》的小詩集。那本小詩集出版後還頗受好評。

她之所以如此命名詩集，是因為在小字典裡介於「羞怯（Timid）」和「遙遠（Timbuktu）」之間的單字都和「時間（Time）」有關。

不過，像倫法德夫人這麼富有的人，還是會做出一些將狗骨骸掛在牆上、用磚塊堵住大門，以及讓過去以優美著稱的花園變成荒蕪的新英格蘭叢林等令人困擾的事。

此寓意是：擁有金錢、地位、健康、風姿綽約和才華洋溢等，並不代表擁有一切。

馬拉吉・坎斯坦特，也就是那個最富有的美國人，鎖上了他身後那道愛麗絲夢遊仙境的門。他將墨鏡和假鬍子掛在牆上的長春藤上。他精神煥發地經過狗骨骸，同時雙眼還看了一下手上的太陽能表。七分鐘過後，一隻名為卡薩可的巨型猛犬將顯形，並且在這片私有地上徘徊。

「卡薩可會咬人，請務必準時。」倫法德夫人在她的邀請函上如此註明。

坎斯坦特看過之後不禁笑了笑——竟然警告他務必準時。務必準時意味著必須以把自己當做某一點的方式存在，也意謂著必須準時抵達某個地方。坎斯坦特確實以把自己當成某一點的方式存在——他實在無法想像若用其他方式存在的話，將會是什麼樣子。

而那也正是他想要找到答案的事情之一——若用其他方式存在的話，會是什麼樣子？倫法德夫人的丈夫就是以其他的方式存在。

溫斯頓・奈爾斯・倫法德兩天前才駕著他那艘私人太空船離開火星，駛進星圖上從未記載的一個同向彎曲的漏斗狀地區。全程和他共同乘坐太空船的只有他的狗。現在，溫斯頓・奈爾斯・倫法德和他的狗兒卡薩可是以波動的現象存在——很顯然地，此種在扭曲螺旋體內的脈衝，其起源來自太陽，盡頭則在獵戶座的參宿四星[1]。

地球將在中途攔截那個螺旋體。

§

幾乎每一種對於那個漏斗狀地區的簡短解釋，都必然會遭到此領域專家們的攻擊。不過，無論可能會遭到什麼樣的攻擊，希瑞·赫爾博士的簡短解釋或許是最好的一種。它出現在名為《神奇的事物》的兒童百科全書第十四版裡。感謝出版商同意本人刊載出全文來：

同向彎曲的漏斗狀時間地區——想像你的父親是地球上有史以來最聰明的人。他熟悉地球上每件被發現的事物，對每項事物的看法都非常正確，且還能證實他對每件事的看法確實都正確無誤。現在，再想像居住在一萬光年遠的某個美好世界裡有個小孩，而那個小孩的父親是那個遙遠的美好世界裡有史以來最聰明的人。那個小孩的父親和你的父親不僅一樣聰明，而且也和你的父親一樣，對每件事物的看法都是正確的。兩個父親都很聰明，也都有很正確的看法。

不過，假如有一天他們兩人碰面的話，將會引發激烈的爭執，因為，他們對每項事物的看法都將大異其趣。當然，你可以說你的父親是正確的，而那個小孩的父親是錯誤的，可是，宇宙是個極為巨大的地方。它仍然有足夠的空間提供給每個自認對所有看法都正確無誤、但又不會和別人引起爭論的人。

至於那兩位看法正確的父親之所以還是會引發激烈的爭論，最主要的原因就在於對所謂「正確」有太多種不同的看法。雖然如此，宇宙裡仍然有些地方可以讓每一個父親能夠了解另一個父親所說的是什麼意思。在這些地方裡，所有不同種類的真理都像你父親手腕上太陽能表裡的各種零件，適切且巧妙地結合在一起。我們就稱這些地方為「同向彎曲的漏斗狀時間地區」。

太陽系裡似乎充滿許多這種同向彎曲的漏斗狀時間地區。其中有一個巨大的同向彎曲的漏斗狀時間地區是我們所確知存在的，它喜歡滯留在地球和火星之間。我們之所以得以知曉那個巨大的同向彎曲的漏斗狀時間地區，是由於有一個地球人和他的地球狗曾經闖入裡面。

或許你會認為，進入同向彎曲的漏斗狀時間地區並看到各種不同看法都是絕對正確的，那將是一件美好的事，可是，這樣做其實非常危險。那個可憐的人和可憐的狗被驅散到很遙遠、很寬廣的地方，不僅超越空間，還超越了時間。

「Chrono（kroh-no）」意指時間；「Synclastic（sin-classtick）」是指所有方向都朝同一面彎曲，像橘子的皮就是最佳例子；至於「Infundibulum（in-fun-dib-u-lum）」則是像凱撒大帝和尼

1 參宿四星（Betelgeuse）：獵戶座的亮星，但並不穩定，是光度會變化的「變星」，亦是距離地球一千光年以內最大的恆星。

羅皇帝等古代羅馬人所稱的漏斗。假如你不知道什麼是漏斗，可以請你的媽咪拿給你看。

開啟愛麗絲夢遊仙境之門的鑰匙是連同邀請函寄上的。馬拉吉．坎斯坦特將鑰匙放進他的毛料長褲口袋裡，然後就順著眼前一條小徑往前走。他走路的時候影子拉得很長，落日平射的光線使得樹頂盈滿落日餘暉。

坎斯坦特帶著邀請函慢慢地往前行，在每個轉彎處都特別留意，以防遭遇到挑戰或刁難。邀請函上面的墨水是紫羅蘭色。雖然倫法德夫人只有三十四歲，她寫出來的字體卻像出自一名性情古怪的老婦人之手。在邀請函裡，她明顯表達出對從未謀面的坎斯坦特的嫌惡。至少可以這麼說，整封邀請函是在心不甘情不願的狀況下寫成，就好像是寫在一條弄髒的手帕上。

在邀請函上她如此寫道：

> 我丈夫在前一次的顯形當中，一再堅稱下次他顯形時你一定要在場。雖然我一再向他說明這將會帶來許多顯著的妨礙，仍舊無法說服他。他同時堅稱他非常了解你，曾經在泰坦星和你相遇。根據我個人粗淺的了解，泰坦星是土星的衛星。

在邀請函的每個句子裡，幾乎都可以看到「堅稱」這兩個字。倫法德夫人的丈夫一再堅持做一些她非常不表贊同的事，於是，她也就反過來堅持馬拉吉．坎斯坦特的行為必須表現到最好的狀態，像個他從來不曾成為的紳士一般。

馬拉吉．坎斯坦特從來沒有到過泰坦星。據他目前所知，他從來沒有到過包圍著他出生的星球——地球大氣層以外的世界。很顯然地，這是他將要學習的。

§

小徑的轉彎相當多，使得能見度的距離很短。坎斯坦特正走在寬度只有除草機寬的溼綠小徑上。事實上，那條小徑正是割草機除草後遺留下來的行跡。小徑兩旁則長滿綠牆般的草叢，讓原本的花園彷彿成了叢林。

割草機拓出的小徑繞行經過一座乾枯的噴泉。當初操作割草機的人非常有創意地在此處使小徑自動分成岔路。坎斯坦特可以選擇自己喜歡的一邊繞過噴泉。他在岔路前停下來，抬頭往上看。噴泉本身就是一件非常有創意的傑作，由許多直徑漸次減少的石碗堆砌而成。這些石碗是一座四十英尺高圓筒形柱體上的柱環。

一時衝動下，坎斯坦特並沒有選擇岔路中的任何一條，反倒攀上了噴泉。他一碗接著一碗地踏著往上爬，希望抵達頂端時，能夠清楚了解自己已經走到哪裡、究竟該往哪裡走。

現在他已站在最頂端，雙腳踹在巴洛克式噴泉最小的石碗上，腳底還踏著被他踩壞的鳥巢。馬拉吉．坎斯坦特瀏覽整片私有地，也瀏覽了新港絕大部分地區和納拉甘西特灣。他舉起手表對準陽光，讓它好好痛飲一番。陽光之於太陽能表，就如同金錢之於地球人重要。

清新的海風吹亂了坎斯坦特的藍黑色頭髮。他的外表長得相當不錯——微胖，膚色較深，有著詩人般的雙唇，一雙柔和的棕色眼睛深藏在像極了克羅馬農人[2]的眉梁裡。他三十一歲。

他擁有三十億元的資產，大多是繼承而來。

他的名字有「忠實信差」的意思。

他是個投機商人，大多炒作公司股票。

每當坎斯坦特喝酒、吸食麻藥，或是和女人作樂之後，他只渴望一件事——接到尊貴且重要的訊息，值得讓他謙遜地帶著它在兩點之間傳送。

在坎斯坦特自己所設計的盾形紋徽上，簡單地寫著這個座右銘：信差在等候。

根據推測，坎斯坦特心中所想的，是希望上帝能傳送訊息給另一個同樣卓越的人。

坎斯坦特再次看了看太陽能手表。在兩分鐘之內，他必須爬下噴泉並且抵達那棟房子——避免卡薩可在顯形後尋找陌生人追咬。坎斯坦特對著自己放聲大笑，他想，假如倫法德夫人看到來自好萊塢那個粗野、暴發戶式作風的坎斯坦特先生，將他所有的造訪時間都花在爬到噴泉上以躲避一隻純種狗，不知會多麼高興。倫法德夫人甚至可能會打開噴泉的水。

說不定她現在正注視著坎斯坦特。那棟巨大房子距離噴泉只有一分鐘路程——一條比小徑寬三倍、同樣是割草機遺留下來的路徑，將房子和叢林隔了開來。

倫法德大樓由大理石建造，是仿造倫敦的懷特霍爾宮[3]宴會廳所建成。就像新港地區大多數大廈，倫法德大樓和全美國各地的郵局辦公大樓及聯邦法庭建築物都有某些相似之處。

倫法德大樓會使人情不自禁地對其所要表達的概念留下深刻印象：資產雄厚的人。毫無疑問地，它當然是自從古夫大金字塔建造以來另一個對於比重的偉大嘗試。就某方面來說，它比古夫大金字塔更具有向耐久性挑戰的意味。古夫大金字塔在直指天際的同時尖端卻逐漸變小，最後什麼也沒有；而倫法德大樓則直指天際卻什麼都沒消失。若將它倒過來看，情形還是一樣。

當然，大廈的比重和耐久性與它以前的主人相照之下，是相當不一致的。因為，除了每五十九天會出現一小時之外，它的主人並不比月光更真實、具體。

坎斯坦特爬下噴泉，腳下的石碗邊緣尺寸愈來愈大。當他抵達最底部的時候，內心充滿想看到噴泉噴水的強烈欲望。他想到圍牆外面的群眾，那些群眾應該也會很高興看到噴泉噴水。他們一定會相當著迷——看著最頂端的迷你小石碗因盛滿水而溢到下面接連著的小石碗，然後小石碗的水又因滿溢而流瀉到再下一層的石碗，如此一個石碗接著一個石碗溢出水……接連不斷地，簡直像一部溢水狂想曲，每個石碗都唱著它自己的水之歌。至於在最底部，則有一個碗面朝上的超大型石碗。它的碗底還是乾燥的，但同樣極為貪得無厭地等待又等待，等著第一

2 克羅馬農人（Cro-Magnon）：為舊石器時代後期居於歐洲大陸的長身頭原始人。

3 懷特霍爾宮（Whitehall Palace）：原英國王宮。

滴甜蜜的水滴掉落下來。

坎斯坦特被迷得神魂顛倒，甚至開始產生噴泉正在跑步的幻想。噴泉很像是某種幻覺——而所有的幻覺，幾乎像吸食毒品後所產生的那般，令坎斯坦特產生訝異和愉悅的感覺。

時間流逝得很快。坎斯坦特卻絲毫沒有移動的跡象。

私有地的某處有隻巨犬在吠叫，聲音聽起來很像大木槌敲打銅鑼的聲音。

坎斯坦特從他對噴泉的冥想中醒過來。那種吠叫聲只可能從太空犬卡薩可的口中發出來。卡薩可已經顯形了。卡薩可聞到暴發戶的血。

坎斯坦特快速地從噴泉衝刺到房子前。

一位穿著古代管家式及膝短褲的人打開門，好讓來自好萊塢的馬拉吉・坎斯坦特得以進入房子。管家喜極而泣地指著一個坎斯坦特看不見的房間。他正努力嘗試描述一樣使他感到快樂的事物。他無法說話。他的下顎中風，只能對坎斯坦特發出「噗、噗、噗」的聲音。

大廳的地板由馬賽克磚砌成，鋪成黃道帶和十二星座環繞著金黃色太陽的圖案。

一分鐘前才顯形的溫斯頓・奈爾斯・倫法德走進大廳，站在金黃色太陽上面。他比馬拉吉・坎斯坦特要來得魁梧多了——他也是第一個讓坎斯坦特覺得或許世界上真的有人比他優秀的人。溫斯頓・奈爾斯・倫法德伸出他柔軟的手，很親熱地向坎斯坦特打招呼。他的招呼聲幾乎是從男高音的聲門發出的。

「坎斯坦特先生，幸會，幸會，幸會。」倫法德說：「您能光臨真是太好了！」

「這是我的榮幸。」坎斯坦特說。

「聽說您很可能是有史以來最幸運的人。」

「這倒有點言過其實。」坎斯坦特說。

「您總該不會否認，若從財務狀況方面來說，您是極為幸運的。」倫法德說。

坎斯坦特搖搖頭。「這話倒是不容否認。」他說。

「那您認為自己為什麼會那麼幸運呢？」倫法德說。

坎斯坦特聳聳肩。「誰知道。」他說：「我想，可能是上面有某人喜歡我吧！」

倫法德抬頭看了看天花板。「多麼迷人的看法——上面有某個人喜歡你。」

對話中一直和倫法德握手的坎斯坦特這時候想到自己的手，它突然顯得很小，而且很像動物的爪子。

雖然倫法德的手掌長繭，卻不像一生只做一樣工作的人，手掌那麼硬如牛角。他手上的繭分布得非常平均，是一個活躍的休閒族快樂地休閒上千次之後才出現的。

有段時間，坎斯坦特竟然忘記和他握手的人只是個形體，也就是說，僅是從太陽一路延展到獵戶座參宿四星的光波現象中的一個環節而已。兩人的握手使坎斯坦特提醒了自己正在觸摸的是什麼——他的手被刺痛了，雖不強勁但毫無疑問是電流。

§

坎斯坦特並沒有被倫法德夫人邀請他前來觀看顯形信函上的恫嚇語氣所迫，而感到差人一等。坎斯坦特是男性，而倫法德夫人是女性，因此坎斯坦特認為，假如有機會的話，他倒有方法可以大展他那無庸置疑的優越感。

溫斯頓．奈爾斯．倫法德確實不同凡響——他氣宇軒昂、舉止優雅，很容易讓人產生好感。他的微笑和握手有效地瓦解了坎斯坦特的自信，就像馬戲團裡雜耍的特技師能有效地拆解摩天輪，其道理是極為相似的。

曾經提出要以信差身分來服務上帝的坎斯坦特，此刻在溫和偉大的倫法德面前卻開始驚惶失措。坎斯坦特在腦中到處搜尋過去自己一些偉大事蹟的記憶。他搜尋自己的記憶時，就好像小偷在搜刮別人的皮夾。坎斯坦特發現他的記憶裡存滿了自己過去女人的發黃照片、一些荒謬的證件證實他擁有很多荒謬的企業、一些花費三十億元的歌功頌德感謝狀，還有一塊配有紅色緞帶的銀質獎章——那是他在維吉尼亞大學校內田徑比賽三級跳項目裡榮獲第二名時獲得的。

倫法德不斷地微笑著。

現在就遵循小偷搜刮皮夾的比喻：坎斯坦特扯開記憶的接合處，希望能找到一個裡面放置著某種有價值事物的祕密小室。可是，沒有什麼祕密小室——當然也就找不到有價值的東西。遺留在坎斯坦特腦中的是無用的記憶：一些片斷和沒有活力的記憶。

穿著古代服飾的管家以仰慕的神情看著倫法德，然後從一幅肖像油畫前離去，畫中是擺出聖母瑪莉亞姿勢的醜陋老婦。

「你知道嗎？我可以看穿你的心事。」倫法德說。

「真的嗎？」坎斯坦特低聲下氣地說。

「這是世界上最容易的事。」倫法德的雙眼明亮地閃爍著，「你知道嗎？你還是個不錯的人……尤其當你忘了自己是誰時更是如此。」他輕輕拍著坎斯坦特的手臂。那是一種政治人物的姿勢——是那些所謂的政治人物在私下場合和他身分地位相同的人所做的一種近而不狎的姿勢。

「假如在現階段我們的關係裡，你認為在某些方面比我優越對你來說真的很重要的話。」他非常和顏悅色地對坎斯坦特說：「那麼不妨這麼想：你具有生殖的能力，我卻沒有。」

現在，他那寬大的背影轉向坎斯坦特，然後帶領他穿越許多華麗的房間。

他在其中一個房間裡停了下來，堅持要坎斯坦特欣賞一幅上面畫有小女孩手握著白色小馬上的韁繩的油畫。小女孩頭戴白色的無邊軟帽，身著白色洋裝，手上戴著白色的手套，雙腳則穿上白色的襪子和鞋子。

她是馬拉吉．坎斯坦特所見過的小女孩中最為純潔但也最為冰冷的女孩。她臉上有一種非常奇特的表情，坎斯坦特想這是因為她擔心會弄髒自己的緣故。

「這幅畫畫得很好。」坎斯坦特說。

「假如她掉進滿是泥濘的水坑裡，那豈不是糟透了嗎？」倫法德說。

坎斯坦特若有似無地微笑著。

「我的妻子就像個小孩。」倫法德突然脫口而出，接著帶坎斯坦特離開房間。

他一路帶領他來到建在屋後的迴廊，走進一間比大型掃帚儲物室大不了多少的小房間。小房間只有六英尺寬、十英尺長，天花板卻和大廈裡其他房間一樣都有二十英尺高。房間宛如一座煙囪，裡面還有兩張安樂椅。

「這是建築上的一個意外……」倫法德說完便關上門，抬頭看著天花板。

「很抱歉，我沒聽清楚。」坎斯坦特說。

「這個房間。」倫法德的右手顯得無力，但還是能夠做出螺旋狀樓梯的手勢，「當我還是小男孩的時候，這個小房間曾經是我一生當中少數幾項真心想要的事物之一。」

他點頭指向那些比窗戶還高出六英尺長的架子。那些架子都是專門製作的，外觀非常漂亮。在架子上面有一塊厚木皮，上面用藍色油漆寫著：史基普博物館。

史基普博物館是一座藏有許多屍體遺骸的博物館——包括有內骨骼和外骨骼（甲殼）的動物，也有貝殼、珊瑚、骨骼、軟骨、古希臘貝殼等，還有很久以前死去生物的煙絲、殘屑和渣滓等遺跡。大多數的標本應該是來自一個小男孩——假設他名為史基普，而且都是些他很容易在新港海灘及防風林裡發現的東西。對於一個對生物科學有極大興趣的小孩來說，其中有些標本顯然是貴重的禮物。

在這些禮物中，有一副完整的成年男子骨骸。還有犰狳的外殼標本、古代巨鳥的標本，以及獨角鯨的長牙——上面還被頑皮的史基普標上「獨角獸之角」的標籤。

「史基普是誰？」坎斯坦特說。

「我就是史基普。」倫法德說：「曾經是。」

「這點我倒是從來不知道。」坎斯坦特說。

「當然啦，只有我的家人才這樣叫我。」倫法德說。

「喔。」坎斯坦特說。

倫法德坐上其中一張安樂椅，並示意坎斯坦特坐到另一張安樂椅上。

「你知道的，天使也不能。」倫法德說。

「不能怎樣？」坎斯坦特說。

「不能生殖。」倫法德遞了香菸給坎斯坦特，自己也拿起一根放在長形骨頭製成的菸嘴上，「很抱歉我太太不想下樓來——和你見面。」他說：「其實，她要逃避的不是你——而是我。」

「你？」坎斯坦特說。

「沒錯。自從我第一次顯形之後，她就沒看過我了。」倫法德面帶愁容地苦笑著，「一次就已足夠了。」

「我、我感到抱歉。」坎斯坦特說：「可是我不懂。」

「她不喜歡我算的命。她覺得非常不悅，因為我對於她的未來提到得並不多。她自此以後就不想再聽了。」倫法德又坐回他的安樂椅，深深地吸了口菸，「坎斯坦特先生，不瞞您說。」他親切地說：「告訴人們他們居住在很令人難以忍受的宇宙是件吃力不討好的工作。」

「她說你告訴她必須邀請我。」坎斯坦特說。

「她是從管家那裡獲得這個訊息的。」倫法德說：「要不是我激怒她邀請你，她是絕對不可能會這麼做的。或許你應將這個記在心裡：『使她做事的唯一方法就是告訴她，她沒有勇氣這麼做。』當然，這也不是萬無一失的技巧。像現在，我可能可以傳送訊息給她，說她沒有面對未來的勇氣，然後，她可能也會回傳訊息表示，我說的沒有錯。」

「你——你真的能夠預知未來？」坎斯坦特說。他臉上的皮膚緊繃，感到燥熱。他的手掌也正流著汗。

「就某種方式來說——沒錯。當我駕駛太空船進入漏斗狀時間地區時，突然領悟，所有已經存在的事物將會一直存在，而所有將會存在的事物事實上早已一直存在著。」倫法德說完，再度暗自輕笑，「我也知道，以最簡單、最淺顯的方式說出未來，會完全打破預知未來的美感。」

「你把每件將發生在你太太身上的事情都告訴她了嗎？」坎斯坦特說。這是個離題的問題。坎斯坦特對於即將發生在倫法德太太身上的事其實毫不感興趣。他渴望知道的是關於自己的消息。也正因為如此，當他問到有關倫法德太太的消息時，顯得有些靦腆。

「怎麼說呢？其實也並非每件事都能預知。」倫法德說：「她不讓我告訴她每件事。每每我想預告她更多事情，總會再次使她不想知道更多事情。」

「我、我想我大概可以體會。」坎斯坦特說，其實他完全沒體會到。

「沒錯。」倫法德親切地說：「我曾經告訴她，你和她將會在火星上結婚。」他聳聳肩繼續說：「事實上，也並非真的結婚……而是由火星人所飼養——就像農莊動物般被飼養著。」

§

溫斯頓・奈爾斯・倫法德是美國歷史上最著名階級的成員之一。該階級之所以如此著名，主要是因為它的界限至少可以延伸長達兩世紀以上——而在對定義有興趣的人看來，兩世紀是非常清楚的界定。雖然倫法德所屬的階級規模很小，卻有美國第十任總統、有四分之一的畢業生是探險家、有三分之一是東部沿岸各州的州長、有二分之一是全職的鳥類學家、有四分之三是偉大的遊艇家，而且幾乎所有畢業生都對大型歌劇頗有興趣。除了造就幾位政治騙子之外，該階級的學生在其他領域都是非常腳踏實地地工作著。所謂政治騙術其實就是擔任公職之道，不過，此種方法在私生活裡卻沒施行過。屬於該階級的成員一旦擔任公職，幾乎毫無例外都會擔負重責大任。

假如倫法德控訴火星人將人類當作農場動物來飼養的話，他對火星人的指控也適用於他的社會階級上。就某種層面來說，他所屬的社會階級優勢在於良好的財務管理，而更大層面則在於婚姻——很諷刺地，這些婚姻卻又根基於很可能被生育的子女身上。

健康、迷人又聰敏的小孩因而成為急迫被需求的東西。

假如嚴肅地對倫法德那班成員做廣泛分析的話，毫無疑問會得出如同瓦爾桑・吉特律幾在《美國哲學家之王》寫的結論。根據吉特律幾的分析，他證實該階級的成員其實是同一家族的人，他們的血緣關係可以回溯到最早期的堂兄弟姊妹及表兄弟姊妹的相互通婚。例如，倫法德和他的太太就是第三代表兄妹的關係。他們互相厭惡著對方。

當吉特律幾將倫法德所屬階級的成員關係製成圖表之後，發現圖表和大家知曉的硬式球狀繩結——猴拳結有些許相似之處。

每當瓦爾桑・吉特律幾在他那本《美國哲學家之王》裡試圖用文字描述倫法德所屬階級的氛圍時，總會遭到挫敗。像吉特律幾那樣的大學教授，當然只會找不常使用又頗具學術氣息的詞彙，在找不到適切字詞時，他還會造出許多難以翻譯的新詞彙。

在吉特律幾創造的新詞彙中，只有一個詞彙曾使用在會話中。那個詞彙是「非神經性的勇氣」。

當然，也正是因為那種勇氣，才會使溫斯頓・奈爾斯・倫法德進入太空。那是一種非常單純的勇氣，不僅不摻雜對名利的欲求，也沒有古怪或不適切的傾向。

附帶一提，在吉特律幾所有的新詞彙當中，其實有兩個強烈和頗為普遍的詞彙似乎可被巧妙靈活運用，分別是「風格」和「英勇」。

倫法德從自己的口袋裡掏出五千八百萬元支付建造費用、成為第一位擁有私人太空船的人，那就是風格。

當地球上許多政府因漏斗狀時間地區而暫時中止所有太空探險，倫法德卻宣布他要前往火星，那就是風格。

倫法德宣布將帶著巨大的狗前往，宛如將太空船當做功能複雜的跑車，將火星之旅當成到康乃狄克州旅遊，那就是風格。

倫法德對太空船駛入其中一個漏斗狀時間地區將會發生什麼後果完全一無所知，卻還是駕駛著太空船前往，那就真的只有英勇可以形容了。

§

若將好萊塢的馬拉吉．坎斯坦特和屬於新港、永恆的溫斯頓．奈爾斯．倫法德相互比較的話，會有以下結果：

倫法德做的每件事都具有風格，使全人類看起來非常美好。

坎斯坦特做的每件事都朝向風格——侵略性、急躁、孩子氣，以及揮霍無度，使他和全人類看起來都非常邪惡。

坎斯坦特全身充滿勇氣，但這種勇氣卻完全和「非神經性」扯不上任何關係。他做的每件神勇之事，都驅使自孩提時代害怕自己弱小而形成的壞心眼和刺激心理。

§

當坎斯坦特從倫法德口中聽到他將和倫法德的太太在火星結婚的消息之後，他的眼光從倫法德身上移到那座博物館的一面牆上。坎斯坦特緊握著雙手，兩隻手都可相互感覺到彼此的脈搏在跳動著。

坎斯坦特清了好幾次喉嚨，然後捲起舌頭輕輕吹著口哨。換句話說，他的樣子和正在等待痛苦趕快過去的人並無多大不同。他緊閉著雙眼，將空氣從牙縫吸入口中。「倫法德先生。」他輕聲細語地說，接著又睜開雙眼，「是火星嗎？」他問道。

「是火星沒錯。」倫法德說：「當然啦，那並不是你最終的目的地，甚至水星也不是。」

「水星？」坎斯坦特說。他發出與水星兩個字發音不太相稱的嘎嘎叫聲。

「你的最終目的地是泰坦星。」倫法德說：「但你會先造訪火星、水星，然後在你到達泰坦星前，先回一趟地球。」

§

了解馬拉吉·坎斯坦特接收到他可能造訪火星、水星、地球和泰坦星，在太空探險史上處於何種情勢是件非常重要的事情。地球上的人類在從事太空探險時的心態，和哥倫布出發前往大西洋探險前的歐洲人心態是非常相似的。

不過，還是有一些很大的不同：介於太空探險者所居住的地球和他們所要探險的目的地之間的怪物並非虛幻。它們不僅數量種類繁多，且都非常可怕嚇人，即使是最小型的太空探險都足以毀掉大多數的國家。此外，可以確定的是，太空探險的贊助人絕對不可能藉此增加財富。

簡而言之，若從粗淺實用的知識和最佳科學知識來看的話，從事太空探險其實並沒有什麼好處可言。

耗費國家大量經費將巨大物體發射進入太空以顯得比其他國家更為輝煌的事蹟，早已成為歷史。事實上，由馬拉吉·坎斯坦特掌控的加拉克狄克太空船公司接到的最後一個訂單就是建造一艘三百英尺長、直徑三十六英尺的火箭。雖然它已建造完成，卻始終不曾發射過。

那艘太空船被簡單地命名為「鯨魚」，可以容納五名乘客。

太空探險計畫會突然中止，完全是因為漏斗狀時間區域被發現的緣故。這些區域是藉由先前發射出去的無人駕駛太空船異常的飛行紀錄，再運用數學理論推理而來的。

漏斗狀時間區域的發現對於人類似乎意味著：憑什麼你認為自己有所進展？

這種情況使得美國一些基本教義派的傳教人士站出來說話了。他們比哲學家、歷史學家或任何人更搶先發表關於遭截斷太空紀元的大道理。就在鯨魚號太空船發射的計畫遭到無限期取消後的兩個小時，住在西維吉尼亞州的鮑比．丹頓牧師對著他那群狂熱的教徒說：

「上帝從天國下來探視人類後代建造的都市和城堡。然後上帝說：『看哪，人類屬於同一個種族、擁有相同的話言，人類開始生活在一起，現在人類可以做所有他們想做的事。來，讓我們一起走吧，將他們的語言加以混雜，使他們無法了解對方的話語。』於是，上帝讓他們散居在地球表面各處：他們建造了一座城市，這也正是巴別塔名字的由來。由於上帝真的將地球上人類的語言加以混淆，也因此，就是從那個時候開始，上帝讓他們散居到地球各處。」

鮑比．丹頓以關愛和明亮的眼神看著他的聽眾，然後又對漏斗狀時間區域此種奇特現象加以嘲諷。「難道這些不是聖經所描述的嗎？」他說：「難道我們不是用自傲和鋼鐵建造了比巴別塔還要高聳又令人厭惡的東西嗎？難道我們的意圖不正和古代的建造者一樣，想藉著自己所建造的、高聳入雲的物體直達天國嗎？難道我們沒有聽說過科學家的語言是沒有國界的嗎？他們都使用相同的拉丁或希臘文字來描述事物，而且大多用數字做為他們談話的語言。」對於鮑比．丹頓來說，這似乎是個非常獨特的印證，而聽他演說的狂熱信徒雖然並不完全理解他講的話，卻也都大表贊同。

「當上帝對著建造巴別塔的人說話時，為什麼我們會如喪考妣地大叫呢？祂只不過說：『不！走開！你們無法藉著那東西抵達天國或任何地方！散開，你們聽到沒有？不要再用科學的言語互相交談！假如你們還繼續以科學的語言互相交談，沒有任何事物可以阻止你們做任何的幻想，可是我很不喜歡看到這樣的情形發生！你們的天父，希望你們能有所節制，這樣你們才會停止那個建造高塔和火箭以便到達天國的瘋狂想法。而且，還會開始思考如何成為一個更好的鄰居、更好的丈夫、更好的妻子、更好的女兒，或是更好的兒子！千萬不要向火箭企求救贖，應該從你們的家庭和教堂尋求救贖！』」

鮑比．丹頓的聲音變得嘶啞且微弱。「你們想飛行穿越太空嗎？上帝早已創造出一艘世界上最完美的太空船！沒錯，正是如此！你們想要速度？上帝賜予你們的太空船時速可以高達六萬英里，而且，假如上帝有意的話，可以永遠用那樣的高速不斷行駛。你們是否希望自己搭乘的太空船會使乘坐在裡面的人感到舒適？那當然沒問題！上帝賜予的太空船並不會只搭載一個有錢人和他的狗，或是只搭載五個或十個乘客。絕非如此！上帝又不是小氣鬼！祂賜予你的太空船能搭載數億男女老幼！一點也沒錯！而且，乘客們根本用不著坐在綁好安全帶的座椅上或戴著可笑的碗狀頭盔。絕對不是！在上帝的太空船上絕對不是這樣。在上帝賜予的太空船上，乘客可以自在地游泳，在陽光下散步，或是打壘球，也可以溜冰；或者是，在星期假日做完禮拜後開著家庭房車和家人一同出遊，在晚上共進火雞大餐！」

鮑比．丹頓不斷點頭說道：「沒錯！假如有人認為他的神故意在太空置放了一些東西來阻止他飛向太空是件非常卑劣的手法，那他應該記得，其實上帝早已賜予我們人類一艘太空船了。其實，我們用不著購買那艘太空船的燃料，也用不著擔心應該使用哪種燃料，因為，上帝早就都安排妥當了。

「上帝也曾告訴我們，搭乘祂所賜予的太空船時該注意哪些事項。祂寫下法則以便每個人都能理解。你不一定要是物理學家、偉大的化學家或愛因斯坦才能了解這些法規。絕對不是這樣！而且，上帝也沒有訂出很多法規。據我所知，假如要發射『鯨魚號』太空船，在發動之前，必須經過一萬一千種不同的檢查，才能確保發射後不會發生故障。這個汽門打開了嗎？那個汽門關閉了嗎？那條線路有無問題？那個油箱裝滿燃料了嗎？以及種種高達一萬一千多種必須檢查的項目。可是，在上帝賜予的太空船上面，祂只要求我們檢查十個項目——而且，檢查的目的也不是為了到太空裡某些巨大有毒巨石上的那種短程旅途，而是從地球到天國的長程旅途！好好想一想！明天你寧願在哪裡——在火星還是在天國？

「你們想知道在上帝所賜予的那艘圓形綠色太空船上必須檢查的是哪些項目嗎？我必須告訴你們嗎？你們是否想聽一聽上帝的倒數聲呢？」

台下那群像十字軍般狂熱的教徒大聲回答他們想聽上帝的倒數聲。

「十！」鮑比．丹頓說：「你是否垂涎你鄰居的房子？或是他的男僕？或是他的女僕？或他的牛群？他的驢子？或是任何屬於你鄰居的東西？」

「不！」台下狂熱的教徒大聲叫喊。

「九！」鮑比．丹頓說：「你是否曾做偽證陷害你的鄰居？」

「沒有！」那些狂熱的信徒大叫。

「八！」鮑比．丹頓說：「你是否會偷竊？」

「不！」狂熱的信徒們大叫。

「七！」鮑比．丹頓說：「你是否犯下通姦的過錯？」
「沒有！」狂熱的信徒大喊。
「六！」鮑比．丹頓說：「你殺過人嗎？」
「沒有！」狂熱的信徒大叫。
「五！」鮑比．丹頓說：「你是否尊敬你的父親和母親？」
「是！」狂熱的信徒大叫。
「四！」鮑比．丹頓說：「你是否記得每星期日為安息日，並且上教堂做禮拜呢？」
「是！」狂熱的信徒們大叫。
「三！」鮑比．丹頓，「你是否濫用上帝的聖名呢？」
「不！」狂熱的教徒大叫。
「二！」鮑比．丹頓說：「你是否塑立雕像或偶像？」
「沒有！」狂熱的教徒們大喊。
「一！」鮑比．丹頓大叫：「你是否把其他神祇擺在你的真神上帝前面？」
「沒有！」狂熱的信徒們大聲說。
「發射吧！」鮑比．丹頓高興地大吼：「天國，我們來了！發射，我的子民，阿門！」
「這……」馬拉吉．坎斯坦特在新港一間樓梯底下的房間裡喃喃自語：「看樣子好像信差終於要派上用場了。」

「那是什麼？」倫法德說。

「我的名字，它的意思是忠實的信差。」坎斯坦特說：「可是訊息是什麼呢？」

坎斯坦特的手掌轉朝上方。「我是說，為什麼要我耗費大把勁到泰拉坦星去呢？」

「是泰坦星。」倫法德糾正他的拼音。

「泰坦，泰拉坦。」坎斯坦特說：「是什麼強烈爆破性的理由要我到那裡去？」

「爆破」這兩個字對於坎斯坦特來說是生澀的，而他也花一些時間才終於了解到為何使用這個詞。爆破的意思，宛如電視上的太空人員說星球表面被剝開，或是當領航員搖身一變成為來自某個星球的太空海盜。他站在原地一動也不動。「一定要我到那裡的用意何在呢？」

「你非去不可——我敢這麼向你保證。」倫法德說。

坎斯坦特走到窗戶旁邊，他一些自大的氣勢又開始高漲。「我現在就可以立刻告訴你。」他說：「我絕對不會去。」

「聽你這麼說，我覺得很遺憾。」倫法德說。

「你是不是要我到那裡幫你做一些事呢？」坎斯坦特說。

「不是的。」倫法德說。

「那麼，你為什麼說你很遺憾？」坎斯坦特說：「你有什麼好遺憾的？」

「沒有。」倫法德說：「我只是替你感到遺憾。你真的會錯過一些東西。」

「比方說什麼？」坎斯坦特說。

「這個嘛——比方說，你將錯過絕對令你意想不到的怡人氣候。」倫法德說。

「氣候！」坎斯坦特非常輕蔑地說：「對於在好萊塢、喀什米爾山谷、阿卡波哥、曼尼托巴湖、大溪地、巴黎、百慕達、羅馬、紐約和開普敦等世界各地擁有房產的我來說，難道我還有必要離開地球去別的地方找尋更怡人的氣候嗎？」

「除了氣候，泰坦星上面還有許多令你意想不到的東西。」倫法德說：「例如，泰坦星的女人是太陽系和參宿四星之間的所有生物中最漂亮的。」

坎斯坦特捧腹大笑。「女人！」他說：「你認為我無法弄到漂亮的女人嗎？你想，我會因為那麼好色，以至於認為自己唯一能夠和絕世美女親近的方法就是爬上一艘太空船、開往土星的隨便一個衛星嗎？你該不會是在開玩笑吧？我擁有的女人是那麼漂亮，我想，在太陽系和參宿四星之間的任何人只要一聽到她們的問候聲，一定會忍不住坐下來發出讚嘆的聲音。」

他拿出皮夾，取出一張近期獵物的照片。毫無疑問地，照片中的女孩極為美豔動人。她是凱娜・蓉安小姐，曾經在環球小姐選美大會裡榮獲亞軍，而且，她其實比贏得后冠的小姐要漂亮得多了。她的美麗使所有評審嘆為觀止，幾乎無法相信世界上會有如此漂亮的女孩。

坎斯坦特交給倫法德那張照片。「泰坦星有沒有這麼漂亮的女人？」他說。

倫法德很恭敬地對著那張照片看了又看，然後交還給坎斯坦特。「沒有。泰坦星沒有像她那麼漂亮的女人。」

「這就對了。」坎斯坦特說，再度感覺到自己還是能掌握住自己的命運，「氣候、美女，除了這兩項之外，還有沒有其他令人難以想像的東西？」

「沒有了。」倫法德語氣溫和地說，他聳聳肩，「喔——對了，一些藝術品，假如你對藝術感興趣的話。」

「我收藏著世界上最巨大的私人藝術品。」坎斯坦特說。

坎斯坦特是以繼承的方式獲得這件舉世聞名的藝術品。藝術品原本由他的父親所收藏，或更明確地說，是由他父親的經紀人所收藏。那件收藏品散置在世界各地的博物館裡，每一小件上面都顯眼地寫著是坎斯坦特家族的收藏。那件巨大的藝術收藏品之所以用這種方式擺放在世界各地的博物館，完全是出於大藝術家公司公關主任的構想和建議。這家公司成立的唯一目的就是管理坎斯坦特家族的藝術收藏品。

收藏此一巨大藝術品的目的就在於證實，即使是億萬富翁，也是非常慷慨、有心回饋社會，以及對藝術品有獨特眼光和品味的。當然，藝術品最後也成為獲利頗大的投資。

「看來，藝術這個項目也只好到此為止了。」倫法德說。

正當坎斯坦特準備要將凱娜·蓉安小姐的照片放回皮夾時，他發覺皮夾裡另有一張照片。那張照片原本放在凱娜·蓉安小姐的照片後面。他原以為那是自己前任女友的照片，便認為也應該拿給倫法德瞧瞧，好讓倫法德知道自己並非泛泛之輩。

「這裡——你看，這裡還有另一張照片。」坎斯坦特邊說邊將手上的照片交給倫法德。

倫法德並沒有伸手拿取照片。他甚至不想看那張照片，相反地，他看著坎斯坦特的雙眼，還略帶淘氣地對他露齒而笑。

坎斯坦特低頭看著那張受到冷落的照片，發覺那並不是前女友的照片。那是倫法德先前偷偷塞進去的照片。雖然它和一般照片一樣，具有光滑表面和白色邊條，卻不是普通的照片。

在白色邊條圍成的方框裡，最深層處正閃閃發光。這樣的效果就像一片長方形玻璃，放置在稍淺的清澈珊瑚海灣表面上。在看似珊瑚海灣的底部，站著三個女人：一個有著灰白頭髮，另一個是金色頭髮，最後一個則是棕色頭髮。她們抬頭看著坎斯坦特，哀求他來到她們的身邊，使她們因為愛而成為完整的人。

她們之於凱娜．蓉安的美麗，就像陽光之於螢火蟲。

坎斯坦特再度坐下來。他不能看到照片裡那些美麗的女子，否則他一定會忍不住掉下淚來。

「假如你喜歡的話，可以留下那張照片。」倫法德說：「它的大小和你的皮夾正好相當。」

坎斯坦特不知道該說些什麼才好。

「你抵達泰坦星時，我太太還是會在一旁的。」倫法德說：「但如果你想要和這三位女士作樂的話，她絕不會去干涉你。你的兒子也會跟你在一起，但他會像碧翠絲那般開通。」

「兒子？」坎斯坦特說，他並沒有兒子。

「沒錯，一個名叫克諾洛的好男孩。」倫法德說。

「克諾洛？」坎斯坦特說。

「那是屬於火星人的名字。」倫法德說：「他出生在火星——是由你和碧翠絲所生的。」

「碧翠絲？」坎斯坦特說。

「她是我的妻子。」倫法德說。他已經變得相當透明了。他的聲音也相當微弱，宛如從便宜收音機裡播放出來的聲音。

「我的好男孩，很多事物一下子飛往這裡，一下子又飛往那裡。」他說：「有時有訊息，有時又不帶著任何訊息。因為宇宙才剛誕生，雖然有些混亂，但並沒有一丁點錯誤。一切都是轉化的緣故，造成了光、熱和天體的運行，而且，也使得你到處受到阻礙。」

「預言、預言、預言。」倫法德若有所思地說：「是不是還有其他事情需要我告訴你？喔，對了，對了。你的小孩，那個名叫克諾洛的男孩……」

「他會在火星上撿到一小片金屬……」倫法德說：「而且，他會稱之為幸運符。坎斯坦特先生，請您務必留意那個幸運符。它是非常重要的。」

溫斯頓．奈爾斯．倫法德緩慢地消失——先是從手指的末端開始，最後他的笑聲也不見了。

「我們在泰坦星再見了。」倫法德笑著說完，形體就完全消失了。

§

「蒙克里夫，一切都結束了嗎？」溫斯頓・奈爾斯・倫法德太太從螺旋狀樓梯的頂端向下對著管家說。

「是的，夫人，他已經離開了。」管家說：「那條狗也跟著他走了。」

「那個坎斯坦特先生呢？」倫法德夫人，也就是碧翠絲說。她的行動倒真像個身體虛弱的人——走路搖搖晃晃，雙眼艱難地眨動。而她的聲音，則像是樹枝頂端因風吹動而產生的搖曳聲響。她穿著白色長晨衣，皺褶層形成逆時鐘方向的螺旋狀，正好和白色螺旋狀樓梯形成和諧的一致性。晨衣的長裙正好覆蓋在樓梯的豎板上，使得碧翠絲看起來像是和整棟大樓的建築連成一體的樣子。

在整個展現當中，最為重要的當然是她那高挑挺直的身材。她臉部上的各項「細節」不是非常醒目。即使是用一顆加農砲來取代她的頭顱，也可以組合得很好。

然而，碧翠絲真的擁有一張與眾不同的臉——而且是極為有趣的臉。或許我們可以這麼說：她的臉有點像長有獠牙的印第安戰士。可是，每個說出那種看法的人將必須立刻再加上「但她看起來簡直不同凡響」這句話。她的臉和馬拉吉・坎斯坦特的臉一樣，都是獨一無二的。她那令人驚訝、有所變化的面容總會使人想起某些熟悉的面孔，而每當有人看到她的臉之後，總會想，沒錯，那樣不同的臉其實看起來感覺也滿不錯的。事實上，碧翠絲對她的臉所做的改變也是每個面貌平凡的女孩會做的。不過，她總會以自負、智力和語帶辛辣的方式來加以克服和掩飾。

「沒錯。」坎斯坦特在樓下說：「那個坎斯坦特先生還在這裡。」他的眼睛平視著，身子斜靠在通往大廳拱門的圓柱上。然而，從整個組合來看，他的身形顯得很渺小，好像淹沒在整個建築物而幾乎看不見蹤影。

「喔！」碧翠絲說：「你還好嗎？」這實在是非常無趣的問候。

「妳好嗎？」坎斯坦特說。

「我只能祈求看看你能否以你的紳士本能，要求你不要向外界宣揚曾經和我丈夫會面的事情。我完全可以體會向外界宣揚的那股誘惑力是相當大的。」碧翠絲說。

「妳說的一點也沒錯。」坎斯坦特說：「我若將整件事的經過情形向外界出售的話，可以賣得很多錢。這麼一來，不僅可以償還田產的抵押金，還能成為國際間知名的人物。我可以輕易和大人物或是快成為大人物的人打交道，也能在歐洲許多國家的皇室面前表演。」

「坎斯坦特先生。」碧翠絲說：「假如我無法賞識你的嘲諷和無疑是極佳的機智話語，請你務必得原諒我。我丈夫多次的造訪使得我的身體變得非常虛弱。」

「妳從此不再見他了，是不是？」坎斯坦特說。

「他第一次顯形的時候我和他見過面。」碧翠絲說：「光那次會面就足夠使我有生之年變得體弱多病。」

「我很喜歡他。」坎斯坦特說。

「我不得不承認，有時候，發瘋的人也有他們的魅力。」碧翠絲說。

「發瘋？」坎斯坦特說。

「坎斯坦特先生，就身為活在世界上的一個人來說。」碧翠絲說：「難道你不認為，任何一個說出複雜又非常不可能的預言的人是瘋子嗎？」

「這個嘛……」坎斯坦特說：「妳認為告訴一個有機會接近有史以來最大太空船的人，說他將要進入太空，真的是件非常瘋狂的事嗎？」

這一則關於坎斯坦特有機會接近太空船的消息，確實對碧翠絲產生了不小的衝擊和驚訝。她是如此驚訝，以至於從螺旋狀樓梯頂端往後退了一步，這使得她自己和那個樓梯分開了。雖然只是往後退一小步，卻使她轉化成為她真實的自我——住在巨大房子裡、極度害怕且寂寞的女人。

「你有太空船，是不是？」她說。

「我所掌控的公司負責管理一艘太空船。」坎斯坦特說：「妳聽說過『鯨魚號』嗎？」

「聽說過。」碧翠絲說。

「我的公司將它賣給政府。」坎斯坦特說：「我想，假如有人以五分錢現金想買回那艘太空船，政府一定會高興得不得了。」

「祝你的探險之旅好運！」碧翠絲說。

坎斯坦特向她鞠躬。「我也祝妳的探險之旅好運。」他說。

他靜靜離去，沒再說一句話。正當要跨過大廳地板上的黃道十二宮圖時，他突然意識到螺旋狀樓梯的螺旋方向已成為向下而非原先的往上，這也使得坎斯坦特頓時成為整個命運漩渦裡最底層的一點。他走出大門的時候心情相當愉快，也記得將倫法德大樓大門的門把帶上。

既然早已命中注定他和碧翠絲會再度相遇、生出名叫克諾洛的小孩，即使坎斯坦特沒有找尋她、向她求愛和寄給她請安卡片，他都不覺得良心不安。他想，他大可著手做自己的事，而最後，高傲的碧翠絲必得前來找他——就像其他行為浪蕩的女人一樣。

當他戴上墨鏡、黏上假鬍子，走出牆上那一道小鐵門時，忍不住笑了起來。

黑色大轎車早已在外等候，那些群眾也是。

警方在黑色大轎車的車門前開了一條小路。坎斯坦特匆匆忙忙地走在小路上，接著抵達轎車。小徑迅速被人潮所淹沒，就像當初以色列人身後的小徑被紅海淹沒一樣。群眾們的叫喊聲好似某種集體式的憤怒和痛苦。由於那些群眾曾被承諾可以看到些什麼，可是到頭來卻什麼也沒看見，他們覺得受騙了。

男人和小男孩開始用石頭丟坎斯坦特的黑色大轎車。

司機排到一檔，讓車子緩慢爬行在憤怒群眾組成的肉海裡。

有個禿頭男子企圖用熱狗麵包殺死坎斯坦特。他拿著麵包猛力刺向車窗，圓形麵包散開，裡面的香腸也折斷了——留下因陽光照射而令人作嘔的芥末和佐料的臭氣。

「好啊，好啊，好啊！」一個很年輕的女子大聲喊叫，展現了她可能從來沒有對其他男人展現的東西。她展現給坎斯坦特的是前排上方的兩顆假牙。她讓那兩顆前排假牙顯露出來，她的尖叫聲音像極了巫婆。

有個男孩爬上黑色大轎車的引擎蓋，因而擋住司機的視線。他扯掉擋風玻璃上的雨刷並丟向群眾。黑色大轎車總共花費四分之三小時才逐漸駛到那些群眾的外緣地區。在外緣地區的群眾不像裡面的群眾那麼瘋狂，相形之下，他們顯得比較理智些。

只有在抵達外緣地區的時候，叫喊聲才顯得較為一致。

「快告訴我們！」一名男子大喊，他只是覺得厭煩，卻非勃然大怒。

「我們有權知道！」一名女子大叫著。她把她的兩名子女往前遞給坎斯坦特看。另外一名女子則告訴坎斯坦特為什麼那些群眾覺得有權知道事情的經過。「我們有權知道一切經過！」她大叫著。

那個時候，那些暴動行為所顯現的，正可以藉由科學和神學加以分析——那是一種對於生命本質究竟是什麼的探尋。

車上的司機看到眼前終於現出一條毫無阻礙的道路，便將油門踩到底。黑色大轎車逐漸愈行愈遠，終至看不到形影。

巨幅廣告看板在車窗外快速閃過。上面寫著：星期日帶一位朋友上教堂。

第二章　為證券公司喝彩

有時候，我認為具有思考和感覺的能力是個大錯誤。這確實值得抱怨。不過，根據同樣的理由，我卻又認為圓石、高山和月光又顯得太冷淡了。

——溫斯頓．奈爾斯．倫法德

黑色大轎車往新港北邊的方向駛去，轉彎駛進一條石子路後才停下來，旁邊的草叢裡早有一架直升機在等待著。

馬拉吉．坎斯坦特之所以捨棄黑色大轎車而改搭直升機，主要是為了防範有人在後頭跟蹤，發現那位留著鬍子、戴著墨鏡到倫法德家造訪的男子來自何處。

沒有人知道坎斯坦特是從哪裡來的。

即使是司機和直升機的駕駛員也都不知道他們乘客的來歷。對他們來說，坎斯坦特是約拿[4]．羅利先生。

「羅利先生。」司機在坎斯坦特正要走出黑色大轎車時叫住他。

「什麼事？」坎斯坦特說。

「剛才你害怕嗎？」司機說。

「害怕？」坎斯坦特說，這個問題讓他有些疑惑，「害怕什麼？」

「害怕什麼？」司機難以置信地叫了起來，「那麼多瘋狂的群眾想要加害我們，難道你一點也不害怕嗎？」

坎斯坦特微笑著搖搖頭。在剛剛置身暴力的過程當中，他從來不曾想過會受到傷害。「即使是恐慌也沒有多大幫助，難道你不這麼認為嗎？」他說。坎斯坦特現在發現自己的用字遣詞有點倫法德的調調——即使只有一點高雅的語氣。

「老兄，一定是你身上某位守護神在守護著，才使你不論處在何種狀況下，都能臨危不亂。」司機羨慕地說。

司機那番話倒使坎斯坦特感興趣了起來，因為，那正說中了當他處於那些暴民當中時的心態。起先他把司機的話當成一種類比——一種接近詩的語言來描述他的心境。擁有守護神的人當然會擁有像坎斯坦特那樣的感覺。

「是的，先生。」司機說：「一定是有某種東西在守護著你！」

然後，坎斯坦特忽然頓悟：確實是如此。

直到事實真相出現的這一刻之前，坎斯坦特將這趟新港之旅當成另一個吸食迷幻藥之旅，

4 約拿（Jonah）：希伯來的預言家。

只不過可能會更生動有趣，且更具娛樂性，而且他根本沒預料將有任何重大結果產生。

那扇小門宛如通往夢幻國度的門……乾涸的噴泉……牆上那幅畫有純真小女孩和純白色小馬的油畫……螺旋樓梯底下的精緻小房間……那張有三個泰坦星女妖的照片……以及站在螺旋樓梯頂端心情沮喪的碧翠絲．倫法德……

馬拉吉．坎斯坦特突然冒出一身冷汗。他那雙膝蓋似乎要彎下來，眼皮則開始不規則跳動。他終於了解，這一切都是真實的！他之所以完全不懼怕暴民那些粗暴的行動，就是因為他知道自己不會在地球上死亡。

是某種事物在守護著他，沒錯。

不論守護他的東西是什麼，至少，它使他得以安然逃脫。

當坎斯坦特伸出手指計算著倫法德說他將在太空歷經的行程地點時，不禁顫抖起來。

火星。

接著是水星。

再回到地球。

然後是泰坦星。

由於整個行程的終點站是泰坦星，照這樣的推測，那很可能是馬拉吉．坎斯坦特死亡的地方。他將要在那個地方死去！

倫法德為什麼這麼高興呢？

§

坎斯坦特拖著沉重的步伐走向那架直升機。在他爬進裡面時，還使得那隻大型飛鳥搖晃了好一陣子。

「你是約拿嗎?」直升機駕駛員說。

「沒錯。」坎斯坦特說。

「羅利先生，你的名字非常特別。」駕駛員說。

「我沒聽清楚，請你再說一遍。」坎斯坦特心情不悅地說。他正抬起頭看著由塑膠物質所形成的圓頂駕駛艙——想一眼看穿這黃昏的天空。他一直在想，假如太空裡有眼睛，而那些眼睛又能看見他所做的每件事。假如太空裡有眼睛，而且要他做某些事情，到某些地方……它們要如何讓他做那些事呢?

喔——上帝呀!可是，上面看起來不僅空氣稀薄，而且也非常寒冷!

「我是說，你的名字非常奇特罕見。」駕駛員說。

「那個名字是什麼?」坎斯坦特說。他早已忘記那個他用來掩飾自己身分的可笑姓名。

「是約拿。」那個駕駛員說。

§

五十九天後，溫斯頓．奈爾斯．倫法德和他那條忠狗卡薩可又再度顯形。自從他們上次的顯形到現在，期間發生了很多事情。

比方說，馬拉吉．坎斯坦特售出他在加拉克狄克太空船公司的全部股份，而那家太空船公司正是擁有史上最巨大太空船「鯨魚號」管理權的公司。他這麼做是要切斷他自己和眾所皆知唯一能抵達火星的交通工具之間的關係。他將銷售股份的金額全都投入慕尼斯特香菸公司。

又比方說，碧翠絲．倫法德也清算了她在各個投資管道的有價證券，然後將銷售的金額全數投資到加拉克狄克太空船公司，這麼一來，她對那艘「鯨魚號」太空船才能具有決定性的發言權。

又比方說，馬拉吉．坎斯坦特開始寫極具冒犯意味的信件給碧翠絲．倫法德以便和她保持距離，也就是說，讓她覺得他完全不能忍受。只要看了其中一封信，就可以知道其他的信件內容如何。最近的一封信大致如下，寫在印有「大藝術家公司」的信紙上：

太空寶貝，我在陽光普照的加州向妳問好！天哪，我真的很期待能在火星雙衛星的守護之下，和像妳這麼高貴的婦女一同跳爵士舞。我以前從來沒遇見過像妳這樣獨特的婦女，而且，我敢說，妳是最高貴的了。愛慕妳的馬拉吉在此向妳獻上飛吻。

又比方說，碧翠絲買了一顆比埃及豔后的毒蛇更為致命的氰化物膠囊。碧翠絲之所以這麼做，主要是考慮到，一旦她必須和馬拉吉．坎斯坦特共同生活時，她可以馬上吞下那顆氰化物膠囊。

又比方說，股票市場加權指數不停滑落，使得包括碧翠絲．倫法德在內的許多人因而宣告破產。她曾經在加拉克狄克太空船公司的股價介於一五一．五及一六九元之間時大量地購買，可是在十個交易期之間，竟滑落到六元。現在一直維持在那個不足買賣單位的股價上。碧翠絲是用保證金和現金在股票市場做交易，所以她賠光了連同她位於新港的家產在內的所有財產。除了她的衣服、她的貴族名號和她受的教育之外，她真的已經一無所有。

又比方說，在馬拉吉．坎斯坦特回到好萊塢的兩天之後，他立即舉行宴會，而在五十六天後的現在，那個宴會才結束。

§

再比方說，有一名真正留著鬍子、名叫馬丁．科拉杜邊的年輕人，他曾自稱是被邀請到倫法德的土地上觀看顯形的那個留鬍子的陌生男子。他原是住在波士頓的太陽能手表修理師傅，當然，也是個頗為迷人的大說謊家。

有雜誌社以三千美元買下他在倫法德的土地上觀看顯形經過的文章。

溫斯頓．奈爾斯．倫法德坐在螺旋樓梯底下那間史基普博物館的椅子上，以愉悅和讚嘆的心情閱讀雜誌上科拉杜邊所編撰的故事。在科拉杜邊的故事裡，他宣稱倫法德告訴他關於公元一千萬年的事情。

根據科拉杜邊的說法，公元一千萬年將發生大規模的清屋活動，也就是說，介於耶穌基督去世那年和公元一千萬年的所有資料和紀錄都必須搬運到垃圾場焚毀。根據科拉杜邊的說法，之所以會這麼做，完全是由於存放資料和紀錄的博物館、檔案室，甚至民宅都因為不斷擴充而讓人類的居住生存權受到排擠。

根據科拉杜邊的說法，這一百萬年之間將被焚毀的所有資料和紀錄，在歷史課本上只用一句話就可清楚描述：在耶穌基督死亡之後，有一段持續了大約一百萬年的重新調整期。

溫斯頓・奈爾斯・倫法德看到這裡終於忍不住大笑起來。他把科拉杜邊的文章擺到一邊。倫法德對於科拉杜邊能夠編出一套天大的謊言感到讚嘆不已。「公元一千萬年——」他大喊道：「是一個充滿了煙火、遊行，以及世界博覽會的一年。也是打開社會基石且挖出時代之囊[5]的歡樂年代。」

倫法德並非對著自己自言自語。史基普博物館裡還有另一個人陪伴著他。

那個「另一個人」就是他的妻子碧翠絲。

碧翠絲坐在面對著丈夫的安樂椅上面。她到樓下來是為了要求丈夫在她極需幫助的時候助她一臂之力。

倫法德很溫和地改變話題。

原本就穿著鬼魂般白色睡衣的碧翠絲，此刻整個人變成鐵青色。

「人類是一種多麼樂觀的動物呀！」倫法德語氣快活地說：「想想看，人類如果能持續生存到公元一千萬年——好像人類真的如烏龜般受過良好的設計！」他聳聳肩。「其實，誰知道呢，或許人類真的可以持續生存達千萬年之久，假如人類夠倔強的話。妳有什麼看法？」

「你說什麼？」碧翠絲說。

「我是說，妳認為人類將持續生存多久？」倫法德說。

碧翠絲咬牙切齒的口中發出尖銳且持久的聲音，其語調之高，幾乎快超出人類耳朵的聽覺範圍。那種聲音和炸彈在海中爆炸的恐怖聲音極為相似。

接著，真正的爆炸終於來臨。碧翠絲翻倒她坐的椅子，攻擊動物的骨骸，並將整付骨骸丟到牆角。她把史基普博物館書架上的東西摔到地上，往牆上用力砸標本，然後使勁地踐踏著地板。

倫法德看得目瞪口呆。「我的天哪——」他大叫：「是什麼原因讓妳做出這種事？」

「難道你一無所知嗎？」碧翠絲歇斯底里地叫喊：「難道一定要有人來告訴你每件事？只要讀讀我的思想！」

倫法德將手掌放在她的額頭上，他的雙眼睜得很大。「靜電——我所得到的只是靜電。」

5　時代之囊（time capsule）：盛放某一時代文明產物之容器，常埋藏起來供後代研究。

他說。

「除了靜電之外，還有什麼其他東西嗎？」碧翠絲說：「我都快要被從房子裡丟到街上，甚至連吃飯的錢也沒有，而我的丈夫卻還笑著要我和他玩猜謎遊戲！」

「這並不是一般的猜謎遊戲。」倫法德說：「這是有關於人類將可持續生存多久的問題。我認為，這或許可以讓妳在解決妳的問題時，提供不同的視野。」

「去他的人類！」碧翠絲說。

「妳可要知道，妳也是人類的一分子！」倫法德說。

「要是這樣的話，那我倒很願意變成一隻黑猩猩！」碧翠絲說：「當黑猩猩太太失去手中的椰子時，牠的黑猩猩丈夫絕不會站在一旁袖手旁觀。黑猩猩丈夫也不會企圖讓他的黑猩猩太太跑到太空，還變成來自加州好萊塢的馬拉吉．坎斯坦特的專屬妓女！」

在說出那麼恐怖的話語之後，碧翠絲終於不再那麼激動了。她有些倦怠地搖著頭。「先生，那我倒要請問你，人類究竟將會持續生存多久？」

「我不知道。」倫法德說。

「我以為你什麼事情都知道。」碧翠絲說：「其實，你也只不過是稍微預知未來而已。」

「我當然可以預知未來。」倫法德說：「我還發覺，人類滅亡的時候我將不會在太陽系裡。也正因為如此，人類究竟什麼時候滅亡，對你我來說都是個謎。」

§

在加州的好萊塢，馬拉吉．坎斯坦特的游泳池旁那座藍色水晶製電話亭裡的藍色電話響了起來。

每當人類陷入不比動物好到哪裡的情況時，總是一件非常可憐的事。而對於曾享有各種榮華富貴的人來說，一旦陷入那種狀況，就更為可憐了！

馬拉吉．坎斯坦特躺在他那座腎臟形狀游泳池的寬大溝槽裡，正因為喝酒喝得酩酊大醉而沉睡中。水槽裡深度約四分之一英寸的水是溫熱的。坎斯坦特還是一身盛裝——穿著青綠色晚禮服長褲和金黃色錦緞縫製而成的晚宴上衣。他的衣服都浸溼了。

他是獨自一人。

游泳池本來被許多梔子花所覆蓋。可是，持續不斷吹著的風把花朵吹往游泳池另一端，就好像是把毛毯捲到床尾一般。經風一吹，在梔子花下鋪滿游泳池底的碎玻璃、櫻桃、扭曲的檸檬皮、仙人掌根、橘子皮、橄欖核、洋蔥、電視機機座、注射針筒，以及一台廢棄的白色大型鋼琴一覽無遺。除此之外，池面還有一些被棄置的雪茄蒂、菸蒂和大麻。

游泳池看起來不像是個運動設施，反倒像地獄裡的大碗。

坎斯坦特的一隻手臂垂懸在游泳池裡。手腕浸在水裡的太陽能手表發出一道閃光。那隻手表已經無法走動計時了。

電話鈴聲持續不斷地響著。

坎斯坦特口中喃喃自語，身體卻沒有移動。

電話鈴聲終於不再響了。可是，二十秒之後，鈴聲再度響起。

坎斯坦特無力地呻吟著，坐起身子，然後又無力地呻吟著。

從房子裡面傳來一陣輕快且有效率的聲音，那是高跟鞋踩在磁磚地板上的聲音。一名美豔得令人銷魂的金髮美女從房內走到電話亭，還對坎斯坦特擺出高傲不屑的臉孔。

她的口中嚼著口香糖。

「喂？」她對著聽筒說：「喔，怎麼又是你。沒錯，他已經醒來了。嘿！」她對著坎斯坦特大叫，聲音有點像白頭翁喊叫的聲音。「嘿，太空實習生！」她大喊。

「嗯？」坎斯坦特說。

「你擁有的那家公司的總裁想和你講話。」

「哪一家公司？」坎斯坦特說。

「你是哪一家公司的總裁？」金髮美女對著電話的聽筒說。她得到答案。「大藝術家公司。」她說：「是大藝術家公司的藍森．佛安先生。」她說。

「告訴他——告訴他我會回電給他。」坎斯坦特說。金髮女郎轉告給佛安後，又從佛安那裡轉告另一個訊息給坎斯坦特：「他說他想辭職。」

坎斯坦特身體不穩地站起來，伸手擦拭一下自己的臉。「辭職？」他語帶遲鈍地說：「妳說藍森・佛安那個資深主管要辭職？」

「沒錯。」金髮美女悻悻然地說：「他說，你再也付不起他的薪水了。他還說，在他辭職回家之前，你最好和他談一談。」她大笑著。「他說你已經破產了。」

§

至於在新港，碧翠絲・倫法德憤怒的吵鬧聲使得管家蒙克里夫趕緊跑到史基普博物館。

「夫人，您在叫我嗎？」他說。

「蒙克里夫，我不只在大叫而已。」碧翠絲說。

「謝謝你，她並不需要任何東西。」倫法德說：「我們只不過是興致勃勃地在談論事情。」

「你竟然敢替我回答是不是需要任何東西？」碧翠絲憤怒地對倫法德說：「我現在也漸漸了解，原來，你並不像你所說那般無所不知。可是，我就是突然很想要某種東西。我很想要一大堆東西。」

「什麼？」管家說。

「請你放那條狗進來。」碧翠絲說：「在牠走之前，我很想撫摸牠。我很想知道，漏斗狀時間區域除了扼殺人類的愛之外，是否也會扼殺掉狗的愛。」

管家鞠躬之後就離開了。

「妳剛才在僕人面前的表現很好。」倫法德說。

「大體上來說。」碧翠絲說：「我對家族尊嚴的貢獻比你對家族尊嚴的貢獻要大得多了。」

倫法德有點不好意思地低下頭。「我是不是在某些方面辜負了妳的期望？妳的意思是不是這樣？」

「在某些方面而已嗎？」碧翠絲說：「我看應該是在每一方面吧！」

「那妳要我怎麼做呢？」倫法德說。

「你早該告訴我，股票市場即將崩盤！」碧翠絲說：「你若是早告訴我，那我也不會遭受今天這麼悲慘的結局。」

倫法德的雙手在空中晃動著，他有點不高興地努力嘗試著想要說出一些辯解的話。

「怎麼樣？」碧翠絲說。

「我只是希望我們能一起到漏斗狀的時間區域。」倫法德說：「這麼一來，妳就能夠了解我說的話了。我只能說，我無法事先將股市要崩盤的消息告訴妳，其實就像哈雷彗星一樣，是大自然法則的一部分——妳對這兩件事應該同樣生氣才對。」

「你的意思是說，你根本不認為應該對我負責？」碧翠絲說：「很抱歉說這些，但我說的都是事實。」

倫法德前後晃動著頭。「是事實沒錯，可是天哪，這個事實來得倒真是時候。」他說。

倫法德退回他的安樂椅上，又重新閱讀起雜誌。只要攤開雜誌，自然就會翻到橫跨兩頁的廣告。那是一則有關慕尼斯特香菸的彩色廣告。馬拉吉．坎斯坦特最近才買下慕尼斯特香菸有限公司的股份。

廣告的大標題寫著「無限的喜悅！」搭配的圖畫則是泰坦星三名女妖的照片。她們分別是那個灰白頭髮女郎、金色頭髮女郎，以及棕色頭髮女郎。

金髮女郎的手指不經意地放在她的左胸上面。這讓有位藝術家在其中兩根手指之間畫上一根慕尼斯特牌香菸。金髮女郎手指間的香菸所散發出來的白色煙霧飄過那位棕髮女郎和灰白髮女郎的鼻子，而她們在太空中被消滅掉的色欲似乎被那具有薄荷的菸味所撩起來了。

倫法德早就料到坎斯坦特一定會試圖將那張照片用在商業上，以貶低它的價值。坎斯坦特的父親也曾做出類似的舉動：當他知道自己不管再花多少錢也無法買到達文西的〈蒙娜麗莎〉時，他就以將蒙娜麗莎的畫像拿來做栓劑廣告來懲罰她。自由企業這種處理美感的方式似乎已逐漸占上風。

倫法德的雙唇發出細微的聲音。每當他發出這種聲音，也就是他即將要發揮同情心的時候。這次，他的同情心是針對馬拉吉．坎斯坦特而來的。他認為坎斯坦特面臨的困境比碧翠絲面臨的還要悲慘。

「你的所有辯護都講完了嗎？」碧翠絲說這句話的同時，正好走到倫法德的椅子後方。她抱著自己的雙臂。這時候的倫法德早已看穿她的心意，知道她想用她那隻尖銳突出的手肘當做鬥牛士所揮舞的劍。

「我沒聽清楚，請妳再說一遍好嗎？」倫法德說。

「這個沉默——讓自己藏在雜誌裡，難道這就是你的反駁嗎？」碧翠絲說。

「反駁？假如有反駁的話，那兩個字用得倒正是時候。」倫法德說：「我說這個，然後妳反駁我，然後我又反駁妳，然後，有其他人走進來並且反駁我們兩人。」他戰慄地說：「每個人都排隊等待去反駁對方，這真是一場惡夢呀！」

「這個節骨眼上，能不能請你提供一些關於股票市場的行情預測，好讓我賺回失去的錢，甚至賺得更多？」碧翠絲說：「假如你還關心我的話，難道你就不能告訴我到底馬拉吉・坎斯坦特會用什麼方式騙我到火星？這麼一來，我才能夠智取他。」

「我告訴妳。」倫法德說：「對於守時的人來說，人生就像是雲霄飛車。」他接著轉過身，將他那雙發抖的手放到她的面前。「各種事情都將發生在妳身上！」他說：「沒錯，我可以看見妳搭乘的雲霄飛車。當然啦，我可以給妳一張紙，提示每個俯角和轉彎處；我也可以事先警告妳，當妳身處在隧道，何時會有小魔鬼突然出現來嚇唬妳。可是，我覺得這對妳沒有幫助。」

「我看不出來為什麼對我沒有幫助。」碧翠絲說。

「因為妳還是得搭雲霄飛車。」倫法德說：「雲霄飛車不是我設計的，我也不是它的主人，而且，我也無法決定到底誰應該搭乘。我只知道它長得什麼樣子而已。」

「那麼，馬拉吉・坎斯坦特也是這個雲霄飛車的一部分囉？」碧翠絲說。

「沒錯。」倫法德說。

「沒辦法避開他嗎？」碧翠絲說。

「沒有。」倫法德說。

「那麼，你就告訴我他騙我的步驟，也就是說，是哪些步驟使我和他會在一起。」碧翠絲說：「那也好讓我至少做一些我能做的因應之道。」

倫法德聳聳肩。「好吧！假如這是妳一直想要的。」他說：「假如這麼做會讓妳覺得好些的話……」

「就在這個時刻。」他說：「美國總統正在預測，一個新的太空紀元即將來臨，而且有助於減低失業率。於是，為了創造更多的工作機會，數十億美元將用以做為研發和製造無人駕駛太空船的相關費用。此一新的太空紀元將由下星期二『鯨魚號』的發射展開。『鯨魚號』將被重新命名為『倫法德號』，以表示對我的敬意，而且，還會滿載彈奏著手風琴的猴子，朝火星所在的方向發射。妳和坎斯坦特兩人都會參加典禮。妳將會登上太空船進行儀式性的巡禮，而稍後錯誤地按下一個開關將妳和猴子們送上路。」

上述那段話此刻必須停下來並稍做說明：雖然溫斯頓．奈爾斯．倫法德很少說謊，但他對碧翠絲講述的這個極為荒唐的故事卻是他一手編出來的謊言。

不過，倫法德所說的故事中，也有部分是真實的：「鯨魚號」將被重新命名並且準備在星期二發射，而且，美國總統真的即將預測一個新的太空紀元來臨。

這個時候，美國總統講的一些話確實值得再三深思和玩味；例如，他把「進步」這兩個字以獨特的發音方式說成「進展」，他也故意將「椅子」（chair）和「倉庫」（warehouse）發音成「喝彩」（cheer）和「證券公司」（wirehouse）。

「或許，現在有些人會到處說，美國的經濟已殘破不堪。」美國總統說：「說實在話，我完全無法理解為何他們會說出這樣的話來。現在比人類歷史上任何時候都擁有更多在各領域得以進展的機會。

「而且在其中一個領域裡我們更能獲得獨特的進展，我指的就是太空這個寬廣的領域。我們曾經在太空中絆了一跤，可遇到仍然有進展的機會時，我們美國人絕不會輕易退縮。」

「現在，每天都有許多膽怯的人來到白宮。」美國總統說：「他們哭哭啼啼地說：『天哪，總統先生，證券公司裡儲藏了許多汽車、飛機、廚房用品和其他各式各樣的產品。』他們又說：『天哪，總統先生，沒有人希望工廠再度展開生產，因為每樣東西每個人都至少擁有兩件、三件或四件。』

「其中一個人我記得非常清楚，他是喝彩的製造商。由於生產過剩的關係，使得他滿腦子都是想著他那證券公司裡的一大堆喝彩。我對他說：『再過二十年，世界人口將增長一倍，而那些數十億的新增人類都將需要可以讓他們坐下來的東西，所以你實在用不著太過於擔心你那些喝彩。在這段時間，你何不把證券公司裡所儲存的喝彩忘得一乾二淨，然後思考著太空的進展呢？』

「我對他，也對你們，也對每一個人都要這麼說：『太空能夠吸收一兆個像地球這樣大小的行星的生產力。我們可以永遠無止境地生產和發射火箭，而且永遠不會填滿整個太空，更不可能知曉全部有關於太空的事物。』

「然後，那些哭哭啼啼的人又說話了：『天哪，總統先生，那麼，漏斗狀時間區域又做何解釋？這個又怎麼解釋？那個又怎麼解釋呢？』於是，我又這麼對他們說：『假如人們像你們那麼容易受人聳動，那世界根本就不可能發生進展。世界上根本不可能出現電話或其他事物。更何況，我對他們、對你們，以及對每個人都要這麼說，我們用不著放人們進太空船裡，我們只會放較低等的動物。』」

當然，那位美國總統全部的演說並不只有上述的部分。

§

住在加州好萊塢的馬拉吉·坎斯坦特總算清醒地從那座藍水晶電話亭走出來。不過他感覺雙眼像是燒焦的木塊，嘴則嘗起來像是煮爛的濃湯。

他非常確定，他從來沒有看過這麼漂亮的金髮女郎。

他問她一個很普通的問題，卻換來粗暴的回答。「大家都到哪裡去了？」他說。

「你把他們都甩出去了。」金髮美女說。

「我真的這樣做嗎？」坎斯坦特說。
「一點也沒錯。」金髮女郎說：「難道你什麼都不記得了嗎？」
坎斯坦特微微點著頭，在那為期長達五十六天的宴會期間，他曾經達到完全忘卻一切事物的瘋狂地步。他的目的就在於讓自己顯得無能從事任何任務，也就是說，病得相當嚴重，以至於不能從事旅行活動。令人驚訝的是，他做得相當成功。
「喔，那真是一場相當精采的表演。」金髮女郎說：「你和每個來賓都玩得相當盡興，還幫忙將鋼琴推進游泳池。當鋼琴最後終於沉沒到游泳池裡的時候，你就醉得自言自語。」
「醉得自言自語。」坎斯坦特重複地說。這倒是一件新鮮事。
「沒錯。」金髮美女說：「你說你有非常不快樂的童年，這使得每個來賓都想聽聽到底有多麼不快樂。你父親從未和你玩球類運動——任何球類運動。有一半的時間沒人了解你，而每每有人能了解你時，卻又找不到球。」
「接著，你又繼續談論你的母親。」金髮美女說：「你說，假如她是妓女的話，而妓女又都像那樣的話，那你覺得身為妓女的兒子是件相當值得引以為傲的事。然後你又說，任何在場的女人，假如她能夠走上前來向你握手，然後大聲對著每個來賓說：『我就是妓女，就像你的母親一樣。』你將會贈送一座油井給她。」
「後來呢？」坎斯坦特說。
「你把一座座油田贈送給在場的每個婦女。」金髮女郎說：「接著你又大聲地哭著，你從來沒有這麼激烈地哭過，然後你選上了我並告訴宴會裡每個在場的人，我是整個太陽系裡唯一能受到你信賴的人。你又說，其他人只不過在等你睡著後，把你放在太空船裡並且朝著火星發射。之後，你又將除了我之外的每個人都趕回家，我是指包括僕人在內的每一個人。」

「接著我們坐飛機前往墨西哥結婚，又回到這裡。」她說：「現在，我又發覺你沒有小便壺可以小便，也沒有窗戶可以把小便壺丟到屋外。你最好跑到樓下的辦公室裡看看到底發生了什麼事。我的男朋友是個強盜集團成員，假如我告訴他，你並沒有給我你答應要贈送的東西，他就會做掉你。」

「其實，」她又說：「我的童年比你的童年更不快樂。我的母親也是妓女，而我的父親也從來不回家，不過——不同的是，除此之外我們還很貧窮。至少你還擁有數十億元的資產。」

§

在新港，碧翠絲．倫法德轉身背對她的丈夫。她站在史基普博物館的門檻處，臉朝著走廊。從走廊傳來管家的聲音。管家正站在前門的門口，叫著卡薩可那隻太空犬。

「我自己對於雲霄飛車也略知一二。」碧翠絲說。

「那不錯嘛。」倫法德有氣無力地說。

「當我十歲的時候。」碧翠絲說：「我父親突發奇想地認為讓我搭乘雲霄飛車應該是件很有趣的事。那時我們正在科德岬附近避暑，於是就開車到位於福爾河附近的遊樂場。」

「他買了兩張搭乘雲霄飛車的票，打算和我一起搭雲霄飛車。」

「我看了一眼那個雲霄飛車，它看起來既可笑又危險骯髒，於是，我極力拒絕搭乘。」碧翠絲說：「雖然父親是堂堂紐約中央鐵路公司的董事長，但連他也無法說服我搭乘雲霄飛車。」

「我們只好離開遊樂場，然後回到家裡。」碧翠絲得意洋洋地說。她的雙眼閃閃發光，突然間，她點著頭說：「這就是對待雲霄飛車的方式。」

她昂首闊步走出史基普博物館，又走到走廊等待卡薩可的到來。

不久之後，她覺得背後有一股電流，那是她丈夫所發出的電流。

「碧——」他說：「或許我對妳的不幸表現得相當冷淡，那是因為我知道，事情到最後終會轉好。或許，我絲毫不怨恨妳將和坎斯坦特結為夫妻一事。那也是因為，根據我的觀察，就扮演丈夫的角色來說，他要比我好得太多了。」

「碧，妳就期盼著第一次真正的戀愛吧！」倫法德說：「妳就期待著用不著所有外在的、有關貴族的證據，就能表現出貴族般的行為和舉止。妳就期待著上帝將賜予妳尊嚴、智慧和親切吧——妳甚至可以期待著將它們變成相當高尚的特質。」

倫法德微弱地呻吟著。他正變得快要不具實體了。「天哪……」他說：「妳提到雲霄飛車……」

「有時候停下來想想我自己在雲霄飛車上的情形。總有一天，妳身在泰坦星時，妳將了解我是如何被無情地利用，而且，叫我做的事竟是那麼噁心、幾乎毫無價值可言。」

現在，卡薩可急速跑進屋裡，四隻腳拍打著地面。然後，牠滑倒在擦得發亮的地板上。牠跑對了地方，也朝著碧翠絲的方向做出正確的直角轉彎。牠跑的速度愈來愈快，卻無法和地板發生摩擦了。

牠變得半透明。

牠開始畏縮並在大廳的地板上瘋狂發出嘶嘶聲，就好像是放在煎鍋上的乒乓球。

然後牠就消失了。

再也看不到任何一條狗。

用不著往後看，碧翠絲就知道她的丈夫也消失了。

「卡薩可？」她有氣無力地叫著。她極力想藉著摩擦手指發出的聲音來吸引狗的注意。可是她的手指太柔弱，以至於無法發出聲音。

「可愛的小狗狗。」她低聲說。

第三章　聯合薄餅公司股票

孩子——人家說，這個國家沒有皇室，但你想不想讓我來告訴你如何成為美利堅合眾國的國王嗎？只消鑽進屋外的廁所，然後，當你走出來時，聞起來會像玫瑰般芳香。

——諾爾．坎斯坦特

位於洛杉磯的公司「大藝術家」是由馬拉吉的父親所創設，成立目的在於管理馬拉吉．坎斯坦特的財務。它的總部擁有一棟高達三十一樓的建築物。雖然大藝術家公司擁有整棟建築物的所有權，卻只使用最頂端的三層樓，其餘各樓則租給它所管轄和掌控的各個公司使用。

這些公司當中，有些最近已被大藝術家公司出售，因此被迫搬出建築物。至於一些最近被「大藝術家」兼併或買入的公司則即將搬進來。

建築物裡目前的承租客戶如下：加拉克狄克太空船公司、慕尼斯特香菸公司、泛丹果石油公司、列諾克斯鐵道公司、佛萊克威克公司、桑尼麥德製藥公司、路易斯馬文硫磺公司、杜普力電子公司、比亞若環球電機公司、塞可基尼斯無限公司、艾德慕爾聯合顧問公司、馬克斯莫爾機械公司、威京森油漆塗料公司、美國浮動物品公司、佛洛法斯特公司、金恩襯衫公司、加州安伯倫人壽產物保險公司等。

大藝術家大樓是一棟瘦高且擁有十二邊的角柱形建築。由於每個邊都有青綠色的玻璃，建築的底部在陽光照射下呈現薔薇色。設計這棟建築的建築師之所以用十二個邊主要是為了代表世界上十二大宗教。不過到目前為止，並沒有人詢問建築師那十二大宗教的名字。

這倒是件相當幸運的事，因為建築師自己也無法完整將十二大宗教的名字說出來。

建築物的頂端有一座隱密的直升機停機坪。

§

對於底下的人來說，每當坎斯坦特的直升機要停在頂端停機坪時，形成的陰影和螺旋槳鼓動聲，就好像白色死亡天使的影子和翅膀鼓動聲一樣。這之所以會令人有那種聯想，是因為股票市場的崩盤，也因為金錢和工作機會變得如此地稀少。

而對於那些在股票市場裡受挫最重且因而傾家蕩產的人來說，更會有如此聯想。這一切都是馬拉吉·坎斯坦特的那些企業和公司搞的鬼。

坎斯坦特現在正駕駛著自己的直升機，因為前一天晚上，他所有的僕人都辭職不幹了。坎斯坦特的駕駛技術相當不好。當他將直升機降落在屋頂時，彷彿遭迫降般發出轟然巨響，整棟巨大建築都為之抖動。

他會來到這棟建築物，主要目的就在於要和「大藝術家」的總裁藍森．佛安舉行會談。

佛安在三十一樓等待坎斯坦特，整層樓只有一間寬敞舒適的房間被用來當做坎斯坦特的辦公室。

辦公室內部的各式家具相當令人毛骨悚然。那些家具都沒有腳。每樣東西都像被磁鐵吸住般懸吊在適當的高度。書桌、餐桌、吧台和沙發椅都像是飄浮的厚木板。至於椅子則像是傾斜飄浮著的碗。而當中最奇怪的則是：鉛筆和便條紙被任意地散放在空氣中，像是準備給任何想寫下心中想法的人隨時取用。

地毯之所以和草地一樣翠綠是因為它本身就是由生意盎然的繁茂青草所構成。

馬拉吉．坎斯坦特從他的直升機走出來後就搭乘私人電梯一路來到他的辦公室。當電梯門輕聲打開時，坎斯坦特被那些無腳家具以及飄浮的鉛筆和便條紙嚇呆了。他已經八個星期沒來到辦公室。有人早已將裡面重新擺設過。

大藝術家公司年事已高的總裁藍森．佛安站在落地窗前面，眺望著窗外整座城市的景色。他戴著黑色的軟氈帽，穿著長及膝部的黑色大衣。他的左手拄著一枝竹製拐杖。他非常瘦弱——多年來都是如此。

「他的屁股像兩顆子彈。」馬拉吉．坎斯坦特的父親諾爾曾經這麼描述佛安，「藍森．佛安就像一隻已經將背上雙峰和除了毛髮、雙眼以外的部位全都貢獻出來的駱駝。」

根據國稅局所公布的數據顯示，佛安是全美薪水所得最高的主管。他除了年薪一百萬美元之外，還擁有股票所得紅利和生活費用津貼。

他二十二歲時就任職在「大藝術家」旗下，現在已經六十歲了。

「有人移動過家具。」坎斯坦特說。

「沒錯。」佛安說，雙眼仍舊俯視著整座城市，「有人移動過所有的家具。」

「是你嗎？」坎斯坦特說。

佛安先是嗤之以鼻，過了一會才回答：「我認為應該對我們的一些產品表現出愛惜的態度。」

「可是……可是我從來沒看過像這樣的東西。」坎斯坦特說：「沒有腳——只是飄浮在空氣中。」

「這是磁性原理，你知道的。」佛安說。

「原來如此。我認為愈看愈有趣，現在，我已逐漸習慣了。」坎斯坦特說：「我們旗下的某家公司生產這些產品嗎？」

「是美國浮動物品公司。」佛安說：「你叫我們買下那家公司，我們就遵照你的意思買下它。」

藍森・佛安的臉轉離落地窗。他的臉簡直就是年輕和年老的複雜混合物。在他的臉上看不出一丁點衰老過程中間階段的痕跡，也就是說，看不出他在三十歲到五十歲之間日漸衰老的痕跡。整個臉上只呈現出青少年期和六十歲中老年期的痕跡。這就好像是個十七歲的青少年突然被一陣熱氣侵襲，因而顯得枯萎蒼白。

佛安每天都會讀兩本書。據說亞里斯多德是最了解他自己文化的人。而藍森．佛安也一直努力地企圖獲得和亞里斯多德同等的成就。不過，就轉化自己已知事物成為事理這方面來說，他的成就略為不及亞里斯多德。

智慧的山巒已造就了哲學之鼠，而佛安則是第一位承認這整件事是卑微老鼠的人。以下是佛安以最淺顯的文字將此一哲思呈現出來的一段話語：

「你爬上智慧的山巒和一名男子相遇，你對他說：『一切還好吧，喬。』然後他說：『這個嘛，很好，很好，真是好得不得了。』然後你又看著他的雙眼，你發覺其實事情糟透了。當你走下智慧山巒時，每個人都認為實在是無聊透頂，請注意，我是指『每一個人』。該死的是，沒有一件事看來有幫助。」

這樣的哲思卻沒有使他悲傷，也沒有在他身上蒙上一層陰影。

這反倒使他能夠不摻雜情感地加以細心觀察事情。

這樣的哲思也對企業的經營有所助益——因為這使佛安得以自然而然地認為，其他人似乎比他自己更脆弱、更無聊。

而且，有時候，好奇心強的人也會覺得佛安的喃喃自語相當有趣。

由於長久以來他一直替諾爾．坎斯坦特和馬拉吉工作，使得他能夠巧妙地對大部分事物說出非常挖苦的話語。佛安除了在某方面稍差之外，其他各方面都比坎斯坦特父子要來得優秀，不過，那稍差的某方面卻也正是最為重要的。坎斯坦特父子所擁有的是：無知、庸俗且無禮得愚蠢的好運。

馬拉吉．坎斯坦特腦中其實早就應該浮現出「好運已不復存在」的念頭。縱使佛安沒在電話中告訴他那不忍卒睹的壞消息，坎斯坦特的腦中也應浮現出他的好運已不復存在的事實。

「天哪。」坎斯坦特很天真地說：「這些家具我真是愈看愈喜歡。它們應該可以賣得很好才對。」每當坎斯坦特談論到商業相關事務的時候，總會令人悲哀而反感。他父親也是這樣。諾爾．坎斯坦特和他的兒子一樣，在商業方面真可說是一竅不通。每當坎斯坦特父子佯稱他們的成功完全是靠自己用雙手和血汗累積而來的時候，竟然還能散發出些許的魅力。

對於擁有數十億資產的富翁來說，當他們表現出非常樂觀、精明且具有強烈企圖心時，便顯得相當卑劣。

「假如你問我的話。」坎斯坦特說：「那我會說，我認為那是非常好的投資——我是說，畢竟它能生產像這樣的家具。」

「聯合薄餅公司比較好。」佛安說。聯合薄餅公司是他最喜歡的一則笑話。每當人們前來向他詢問，要求他提供如何在六個星期內使資金倍增的投資建議時，他總是很鄭重地建議他們投注資金在購買這家根本不存在的公司股票上。有些人還會對他的建議信以為真。

「坐在美國浮動物品公司所生產的沙發上比站在用樺樹所做成獨木舟上還要困難。」佛安就事論事地說：「當你想要坐上任何一張你所謂的椅子時，它總是會像往上彈的石頭般把你拋向牆去。如果你想坐在書桌邊緣，它會像當初萊特兄弟坐在小鷹號飛機般，讓你在辦公室裡到處跳著華爾滋。」

坎斯坦特輕輕觸摸他的書桌，它立刻抖動起來。

「這個嘛！我想，大概是工廠還沒清除掉裡面的蟲，道理就這麼簡單。」坎斯坦特說。

「我從來不說假話。」佛安說。

坎斯坦特此刻做出了一個前所未有的懇求。「人有時候難免會犯錯。」他說。

「有時候？」佛安邊說邊皺起眉頭，「這三個月來你一直做出錯誤決策，而且，你做的決策對我來說都是那麼不可思議。你唯一的成就就是將四十年來的成果毀於一旦。」

藍森．佛安從空中抓到一支鉛筆，然後折成兩段。「『大藝術家』已經不存在了。你和我是這棟建築物裡僅剩的兩個人，其他人都領完遣散費回家了。」

他鞠躬完後就往門的方向移動。「電話總機已重新設定，只要有人打電話來，都會直接轉接到你這個辦公室書桌上的電話。坎斯坦特先生，你要離開前，請別忘了關掉燈並鎖好前門。」

§

或許，這時候有必要按時間先後順序的方式，對大藝術家公司的歷史加以回顧一番。

大藝術家公司的成立是起因於一個時常旅行各地、推銷底部為黃銅材質烹飪用品的推銷員的構想。那個推銷員就是諾爾．坎斯坦特，他來自於麻塞諸塞州的新貝德福市，他是馬拉吉的父親。

至於諾爾的父親則是希維諾斯．坎斯坦特，他是大國民羊毛公司設於新貝德福工廠裡的織布機修理工人。他是無政府主義者，除了對他的老婆之外，這個無政府主義主張倒也沒有帶給他什麼麻煩。

這個家族的歷史可以追溯到班傑明．坎斯坦特和別人所生的私生子——他在一七九九年到一八〇一年間曾經擔任拿破崙的軍團指揮官，同時，他也是那時瑞典駐法國大使夫人安．路意絲．久蔓妮．奈克的情夫。

總之，某天晚上在洛杉磯，諾爾突然覺得想成為一個投機商人。那時候他三十一歲，未婚，不論身體或心理上都毫無魅力可言，而且生意也失敗了。當他獨自坐在威爾布罕伯頓旅館二二三號房的窄小床上時，他突發奇想地認為自己應該可以成為一個投機商人。

可說是有史以來擁有最多財富的諾爾．坎斯坦特，他開始創業時的總部真是寒酸得可以。威爾布罕伯頓的二二三號房只有十一英尺長、八英尺寬，裡面既沒有電話也沒有書桌。

不過，它有一張床、一個三層抽屜的梳妝台、幾張墊在抽屜裡的老舊報紙，以及一本放在最底層抽屜裡的聖經。墊在第二層抽屜裡的報紙上正好報導著十四年前股票市場裡各種股票的股價。

一個將自己反鎖在房間裡，除了一張床和一分日曆之外一無所有的男子實在是個謎，也使人禁不住要問：他是如何活下去的？

答案是：他靠的就是日曆，還有床邊那本聖經。

其實，這種情形和當初「大藝術家」草創時期的情形非常接近。當初諾爾．坎斯坦特用來創造他巨大財富的材料其實比當初好不到哪裡。

「大藝術家」是用一支鋼筆、一本支票簿、一些和支票大小相似的政府機關信封、一本聖經和銀行裡八千兩百一十二元的結餘存款組成的。

銀行結餘的存款還是他那信奉無政府主義的父親死後遺留的財產，經兄弟均分後而得來的。他父親的財產絕大部分都是政府公債的購買憑證。

諾爾．坎斯坦特擬定出一套投資計畫。其實，計畫的本身很簡單。而聖經就是他的投資顧問。

那些研究過諾爾．坎斯坦特投資計畫的人所獲得的結論是：他要不是個天才，就是擁有許多優秀的工業間諜在幫他做事。

他總是能夠在數日或數小時前大肆購買股價快要上揚的上市公司股票。就這樣，在十二個月當中，雖然他很少離開威爾布罕伯頓第二二三號房，卻能夠將他的財富累積到一百二十五萬美元。

諾爾．坎斯坦特之所以能成功累積財富，並不是靠天分也不是靠間諜。

他的投資計畫實在是過於簡單，使得不論他再怎麼解說，總是有人無法理解。那些人之所以無法理解是因為他們一直認為，只有聰明絕頂的人才能創造出巨大的財富。

以下就是諾爾．坎斯坦特的投資計畫：

他拿出他房間裡那本聖經來，從創世紀的第一個句子開始。

如同有些人早已相當熟悉的，創世紀的第一個句子是：「起初上帝創造天地（In the beginning God created the heaven and the earth）。」諾爾．坎斯坦特將句子裡每個字母都加以大寫，各字母之間加上句點，然後以兩個一組的方式並列一起，使得那個句子成為以下風貌：「I.N.，T.H.，E.B.，E.G.，I.N.，N.I.，N.G.，G.O.，D.C.，R.E.，A.T.，E.D.，T.H.，E.H.，E.A.，V.E.，N.A.，N.D.，T.H.，E.E.，A.R.，T.H.」

然後，他又找尋那些公司名稱的首字字母大寫和上述的大寫字母相同者，並且買下它們在股票市場銷售的股票。最初他奉行的法則是：一次只擁有一家上市公司的股票，也就是把所有資金全數投入在一家公司，然後，當股價增漲一倍之後，再全數賣出。

他最先投資的公司是國際奈瑞特公司（International Nirate）。然後依次是特洛布力吉直昇飛機公司（Trowbridge Helicopter）、伊莉克特拉糕餅公司（Electra Bakeries）、永恆花崗石公司（Eternity Granite）、印第安那新奇產品公司（Indiana Novelty）、諾威治鋼公司（Norwich Iron）、國民凝膠公司（National Gelatin）、格拉那達石油公司（Granada Oil）、德爾瑪新型服飾公司（Del-Mar Creations）、李奇蒙電鍍公司（Richmond Electroplating）、安德森拖車公司

（Anderson Trailer），以及依格複印機公司（Eagle Duplicating）。

至於接下來十二個月的計畫則是：再投資特洛布力直昇飛機公司，然後依次是愛爾科起重機公司（ELCO Hoist）、好幫手機械公司（Engineering Associates）、威克里電子公司（Vickery Electronics）、國民明礬公司（National Alum）、國民撈網公司（National Dredging），最後又再度投資特洛布力吉直昇飛機公司。

當他第三次投資特洛布力吉直昇飛機公司的時候，他不再只買該公司部分股票，而是買下整個公司。

就在他購買特洛布力吉直昇飛機公司兩天後，該公司和政府簽定產製洲際飛彈的長期合約。據保守估計，這份合約使得該公司資產增加到五千九百萬美元。而諾爾．坎斯坦特在兩天前才以兩千兩百萬美元將該公司全部買下來。

他只做出一項和公司經營相關的決策。他寄了一張印有威爾布罕伯頓旅館照片的明信片給公司總裁，告訴他應該把特洛布力吉直昇飛機公司改名為加拉克狄克太空船公司，因為該公司在直升機方面的產量早已落後給其他諸如飛彈和太空船等方面產品的產量。

雖然諾爾．坎斯坦特上述的舉動只不過略為施展他的威權，這卻是相當重要的，這顯示他終於對自己擁有的某項東西感興趣。而且，雖然他在該公司擁有的股份價值已增加一倍以上，但他並沒有全部賣光，而只賣出百分之四十九。

從那個時候開始，他持續接受他那本聖經的建議和啟示，但如果是真正感興趣的公司，他會保有超過一半以上的股份。

諾爾．坎斯坦特住在威爾布罕伯頓旅館二二三房間的頭兩年當中，只有一名訪客前來造訪。那個訪客並不知道他是有錢人。她是名叫佛羅倫絲．懷特希爾的女侍應生，每隔十天就會來和諾爾．坎斯坦特過夜，收費相當便宜。

諾爾．坎斯坦特對威爾布罕伯頓旅館的人聲稱他是個郵票交易商，而佛羅倫絲對此也深信不移。個人衛生並非諾爾．坎斯坦特所最為關切的事，而他自稱是郵票交易商，也比較讓人相信他從事的工作必須時常和帶膠水的物質接觸。

只有國稅局員工和克勞希金斯會計事務所才知道他相當富有。

兩年後，諾爾．坎斯坦特接待了前往二二三房間造訪他的第二名訪客。

第二位訪客是個年僅二十二歲、身材清瘦且擁有銳利雙眼的青年。他宣稱是國稅局人員，特別吸引了諾爾．坎斯坦特的注意力。

諾爾．坎斯坦特請他進到房間裡，示意他坐在床上。至於坎斯坦特自己則一直站著。

「國稅局竟然派一個小孩來。」諾爾．坎斯坦特說。

訪客絲毫沒有被這句話激怒。相反地，他將這句諷刺轉化成自己的優勢並加以善用，使自己的形象令人打顫。「沒錯，坎斯坦特先生。不過，我可是個鐵石心腸、行動快如貓鼬的小孩。」他說：「我曾經上過哈佛大學商學院。」

「或許吧。」諾爾．坎斯坦特說：「不過，我想你一點也傷不了我。我沒有欠聯邦政府任何一毛錢。」

乳臭未乾的造訪者點點頭。「我知道。」他說：「我知道你的每分報稅資料都很合乎規定。」

年輕人上下打量一番房間。他對房間的髒亂毫不驚訝。他已經世俗到足已預料到一定有某些事情出問題。

「過去兩年來我一直相當仔細地觀察你的財務收支表。」他說：「根據我的推算，你是有史以來最幸運的人。」

「幸運？」諾爾．坎斯坦特說。

「我是這麼認為。」年輕訪客說：「難道你不這麼認為嗎？比方說，你知道愛爾科起重機公司生產什麼產品嗎？」

「愛爾科起重機公司？」諾爾．坎斯坦特表情茫然地說。

「你擁有該公司百分之五十三的股份已經有兩個月了。」年輕的訪客說。

「這個嘛——起重機，就是那種能吊起很多不同類的東西來的機器嘛。」諾爾．坎斯坦特有點不自在地說：「也可以同時吊起同一類的東西。」

年輕訪客的笑聲即使貓聽了也要害怕。「讓我來告訴你吧。」他說：「愛爾科起重機公司是在上一次世界大戰由政府命名成立的，當時成立的目的是用來研發水底聽測器材。大戰之後，這家公司賣給私人企業。但由於它仍肩負著研發高度機密儀器的重責大任，而且唯一的客戶依舊是政府，所以公司的名稱也總是沒變。」

「你不妨告訴我。」年輕訪客說：「到底是什麼讓你認為購買印第安那新奇產品公司的股份是一項正確的投資呢？你真的認為那家公司只生產安全的整人玩具嗎？」

「難道我有義務回答國稅局這種問題嗎？」諾爾・坎斯坦特說：「難道我非得對國稅局詳加描述每間我所投資的公司的情形，否則就不得投資嗎？」

「我會這麼問，只是出於個人的好奇心而已。從你的反應來看，我可以猜想，你甚至連印第安那新奇產品公司究竟生產什麼產品都一無所知。讓我來告訴你吧！印第安那新奇產品公司並不生產產品，它只不過擁有最新輪胎翻新機器的專利而已。」

「我覺得自己好像在國稅局的大樓裡接受官員問話。」諾爾・坎斯坦特有點不悅地說。

「我已經不在國稅局工作了。」年輕的訪客說：「今天早上，我辭掉我那份週薪一百一十四元的工作，為的就是想找個週薪兩千元的工作。」

「那你打算替誰工作呢？」諾爾・坎斯坦特說。

「當然是替你工作。」年輕人說。他站了起來，伸出手。「我的名字是藍森・佛安。」他說。

「我在哈佛大學商學院念書的時候，有位教授一再稱讚我是聰明伶俐的學生，不過他也認為，假如我想變成有錢人的話，必得找尋自己的伯樂。他始終不肯解釋那句話的意思，只說我遲早會自己領悟。我又問他，要怎麼做才能找到我的伯樂，他只是建議我先到國稅局工作一年左右再說。」

「坎斯坦特先生，我在審查你的退稅資料時，突然領悟到教授的話。我想，他的意思是說，我既聰明伶俐又深思熟慮，運氣卻不夠好。我必須找一個運氣很好的人，如今我終於找到了。」

「憑什麼要我付你一星期兩千元的薪水？」諾爾．坎斯坦特說：「在這個房間裡，你可以一眼就看到我的設備和工作人員，大概也應該知道它們的運作情形。」

「沒錯。」佛安說：「但是在我的指點過後，你不只賺五千九百萬元，而是可以賺進兩億元的財富。你完全不懂公司法和稅法——你甚至連最簡單的商業經營程序也不知道。」

佛安對馬拉吉的父親諾爾．坎斯坦特講完後，再度告訴諾爾．坎斯坦特自己一個組織嚴密的計畫和構想。那個計畫裡面就包含成立大藝術家公司這件事。對於違反上千條法令卻又不會遭受到法令的制裁，這真是個高明的策略。

諾爾．坎斯坦特對佛安奸滑狡詐的策略印象非常深刻，以至於他幾乎覺得不需要再依賴聖經來從事買賣股票的工作。

「坎斯坦特先生。」他說：「現在，對國稅局來說，你與街角販賣蘋果和梨子的商店一樣，都很容易受到監督。可是你想想看，假如你擁有整棟裡面擠滿許多實業官僚的巨大建築物——那要監督你將是多麼困難。我所說的實業官僚是指常會遺失東西，使用錯誤的格式，創造新格式並要求每樣東西都要五份複本，以及對別人告訴他們的話只了解其中三分之一內容的人；是指習慣性給予誤導性答案以便獲得時間來思考的人；是指只有在被強迫下才會做決定以便掩飾錯誤痕跡的人；是指那些顯然在加減法運算時犯錯的人；是指那些每當覺得孤獨就召開會議的人；是指那些不覺得被愛時就寫備忘錄的人；是指那些除非認為可能遭解雇否則絕不會拋棄任何東西的人。對實業官僚來說，假如他充滿了精力，每年應該能夠做出一公噸毫無意義的文件給國稅局審核。我們將會雇用好幾千名實業官僚在大藝術家大樓裡！你和我將擁有大樓的最頂端兩層，你可以用你現在所做的方式，繼續將發生的事情記載下來。」他又打量整個房間一番。「對了，你是如何記載的——用燒焦火柴棒寫在電話簿周圍的空白處嗎？」

「我記在腦中。」諾爾．坎斯坦特說。

「還有一項優點我沒有指出來。」佛安說：「總有一天你的好運會用完，到時候你就必須雇用最聰明伶俐、最深思熟慮的經理，否則，你將會兵敗如山倒地迅速沒落。」

「你被錄用了。」馬拉吉的父親諾爾．坎斯坦特說。

「現在的問題是，那棟建築物要蓋在哪裡？」

「我擁有這棟旅館的股份，而這棟旅館則擁有這條街對面的那塊空地。」諾爾．坎斯坦特說：「就蓋在街對面那塊空地好了。」他用他那根彎曲得像機軸的食指指著那塊空地。「不過還有一件事……」

「您請說。」佛安說。

「我不會搬到那裡面去。」諾爾．坎斯坦特說：「我要繼續待在這裡。」

§

那些想對大藝術家公司的歷史有更深入了解的人可以到公立圖書館去，找出拉薇娜．華特斯的《瘋狂夢想》，或是克倫伯格．高伯格的《原始的規模》這兩本書來閱讀，便可有所斬獲。

雖然華特斯小姐的書在商業方面的描述較為混亂，但對於佛羅倫絲．懷特希爾那位女侍應生的描寫則較為正確——佛羅倫絲不僅發現她懷了諾爾．坎斯坦特的孩子，也發現他還是個億萬富翁。

諾爾．坎斯坦特和那位女侍應生結婚，除了給她一棟大廈之外，也以她的名義在銀行裡開了存有百萬美元存款的活期存款帳戶。他告訴她，假如生下男孩的話就取名馬拉吉，女孩則取名普魯頓絲。他還請她依然每隔十天就到威爾布罕伯頓旅館的二二三號房，但不要帶小孩一起來。

克倫柏格的書雖然提供很多正確的商業資料，卻始終繞著克倫柏格所要表達的中心主題：大藝術家公司是沒有能力去愛的情結下的產物。若是細細品味克倫柏格書中字裡行間的弦外之音，讀者可以逐漸發現，原來克倫柏格自己就是一個沒有人愛而且也無法愛人的人。

附帶一提，華特斯小姐和克倫柏格在著作中都沒有描述諾爾．坎斯坦特的投資方法。雖然藍森．佛安一直很努力地想找出諾爾．坎斯坦特的投資方法，但也沒有獲得滿意的結果。

諾爾．坎斯坦特只把他的投資祕訣告訴他的兒子馬拉吉，他是在馬拉吉二十一歲生日時告訴他的。那場只有兩個人的生日宴會在威爾布罕伯頓旅館的二二三號房舉行，那也是他們父子第一次見面。

馬拉吉是受到諾爾的邀請而前來見他。

人類的情感就是如此，年輕的馬拉吉．坎斯坦特顯然更為在意房間裡各項家具，反倒不怎麼想知道賺取數百萬或甚至數十億金錢的訣竅。

其實，諾爾．坎斯坦特的賺錢絕招的第一步很容易了解，因此用不著太過於注意。其中最複雜的部分就是當諾爾終於放下大藝術家公司的營運時，馬拉吉必須承接起來。年輕的馬拉吉要向藍森．佛安拿一份大藝術家歷年來的投資目錄表，在仔細研究過原價和售價的差額之後，年輕的馬拉吉只需要知道年事已高的諾爾已經進行到聖經的哪裡，而那裡也就是年輕的馬拉吉所應該開始的地方。

二二三房間裡最吸引年輕的馬拉吉的一項擺設，就是一張他自己的照片。那是他三歲時所拍的照片——裡面的主角是在海灘玩耍、精力旺盛且討人喜愛的小男孩。

那張照片用圖釘釘在牆上。

那是整個房間裡唯一一張照片。

年事已高的諾爾看到年輕的馬拉吉正看著那張照片，而且他也對這整個有關父親和孩子的事還顯得困惑羞澀。他的頭腦一直思索著想找出一些美好的事情來說，卻發覺竟然沒有什麼可說的。

「我的父親只給我兩個忠告。」他說：「其中只有一個忠告能經得起時間的考驗。那兩個忠告分別是：『不要動用你的老本』，以及『臥室裡絕對不能看到酒瓶』。」他的困惑和羞澀現在已大到他自己也無法忍受。

「再見。」他非常突兀地說。

「再見？」年輕的馬拉吉非常驚訝地說。他的身體移向門邊。

「千萬不要讓酒瓶在你的臥室裡出現。」年老的諾爾說完，轉身背向著馬拉吉。

「是的，我一定會聽從你的忠告。」年輕的馬拉吉說：「再見。」他說完之後就離開了。

那是馬拉吉．坎斯坦特第一次也是最後一次和他的父親見面。

在他和父親見面後，他的父親還活了五年才去世。終其一生，聖經從來沒有讓他失望過。當諾爾．坎斯坦特講完以下這句話後，他就與世長辭了：「於是，上帝造了兩個大光，大的管晝，小的管夜；祂又造眾星。」

他最後一項投資是以每股一七．二五元的價格購買陽光男孩石油公司的股票[6]。

馬拉吉．坎斯坦特繼承了他父親的遺產，卻沒有遵照父親的意思搬進威爾布罕伯頓旅館的二二三號房。

而且，最初五年，兒子的運氣和他父親當年一樣好。

不過現在，突然間，大藝術家公司卻破產了。

在辦公室裡看著身邊飄浮的家具和青綠色的地毯，馬拉吉．坎斯坦特仍然不相信自己的運氣已消耗殆盡。

「沒有留下任何東西嗎？」他有氣無力地說，勉強地對著藍森．佛安微笑著，「老兄，快別這樣。我是說，總該會留下一些東西吧。」

「我也是這麼認為。今天早上十點，」佛安說：「我還慶賀自己能夠使大藝術家公司屹立不搖地承受任何可以想像得到的重大打擊。那時我們不僅平安度過不景氣，也努力地使你的一些錯誤決策的損害程度減到最低。」

「可是，在十點十五分的時候，有一位自稱律師、很顯然曾經現身在你昨晚宴會裡的人前來拜訪我。很顯然地，昨天晚上你贈送油井給來賓，而那個律師倒也頗為深思熟慮地擬妥一些文件，假如你簽署的話，將具有法律上的效力。而你竟然也在那些文件上簽名。昨天晚上你總共送出五百三十一口油井，這使得我們完全喪失泛丹果石油公司的持股。」

「到了十一點，」佛安說：「美利堅合眾國的總統宣布，將和被我們賣掉的加拉克狄克太空船公司簽署一項為因應新太空紀元到來、高達三十億美元的合約。」

「十一點三十分的時候，」佛安又說：「有人給我一份《美國醫藥學會學報》，上面還有我們公關經理加註的『ＦＹＩ』字樣。假如你曾經花時間在辦公室的話，你應該知道那三個英文大寫字母的意思是『敬請查閱』（for your information）。我馬上翻到他要我查閱的那一頁後，

6 聖經這句話最後是「He made the starts also.」，結尾的S與O兩個字母，正好是陽光男孩石油公司（Sunnyboy Oil）的縮寫。

終於知道，慕尼斯特香菸公司的產品是導致男女不孕最主要的原因。這個事實並非由人類，而是由一台電腦所發現的。只要關於吸菸的資料被輸入，那台電腦就會運作激烈，但是，沒有人知道為什麼會這樣。很顯然地，它企圖告訴操作者一些事情。它用盡各種方式想要表達出來，終於使操作者問出一些適切的問題。」

「那些適切的問題是有關於慕尼斯特香菸公司和人類生殖的關係。而其間的關係如下：即使一直想生育小孩，但只要抽慕尼斯特香菸公司所生產的香菸，就不可能生育下一代。」佛安說。

「毫無疑問地。」佛安說：「有一些小白臉、交際花和紐約客對慕尼斯特香菸的這個『功能』都讚不絕口。不過，根據還沒被解散前的大藝術家公司法務部門統計，雖然慕尼斯特香菸公司確實如其廣告所言地會給該公司產品使用者『無盡的樂趣』，但好幾百萬消費者的控訴很可能會成立。」

「全美國大約有一千萬使用慕尼斯特香菸公司產品的消費者。」佛安說：「他們全都不能生育了。假如每十個消費者當中就有一人對其所遭受到的傷害提出控訴，而且假設他們都只要求五千元的賠償，那麼，你總共必須花費五十億美元的賠償金額，而這還不包括訴訟費用在內。你當然沒有五十億美元那麼龐大的資產。由於股市崩盤，加上你對許多不當產業如美國浮動物品公司的收購，使得你現在的資產甚至還不到五億美元。」

「慕尼斯特香菸公司，那是你的；大藝術家公司，那也是你的。」佛安說：「你所有財產都將被提出來訴訟，而且控告你的人也都將勝訴。當然啦，雖然訴訟的當事人或許沒辦法得到他們所要求的賠償金，可是這審問的過程可能就會毀了你。」

佛安再度鞠躬。「現在，我要執行最後一項職務上的責任——也就是要告訴你，你父親寫了一封信給你。但他也交代過，要在你的運氣開始不濟時才交給你。他指示我，假如你的運氣變壞，就把那封信放在威爾布罕伯頓旅館二二三號房的枕頭下面。一個小時之前，我已經將信放在枕頭下面了。」

「現在，我以一個卑微且忠心的公司僕人身分，請求你幫我個小忙。」佛安說：「假如那封信似乎透露出未來的生活將會如何，請你打電話到我家告訴我，我將感激不盡。」

藍森．佛安先觸摸他的拐杖，再觸摸他的軟氈帽，向馬拉吉．坎斯坦特致敬。「再見了，大藝術家二世，再見！」

§

威爾布罕伯頓旅館位在大藝術家大樓對街，是一棟老舊三層樓的都德式建築。和大藝術家大樓相較之下，它宛如加百列大天使[7]腳下的一張未完成的床。松木板釘在旅館的灰泥外部，

7　加百列大天使（Archangel Gabriel）：第一次出現在希伯來聖經但以理書中，名字的意思是「天主的人」、「天神的英雄」等，最常見的意思是「為神傳達信息的使者」。

好讓它長得像是原木建成的建築物。屋脊曾遭到故意損毀，使它看起來彷彿已年代久遠。屋簷下垂得很低，又令它狀似由茅草建蓋的房子。它的窗戶很小，窗框是五角形。

這間旅館的小型酒吧室名叫「聽你說室」。

在聽你說室裡有三個人：一個酒保和兩名顧客。兩名顧客分別是一位瘦女子和一位胖男子，他們看起來都非常老。雖然威爾布罕伯頓旅館裡的工作人員從來沒看過他們，但看他們兩人的樣子好像已經在聽你說室待了好幾年。

他們兩人自稱是從中西部同一所中學退休，現在是以退休金度日的教師。胖男子自我介紹，他叫喬治．赫蒙荷爾茲，過去是學校樂隊的指揮。瘦女子也自我介紹她叫羅貝塔．威莉，曾經擔任過代數老師。

很顯然地，他們在生命的後期時，從酒精和玩世不恭的生活態度中發現了生活的慰藉。同樣種類的酒他們絕對不會訂購第二次，他們也都很想知道這個酒瓶裡裝什麼酒，以及那個酒瓶裡又裝什麼酒。

酒保知道他們兩人絕對不是酒鬼。他相當熟悉酒鬼的樣子，也很喜歡酒鬼的樣子，但他們只不過是週末晚報裡兩個因旅途勞累而在半路休息的人物而已。

當他們沒有對各種不同的酒好奇而問問題時，他們和新太空紀元裡數百萬常光顧酒吧的人並沒有顯著的不同。他們一直坐在自己的酒吧椅子上、雙眼凝視著前方各種酒瓶的種類。他們的雙唇經常移動著，也時常露出愁眉苦臉和冷嘲熱諷的表情。

布道家鮑比・丹頓把地球當成上帝所賜予的太空船，對那些時常光顧酒吧的人來說，這倒真是適切的比喻。赫蒙荷爾茲和威莉小姐就好像是在太空中從事永無止境且毫無目標航行的正駕駛和副駕駛。他們很容易被認為從年輕時就開始接受技術訓練，而眼前的酒瓶則像是多年來他們一直注視著的儀器。

每天，那個太空男孩和太空女孩都會顯得比前一天更為散漫，這樣持續到現在，他們已成為加拉克狄克太空營運之恥。

赫蒙荷爾茲有兩顆鈕釦沒有扣上。他的左耳朵還留有刮鬍子的肥皂沫，襪子也是左右腳並非同一雙。

至於威莉小姐則是個下巴瘦長、看起來很瘋狂的嬌小老婦人。她的頭上戴著黑色鬈曲的假髮，那頂假髮看起來彷彿已在某個農夫的倉庫門前掛了好幾年。

「總統先生下令，嶄新的太空紀元已經開始，或許這真的能對失業率下降有所幫助。」酒保說。

「嗯嗯。」赫蒙荷爾茲和威莉小姐不約而同地說。

只有觀察敏銳且多疑的人才會注意到他們兩人在行為上異於常人之處：赫蒙荷爾茲和威莉小姐兩個人對時間太感興趣了。就無事可做也無處可去的人來說，他們對於自己手表的興趣真可說過於專注——威莉小姐手腕上戴的是男用手表，而赫蒙荷爾茲先生則是使用金懷表。

事實的真相是，赫蒙荷爾茲和威莉小姐根本就不是學校的退休教師。他們都是男性，也都是偽裝的高手。他們是火星軍隊的特勤人員，也是兩百英里上空一架飛碟裡火星媒體的耳目。

馬拉吉．坎斯坦特並不知道，這兩個人正在等候著他。

§

當馬拉吉．坎斯坦特過街走到威爾布罕伯頓旅館的時候，赫蒙荷爾茲和威莉並沒有上前和他搭訕。他們甚至毫無顯露出他對他們而言相當重要的跡象。甚至在他穿越大廳、搭乘電梯時，他們也都不瞧他一眼。

不過，他們再次看著自己的表——而只要是觀察敏銳且多疑的人都可以注意到，威莉小姐按了她手表上的按鈕，具有碼表功能的手表便發出計時的聲音。

赫蒙荷爾茲和威莉小姐並不打算對馬拉吉．坎斯坦特使用暴力。他們從來不對人使用暴力，卻仍然替火星人徵募了一萬四千人。

通常他們使用的技巧是：打扮成土木工程師的模樣，找來一些看起來不是很聰明的男女，答應提供每小時九美元（不含稅）的工資，到遙遠的地方從事政府的祕密計畫工作，時間是三年，免費供應食宿及交通。赫蒙荷爾茲和威莉小姐兩人在私下常會開玩笑地說，他們從來沒有說明到底是什麼政府在從事計畫，而到目前為止，也從來沒有應徵者想到要問這個問題。

應徵者抵達火星時，其中百分之九十九的人都失去了記憶。他們的記憶被心理醫師去除，火星的外科醫師則在他們的頭顱裡放置收音機天線，讓應徵者受到收音機的掌控。然後，應徵者隨機被取新名字，接著就被分派到工廠、工程地點、行政單位或火星軍隊裡。

應徵者當中有極少數人並未遭到上述處置。他們必須先展現出絕對效忠火星的決心，頭顱裡才不會裝入收音機天線。那些少數的幸運兒於是就被納入極為隱密的指揮圈子裡。

赫蒙荷爾茲和威莉這兩個祕密特勤人員就是屬於指揮圈子裡的人。他們仍然擁有原先的記憶力，也沒有被收音機掌控。如同被期望地，他們很熱愛他們的工作。

「那邊那瓶『斯利渥維茲』的味道如何？」赫蒙荷爾茲詢問酒保的同時，眼睛還一直瞪著下面那排酒瓶裡其中一瓶已沾上不少灰塵的酒瓶。他才剛喝完一杯琴酒而已。

「我竟然不知道我們有那樣的酒。」酒保說。他先把那瓶酒放在吧檯上，接著又傾斜地拿著它，以便能念出標籤的名稱。「梅子白蘭地。」他說。

「下次我一定要嘗嘗看。」赫蒙荷爾茲說。

§

自從諾爾．坎斯坦特去世後，威爾布罕伯頓旅館的二二三號房就始終沒人居住，以做為紀念。

現在，馬拉吉．坎斯坦特自己走進二一三號房。自從父親去世後，他就沒再到過這個房間。他關上門，在枕頭下找到那封信。

除了棉被和枕頭套之外，房間裡的東西都沒有變動過。馬拉吉小時候在海灘玩耍的照片仍然是牆上唯一的照片。

信上是這麼寫的：

親愛的兒子：

一定是某件重大或不好的事發生在你身上，否則你現在是不會讀這封信的。我寫信的目的就是要告訴你，要沉著應對已發生的壞事。你應該從我們過去發跡的歷史當中，找出曾經有過的重大或有利的事件。我要你去努力找尋的，是找出是否發生了某種特殊的事，或者只不過看起來很瘋狂而已。

假如你認為我不是個好父親或認為我什麼都不好，那是因為早在我死去之前，我就已經如同一具行屍走肉了。沒有人愛我，我又什麼事都不在行。我找不出任何可以喜歡從事的嗜好，也厭倦銷售烹飪鍋盤或看電視的生活，於是，我就真的像是行屍走肉，永遠也無法走回頭路了。

那是我開始拿著聖經做生意的時候，後來發生的事情你應該已經知道了。雖然我已是行屍走肉，但似乎某個人或某件事一直要我擁有這個地球。我始終睜大眼睛想尋找能夠告訴我這到底是怎麼回事的訊息，訊息卻遲遲都沒有出現。我只是一直變得更富有而已。

然後，你的母親寄來那張你在海灘玩耍的照片。照片中的你似乎在看著我，使我認為或許你就是我一再累積財富的原因吧。於是我終於體會到，在我死之前是永遠無法知道謎底的，不過，或許你會是那個突然間看清楚每件事的人。

讓我告訴你吧，即使是快要死的人都很討厭在世時無法揭曉謎底。

我之所以交代藍森．佛安只有在你的運氣變壞時才交給你信，主要原因就在於從來沒有人會在他的運氣還很好的時候，對任何事情加以思考或注意。他為什麼要思考或注意呢？

我的孩子，替我多加觀察和注意各種事物吧。假如你已經破產，而又有人帶著瘋狂的計畫來見你，我的建議是，你就不妨接受他的計畫。當你處於想要學習某種事物的心境時，或許你才會學到某種事物吧！我一生當中只學到一件事：有些人運氣很好，有些人則運氣很差，而即使是哈佛大學商學院的高材生也不知道為什麼會這樣。

父字

有人在敲二二三號房的門。

在坎斯坦特回應之前，那扇門早就被打開了。

赫蒙荷爾茲和威莉小姐走進二二三號房。由於他們事先收到上級指示，因此分秒不差地在馬拉吉剛讀完信的時候走進來。上級也指示他們應該說些什麼話。

威莉小姐拿掉她的假髮，終於顯現出他那原本就瘦骨如柴的男兒身，而赫蒙荷爾茲也稍微調整容貌，使他自己看起來像個什麼也不怕且慣於指揮的人。

「坎斯坦特先生。」赫蒙荷爾茲說：「我來這裡是要告訴您，火星上不但有人居住、工廠林立，而且還駐紮著龐大但高效率的軍隊。火星一直在地球招募人員，而被招募的人員是乘坐飛碟抵達火星的。我們已經準備在火星的軍隊裡安插中校的職務給您。」

「就您目前在地球的情況可說已經毫無指望。您的妻子像是野獸。此外，根據我們獲得的情報顯示，若是您還在地球上，不僅會因訴訟而破產，還會因過失罪被判刑入獄。」

「除了薪水和特權都將比地球上軍隊裡的中校要好得太多之外，我們還可以使您不遭受地球司法的騷擾。一個參觀新奇有趣的星球的機會，以及從隔離且超然的立場來思考您出生之處地球的機會。」

「假如您願意接受此任務，」威莉小姐說：「那就舉起您的左手，跟著我說……」

§

第二天，馬拉吉．坎斯坦特的私人直升機被發現棄置在莫哲夫沙漠中央。有對腳印明顯走離直升飛機達四十英尺遠，然後腳印的痕跡就中斷了。

看起來就像是馬拉吉．坎斯坦特走了四十英尺之後逐漸溶化於稀薄的空氣中。

§

就在星期二，原名是「鯨魚號」的太空船被重新取名為「倫法德號」太空船，準備要發射。

碧翠絲．倫法德得意洋洋地從電視機觀看遠在兩千英里外的發射儀式。她仍然在新港。一分鐘之後，「倫法德號」太空船即將發射升空。假如命運的安排是要碧翠絲．倫法德搭乘那艘太空船的話，現在不知道要如何才辦得到。

碧翠絲的心情真是舒暢極了。她證實了很多事情。她證實她才是自己命運的主人，一旦她說不，就能堅持到底絕不妥協。她也證實她丈夫所謂的「全知觀點」完全只是唬人的，換句話說，他的預測比美國氣象局好不到哪裡去。

除此之外，她還擬出一套計畫，這套計畫不僅能使她的下半生頗為舒適，同時也能讓她的丈夫得到他應得的待遇。下一次當她的丈夫顯形時，他將會發現，他的土地上竟擠滿前來觀看的人們。碧翠絲打算向每位前來觀看她丈夫顯形的人收取五元的入場費用。

這可不是什麼白日夢。她曾和兩位已是她的土地持有者的代表談論過這個計畫，他們也都樂觀其成。

現在，他們正和她在一起，從電視機上觀看「倫法德號」太空船發射升空前的準備工作。放置電視機的房間裡同時也掛著碧翠絲小時候穿著白色衣服騎在白色小馬上清純模樣的油畫。

小女孩的潔白衣服絲毫沒沾上泥土。

現在，電視播報員要開始做「倫法德號」太空船發射升空前最後一分鐘的倒數計時。

正當在倒數計時的時候，碧翠絲的心情像小鳥般快樂。她無法安靜地坐著，也無法保持安靜。她之所以如此「坐立不安」並不是因為懸疑好奇，而是過於快樂的緣故。對她來說，「倫法德號」太空船能否順利發射升空根本就不重要。

反而是她那兩名訪客對「倫法德號」太空船發射升空一事似乎相當看重，他們好像在默默祈禱著發射升空能夠順利成功。兩名訪客分別是喬治．赫蒙荷爾茲先生，以及他的祕書羅貝塔．威莉小姐。雖然威莉小姐是個長相奇特且身材嬌小的年老婦女，她卻相當機警聰敏。

火箭在一陣怒吼之後順利升空了。

那是一個完美無缺的發射。

赫蒙荷爾茲癱坐在沙發椅上大大地鬆了口氣。接著他帶著笑意搥打自己渾圓的大腿，神色甚是興奮。「這真是個輝煌的時刻。」他說：「我以身為美國人為榮，我也很高興能生在這個時代。」

「你想喝些什麼嗎？」碧翠絲說。

「非常謝謝您。」赫蒙荷爾茲說：「不過，我不認為生意和娛樂應該混淆在一起。」

「生意的部分不是都談完了嗎？」碧翠絲說：「我們不是討論過每項細節了嗎？」

「是這樣的——威莉小姐和我希望對這片私有地上的較大建築物做出分類表。」赫蒙荷爾茲說：「但恐怕天色已晚，不知道您有沒有泛光燈？」

碧翠絲搖搖頭。「很抱歉。」她說。

「或者，您這裡有強力的手電筒嗎？」赫蒙荷爾茲說。

「或許我可以找到手電筒。」碧翠絲說：「可是，我並不認為你們有必要到外面去。我現在就可以一一說給你們聽這片私有地上面的建築物。」她按鈴找來管家，吩咐他拿手電筒來。「有室內網球場、溫室、園丁的家、貴賓屋、工具屋、浴室、狗屋，以及一座老舊的水塔。」

「其中哪個是新的？」赫蒙荷爾茲說。

「新的？」碧翠絲不解地說。

管家帶了手電筒走進來，碧翠絲將它交給赫蒙荷爾茲。

「那個用金屬蓋成的房子。」威莉小姐說。

「金屬？」碧翠絲不解地說：「應該沒有金屬蓋成的房子。或許是一些小圓石長期經風吹雨打日晒而變得有點光滑，被你們誤認為金屬了吧！」她皺了皺眉頭。「是不是有人告訴過你們，這片私有地裡有用金屬蓋成的房子？」

「我們一進來就看到了。」赫蒙荷爾茲說。

「就在那條小徑旁邊，靠近噴泉的樹叢裡。」威莉小姐說。

「我實在想不出來你們指的是什麼。」碧翠絲說。

「我們能不能到屋子外面看一下？」赫蒙荷爾茲說。

「這當然沒問題。」碧翠絲說著，從椅子上站了起來。

他們三個人走過大廳地板上的十二宮圖，走進屋外的黑暗世界。

手電筒發出的亮光在前方引導著他們。

「真的嗎？」碧翠絲說：「我和你們同樣想知道，那到底是怎樣的建築物。」

「看起來像是鋁合金組成的房子。」威莉小姐說。

「看起來像是座菇狀建築物，可能是大水槽之類的東西。」赫蒙荷爾茲說：「只不過，它的屋頂下垂到地面。」

「真的嗎？」碧翠絲說。

「現在妳總該知道我所說的是什麼東西了吧。」威莉小姐說。

「不！」碧翠絲說：「我還是不了解妳說的是什麼。」

「我必須很小聲地說。」威莉小姐以開玩笑的口吻說：「否則，有人將會把我鎖在這瘋狂的房子裡。」她的手放在嘴唇上，然後直接對著碧翠絲大聲耳語：「那是飛碟！」

第四章　租帳篷

租一座帳篷，一座帳篷，一座帳篷；
租一座帳篷，租一座帳篷，租一座帳篷。
租一座帳篷！
租一座帳篷！
租一座，租一座帳篷。

——火星軍隊的響弦鼓

人們聽著響弦鼓的聲音，齊步行進到閱兵場。響弦鼓似乎在對著人們說：

租一座帳篷，一座帳篷，一座帳篷；
租一座帳篷，租一座帳篷，租一座帳篷。
租一座帳篷！
租一座帳篷！
租一座，租一座帳篷。

他們是擁有一萬名士兵的步兵師，在長達一英里的天然閱兵場上形成中空方陣的隊形。士兵們都以立正姿勢站立。雖然天氣嚴寒得使人容易顫抖，但他們當中不論是軍官或士兵，都盡力像鋼鐵般挺直地站立著。他們的制服質料相當粗糙，顏色則是青苔般的青綠色。

整支軍隊靜靜地立正已經很久了。上級也遲遲沒有發出任何聽得見或看得見的訊息。他們像頂天立地的男子漢站立著，而這麼多人能夠同時寂靜地站立在一起又是多大的巧合呀！

火星突擊隊第一步兵師第二團第三營第二連第一排第二班的第三個人是個三年前被取消中校資格的士兵。他在火星已經住了八年。

在現代的軍隊裡，當一個人的官階遭取消並且被迫從士兵開始任職起的時候，他的年紀很可能已太老而不太適合擔任士兵。而且，一旦同袍知道他已不再擔任軍官，就會失去對他那衰退雙腳和雙眼的敬重，而笑稱他為老頭、老大爺，或是老爹。

火星突擊隊第一步兵師第二團第三營第二連第一排第二班的第三個人就被稱做老爹。老爹已經四十歲了。老爹外表長得相當不錯——微胖，膚色較深，有著詩人般的雙唇，一雙柔和的棕色眼睛深藏在像極了克羅馬農人的眉梁裡。略禿的頭倒使他的頭髮像極了古代印第安戰士留在頭皮上的一束頭髮。

以下是一則有關於老爹的軼事：

有一次，老爹那一排的人正在洗澡，老爹那排的士官長亨利．布萊克曼請其他軍團的士官長到他的排裡來挑選一名最好的士兵。那位來訪的士官長毫不猶豫挑選了老爹，因為在那一排士兵當中，老爹的身體結實、肌肉健壯，而且又聰明伶俐。

布萊克曼的雙眼不停打轉。「天哪，你認為是這樣嗎？你真的認為是這樣嗎？」他說：「那是我們這一排的老兵。」

「你該不會在開玩笑吧？」來訪的士官長說。

「絕對不是，我絕對不是在開玩笑。」布萊克曼說：「你看看他——已經在那裡站了十分鐘，卻連一塊肥皂也沒碰。老爹！醒醒，老爹！」

老爹整個人打了個顫，終於停止在蓮蓬頭灑下的溫水中所作的白日夢。他詫異地看著布萊克曼，無精打采地露出順從的眼神。

「老爹！用一些肥皂吧。」布萊克曼說：「看在老天的份上，你就用點肥皂吧！」

現在，在那個天然的閱兵場裡，老爹和其他士兵一樣，以立正姿勢形成中空方陣的隊形。

中空方陣的中央有一根石柱，上面還附著許多金屬環。一條順著金屬環而下的鐵鍊將一個站立著的紅髮士兵和石柱綁在一起。雖然他是名愛乾淨的士兵，卻不是全身整齊的士兵。他所有徽章和勳章都從制服上遭到拔除，他也沒穿著皮帶、領帶和雪白的布綁腿。

包括老爹在內，每個人都衣著整潔，看起來都是那麼地容光煥發。

某種非常慘痛的事即將發生在那個和石柱綁在一起的人身上。那個慘痛的事件讓他很想逃脫卻無法，因為他全身都被鐵鍊綁著。

所有的士兵都將觀看。

這個事件非常受到重視。

即使是那個和石柱綁在一起的人也立正站好。曾是優秀士兵的他，知道在這種情形之下應該做何表現。再次地——上級還是遲遲沒有發出任何聽得見或看得見的命令。雖然如此，一萬名士兵還是如男子漢般頂天立地站立在閱兵場。

和石柱綁在一起的人也靜默地立正站好。

接著，士兵們一排接一排稍微放輕鬆，好像是已經有人下令稍息的樣子。雖然他們得以稍微放輕鬆，雙腳依然不能亂動，也不准出聲。現在士兵們可以稍加自由思考，也可以四處張望、用他們的雙眼傳遞訊息——假如他們有訊息要傳送，而且也找得到願意接收訊息的人。

和石柱綁在一起的人猛拉著他身上的鐵鍊。伸出脖子看一看和他綁在一起的石柱高度。他的意思好像是在說，假如他能夠找出石柱的高度、得知它是用什麼做成的話，那他就可以運用某種科學的方法逃脫。

石柱有十九英尺六·五三二英寸高，這是不包括插入土裡高達十二英尺二·一八英寸的部分。石柱的直徑大約是二英尺五·一三英寸，雖然有些部分直徑較長而有些部分則較短，但相差不會超過七·一三英寸。石柱內部由石英、鹼、長石、雲母、少許電氣石和角閃石共同混合製成。至於以下則是關於和石柱綁在一起的那個人想知道的資料：他和太陽的距離是一億四千兩百三十四萬六千九百一十一英里，是絕對不可能獲得協助的。

和石柱綁在一起的紅髮男子並沒有出聲，因為稍息中的士兵是不准發出聲音的。不過，他還是用雙眼發出他想大叫的訊息。他將訊息發射給任何一個可能和他雙眼相視的人。他尤其希望訊息能傳給他最要好的朋友——老爹。他在尋找老爹。

他找不到老爹的臉。

即使他發現了老爹的臉，也無法從那張臉上看到招呼或憐憫的表情。老爹才剛從基地醫院出院，在那家醫院裡，他接受過心理疾病方面的治療，也正因為如此，使得老爹的心智顯得一片空白。老爹並沒有認出原來那個和石柱綁在一起的人就是他最要好的朋友。其實，當老爹出院的時候，假如沒有人告訴他，他甚至連自己的名字以及自己是個士兵都不知道。

他一出院後就前來加入現在閱兵場裡的中空方陣隊形。

他住院期間，醫護人員就一再告訴他，讓他知道他自己是最好的軍隊裡最好的一師中最好的一團裡最好的一營中最好的一連內最好的一排裡最好的一班的最好的士兵。

於是，老爹認為那是值得引以為傲的事。

在醫院裡，醫護人員也告訴他，他的士官長名字、士官長是什麼，以及階級和專長的象徵符號是什麼意思。

醫院的醫護人員幾乎消除掉老爹所有記憶，因此他們還要從頭教導老爹關於手部和腳部的各種動作。

醫護人員還必須向老爹解說戰鬥呼吸配額和氧氣丸的意思，更重要的是，告訴他每六小時必須服用一顆否則就會窒息。之所以必須服用氧氣丸，理由就在於火星上並沒有氧氣，服用氧氣丸可以滿足人體內所需求的氧氣。

醫護人員也還必須向老爹解釋，他頭頂下面的頭顱裡裝有收音機天線，而只要他做出優良士兵不該做的事，他將受到處罰。天線不僅會下達命令，也會發出響弦鼓要求他齊步行進的鼓聲。他們還說，不只他的頭顱裡裝有收音機天線，每個人都裝有天線——連醫生、護士和四星上將都是如此。他們說，那是非常民主化的軍隊。

老爹認為裝置天線在每個人的頭顱裡，對軍隊是件好事。

醫護人員也示範給老爹，讓他明白若是犯下過錯，頭顱內的天線將如何刺痛他。

那種刺痛實在相當可怕。

老爹不得不承認，只有發瘋的士兵才會不想要盡忠職守。

醫護人員還告訴老爹，最重要的一條法令就是：接到直接命令後必須毫無猶豫地遵守。

站在天然閱兵場中空方陣隊形裡的老爹現在才了解，他要重新學習的東西實在太多了。在老爹住院期間，醫護人員並沒有教導他生活裡的每件事物。

他頭顱裡的天線命令他再次立正站好，這使得他的腦筋又是一片空白。天線接著命令老爹稍息，然後再度立正站好，又命令他行舉槍禮，然後命令他稍息。

他又開始思考了。他對周遭的環境瞄了一眼。

人生就是這樣，老爹嘗試著對自己說——空白和瞄眼，以及有時或許還會因做錯某件事而遭受刺痛。

一顆低空快速飛行的小衛星正從頭上的紫羅蘭色天空飛過。老爹認為，天空的顏色應該是藍色而不是紫羅蘭色。

老爹覺得很冷，他期盼著更多的溫暖。這種無盡的寒冷在某方面來說，似乎如快速飛行的衛星和紫羅蘭色的天空般，令人感到錯愕和不可思議。

老爹的師長正和老爹的團長談話。老爹的團長對老爹的營長說話。老爹的營長對老爹的連長說話。老爹的連長對老爹那一排的領導者——布萊克曼士官長說話。

布萊克曼走到老爹旁邊並命令他齊步行進到和石柱綁在一起的人面前，然後勒死他。

布萊克曼告訴老爹，這是個直接命令。

於是老爹遵照命令執行。

他齊步行進走到和石柱綁在一起的人面前。他依照天線傳來的響弦鼓單調且有錫音色的鼓聲齊步行進。響弦鼓發出的聲音經由天線的傳達，只在他的頭顱裡出現：

租一座帳篷，一座帳篷，一座帳篷；

租一座帳篷，租一座帳篷，租一座帳篷。

租一座帳篷！

租一座帳篷！

租一座，租一座帳篷。

當老爹走到和石柱綁在一起那個人的面前時，老爹只遲疑了一下，這還是因為那名紅髮男子看起來似乎不快樂的緣故。接著，老爹的頭顱裡就感覺到警告意味的隱約刺痛，這種刺痛和牙醫要做深度抽取神經前的刺痛頗為類似。

老爹的兩根大姆指一放到紅髮男子的脖子上，他頭顱裡的隱約刺痛就立即停止。老爹並沒有馬上用力壓下大姆指，因為男子似乎想要告訴他一些事。起先老爹還無法理解對方的沉默不語，接著他終於了解到，就像所有士兵都在天線的指揮控制下保持沉默，男子也一定是受到他頭顱內天線的控制而沉默不語。

但是突然間，和石柱綁在一起的男子非常英勇地克服了他頭顱內天線的掌控。雖然刺痛得相當厲害，他還是說話了。「老爹……老爹……老爹……」他說。在他自己的意志和天線的意志交戰之下，使得他好像白痴般不斷重複叫著老爹的名字。「老爹，藍色石頭。」他說：「第十二號營房……信件。」

警告性的刺痛又在老爹的頭顱裡發作。不得不忠於職守的老爹終於勒緊紅髮男子的脖子，直到他的臉都呈現紫色、舌頭伸出嘴外才鬆手。

老爹往後退之後立正站好。接著，他又向後轉，回到他原先在中空方陣隊形裡的位置。這次當然還是在頭顱裡響弦鼓的鼓聲帶領之下歸隊：

租一座帳篷，一座帳篷，一座帳篷；

租一座帳篷，租一座帳篷，租一座帳篷。

租一座帳篷！

租一座帳篷！

租一座，租一座帳篷。

布萊克曼不僅對老爹點頭，還用關愛的眼神看著他。

一萬名士兵再度立正站好。

一時之間，可怕的事情發生了。那個和石柱綁在一起且應該已經死去的人突然掙扎著也要立正站好，他不斷地掙扎，使得他身上的鐵鍊不停發出碰撞的聲音。他絲毫不氣餒地掙扎著想成為優秀的士兵，可終究還是失敗了！這並不是因為他不想成為優秀的士兵，而是因為他已經死了。

現在，巨大的中空方陣隊形已經打散成許多長方形的隊伍單位。每個隊伍單位都不加思索地齊步行進帶開，而每個人也都依照頭顱內發出的響弦鼓聲行進著。任何一位觀看者除了聽到整齊畫一的長統靴子踏步聲之外，根本就不可能聽到別的聲音。

由於即使是將領等高級官也像傀儡般移動著，這使得不明就裡的觀察者心中滿是狐疑地搞不清楚究竟是誰在指揮。其實，那些將領和士兵一樣，頭顱中也出現響弦鼓的鼓聲：

租一座帳篷，一座帳篷，一座帳篷；
租一座帳篷，租一座帳篷，租一座帳篷。
租一座帳篷！
租一座帳篷！
租一座，租一座帳篷。

第五章　無名英雄的來信

我們可以使人類的記憶像剛從高壓蒸氣鍋拿出來的手術刀般清潔無菌。可是，點點滴滴新的經驗又立即開始堆積。這些點點滴滴的新經驗所形成的一些模式，對軍隊的思考模式來說未必是有益的。非常不幸的是，這種「二度污染」的問題看起來似乎無法解決。

——莫里斯．凱斯特醫師，火星精神醫院院長

老爹的隊伍在一座花崗岩軍營前停下來。軍營後面的平原上連綿不斷地蓋了數千個相同模樣的軍營。每隔十個軍營的前面會有一座旗桿，上面的旗子迎著強風發出啪啪聲響。

每面旗子都不相同。

老爹那一連營房地區的旗子迎風飛舞著，很像守護天使。旗子以白色和紅色的橫條為底，加上底色藍色、裡面有很多白色星星的小方塊所組成。它就是古老的榮耀，是美利堅合眾國在地球上的國旗。

沿著老爹的營房後面所看到的，就是蘇維埃社會主義共和國的國旗。

再往後映入眼簾的是一面由綠、橘、黃和紫等顏色組成的旗子，上面還有獅子拿著劍的圖

案。那是錫蘭的國旗。

再往後則是一面白底的旗子，正中央有一顆紅球，那是日本的國旗。

一旦火星和地球之間的戰爭爆發，這些旗子就象徵著每支火星軍隊單位要攻擊的國家。

直到老爹頭顱裡的天線讓他肩膀下垂並放鬆關節時，他才看到那些旗子。他傻傻地看著眼前那浩瀚無止境的旗海和旗桿。他眼前的軍營大門上塗著巨大的數字：五七六。

由於老爹身上的某個部位對這個數字非常著迷，於是他就詳加研究一番。然後他又回憶起死刑的執行。回憶起被他殺害的紅髮男子似乎告訴他一些有關於藍色石頭和第十二號營房的話語。

§

在五七六號營房裡，老爹正在清潔他的步槍。他覺得擦槍是件快樂的事。不僅如此，他發現自己竟然還知道如何解體槍枝。不管怎麼說，至少他這方面的記憶並沒有在住院期間除去。他也暗自高興，或許自己還有一些其他部分的記憶也並未消失。他真的不知道，為何這樣的覺察會使他暗自竊喜。

他用擦淨砲膛的刷條清洗槍口。他手上的武器是每次只發射一顆子彈，十一公釐口徑的德國毛瑟槍。這種步槍在地球上的美國—西班牙戰爭裡被西班牙人所大量使用而揚名於世。火星部隊使用的步槍也大多是這種型式。在地球上祕密工作的火星特勤人員以近乎不用付出代價的方式，就取得大量的毛瑟槍。

老爹那一班的士兵們也都和他一樣用刷條清理槍口，拭槍油的味道聞起來好極了，而將沾油後的碎布搓成細條狀然後用來擦拭槍身的動作倒也不算太無趣。幾乎聽不到任何講話的聲音。

似乎沒有人特別留心那場死刑執行。假如要替老爹班裡的士兵上一堂執行死刑的課，那他們一定會覺得這種課程很簡單。

只有一個人曾經對老爹執行死刑這件事有所評論，是從布萊克曼口中說出來的。「老爹，幹得好。」布萊克曼說。

「謝謝您的誇獎。」老爹說。

「這個人幹得好，不是嗎？」布萊克曼對著老爹班裡的士兵說。

雖然班裡的士兵都點頭，老爹卻不感到高興。他認為，對於這種正面的問題，他的兄弟們都會點頭，而對於負面的問題，一定都會搖頭的。

老爹抽出刷條，大姆指放在打開的槍後膛，這時候，陽光照射在他那沾上拭槍油的大姆指指甲上。而從大姆指指甲反射的陽光又照射在槍口上。老爹的眼睛對準著槍口，他被裡面的美景所震撼。他可以花好幾個小時很高興地凝視著槍口裡那完美無缺的螺線，幻想著他曾在槍口另一邊看到的樂土。槍管另一端托著他粉紅色的手掌，從這一端看過去，好像是片長滿粉紅色玫瑰的天堂。他想，總有一天他要跑到槍口的另一端去看看那個天堂。

老爹在想，那裡一定很暖和，而且只有一個衛星。那個衛星一定是渾圓、雄偉，且緩慢地運行。槍身另一端的天堂裡突然出現某個東西，使得老爹懷疑自己的視線是否有問題。天堂裡出現三個漂亮的女人，而老爹對她們的長相卻知道得一清二楚！一個灰白頭髮，一個是棕色頭髮，另一個則是金色頭髮。老爹看見金髮美女正在吸著香菸。老爹更驚訝地發現，他甚至知道那個美女抽的是什麼香菸。

那是慕尼斯特香菸。

「販賣慕尼斯特。」老爹大喊。大叫般地說話讓他感覺舒暢、權威和聰明敏捷。

「呃？」坐在老爹旁邊擦槍的年輕黑人說：「老爹，你剛才說什麼？」他只有二十三歲。他的名字用黃色的線繡在左胸口的口袋上。

他的名字是寶哲。

假如火星軍隊裡允許猜疑的話，寶哲將會是個很值得猜疑的人。雖然他的階級不過是上等兵，雖然他的制服也是標準的青苔色，卻比包括布萊克曼士官長在內其他人的制服質料好得多，也縫製得較為精緻。

其他人的制服都相當粗糙，由粗的針線胡亂縫製而成，而且只有在擺出立正姿勢的時候才顯得好看。若是其他的姿勢，則連一般士兵都看得出來這種制服彷彿用紙做成，隨時會起皺、出現裂紋。

至於寶哲的制服，不論做任何動作，看起來都還是那麼筆挺。衣服的縫製則是又細又密。但最令人百思不解的是，寶哲的鞋子能夠發出非常明亮的光澤。這種光澤是其他士兵再怎麼努力擦拭他們的鞋子，也都無法獲得的光澤。寶哲的鞋子會和連上所有士兵的鞋子不同，最主要的原因就在於他的鞋子是由地球動物的真皮製成的。

「老爹，你好像說到要賣什麼東西？」寶哲說。

「拋售慕尼斯特。處理掉慕尼斯特。」老爹喃喃自語地說。那些字對他來說並沒有多大的意義。他之所以說出來，是因為它們一直很想從老爹口中跑出來。「賣掉！」他說。

寶哲笑了笑。「賣掉它？好吧！老爹，我們賣掉它。」他稍微揚了一下眉頭，「老爹，我們要賣掉什麼東西呢？」寶哲雙眼裡的瞳孔顯得特別明亮、有洞察力。

當寶哲的雙眼直盯著他時，老爹發現，寶哲那雙明亮且有洞察力的瞳孔愈來愈令人不安。老爹移開視線，有時候還不經意看到一些他所屬班裡的士兵眼睛，他發覺他們的眼睛都相當呆滯。即使是布萊克曼士官長的雙眼也很呆滯。

寶哲的雙眼還是繼續緊盯著老爹。老爹覺得自己又要被迫和他的眼睛四目相視。他的瞳孔看起來跟真的鑽石一樣。

「老爹，你不記得我了嗎？」寶哲說。

這個問題倒使老爹嚇了一跳。不知道是什麼原因，老爹總是認為他不應該記住寶哲這個名字。老爹非常慶幸自己真的記不得寶哲的名字。

「老爹。」那個黑人說：「我是寶哲。」

老爹點點頭。「你好嗎？」他說。

「這個嘛！我還好啦。」寶哲搖搖頭說：「老爹，難道你真的完全記不得我了嗎？」

「記不起來了。」老爹說。現在，他的記憶力稍微對著他嘮叨起來，好像在告訴他，假如他努力地想，或許可以回想起寶哲這個人。他對自己的記憶力噓了一聲。

「很抱歉。」老爹說：「我的腦筋一片空白。」

「你和我——我們是最要好的朋友。」寶哲說：「寶哲和老爹。」

「嗯。」老爹說。

「老爹，你還記得什麼是弟兄制度嗎？」寶哲說。

「不記得了。」老爹說。

「不論是誰，只要是在同一個班。」寶哲說：「那他就有弟兄。弟兄會共用一個散兵坑，作戰時會肩並肩地在一起，也會互相掩護對方。當其中有個弟兄和敵人肉搏戰快支撐不住時，其他弟兄會上前在敵人背後捅他一刀。」

「嗯。」老爹說。

「這就有趣了。」寶哲說：「不論醫院的醫護人員怎麼治療，病人在住院期間會忘掉一切，可是出院後，他還是會記得一些東西。你和我——我們曾如同弟兄般一起受訓一年，你卻忘記這件事。然後，你又說些有關香菸的事。老爹，到底是什麼香菸？」

「我、我忘記了。」老爹說。

「現在，你就試著回憶看看。」寶哲說：「你曾經記起來過。」他鎖緊眉頭，斜眼看著老爹，一副想要幫老爹記起來的樣子。「我實在很好奇，一個人出院之後，他還能記得什麼？盡你所能地回憶。」

老爹有種奇怪的感覺——他認為他和寶哲是整座花崗石軍營中僅有的兩個真實的人，至於其他士兵就好像裝著玻璃眼睛的機器人，還是製作得不太理想的機器人。依照常理，布萊克曼士官長應是指揮他們這一排士兵的人，但他看起來只是傀儡而已，實際上並沒有擔負什麼領導的責任。

「老爹，讓我們來聽聽看你能回憶起什麼事情來。」寶哲好言相勸地說：「老兄——只要說出你記得的就行了。」

在老爹還沒來得及回憶起任何事情之前，執行死刑前頭顱內的刺痛此刻又困擾起他來。不過這一次，刺痛並沒有停止。寶哲面無表情看著老爹，他頭顱內的刺痛卻更加劇烈。

老爹站起來，手中的步槍丟到地上，抓著頭蹣跚地走，大聲尖叫，然後就昏過去了。

§

老爹在軍營地板上醒來時，寶哲正用冷毛巾擦拭著他的額頭。

老爹同班的士兵則將他和寶哲圍在中間。士兵們的臉上完全沒有驚訝和憐憫的表情。他們所持的態度是：老爹做出一些愚蠢且不合乎士兵精神的事，所以是罪有應得。

從他們的臉部表情可以看出來，他們認為老爹很可能犯了以下這些不符合軍人精神的蠢事：擦拭還裝有子彈的武器、巡邏時打噴嚏、得了性病卻又不向上級報告、不遵從直接的命令、睡過頭來不及早點名、留守其間喝得爛醉如泥、在他的軍用行李箱裡私放尚未引爆的手榴彈、或是詢問「誰建立了這個軍隊以及為何要建立這個軍隊？」……

寶哲是唯一一個對發生在老爹身上的事表示同情的人。「老爹，這一切都是我的錯。」他說。

布萊克曼士官長推開圍著寶哲和老爹的士兵們，站在他們兩人的面前。「寶哲，他到底怎麼了？」布萊克曼說。

「報告士官長，我只不過和他開玩笑而已。」寶哲正經八百地說：「我只不過要他盡他所能地回憶過去，我真的沒料到他就照我所說的做了。」

「對才剛出院的人來說，這種玩笑是絕對開不得的。」布萊克曼粗聲地說。

「是的，我知道了，我知道了。」寶哲充滿悔恨地說：「我的好弟兄——希望上帝懲罰我吧！」

「老爹。」布萊克曼說：「難道在你住院期間，醫護人員沒告訴你回憶的後果嗎？」

老爹搖了搖頭。「或許告訴過我吧。」他說：「醫護人員交代我很多事情。」

「老爹，回憶是你所能做的最糟糕的一件事。」布萊克曼說：「他們會送你進醫院，最主要的目的就是怕你記憶太多東西。」接著，他又提出曾經使老爹傷透心的問題。「可怕的香菸。」他說：「老爹，你回憶太多了。你根本就不配當軍人。」

老爹坐了起來，手放在胸前，發現他身上的軍便服上衣胸前已被淚水弄濕。他想要向布萊克曼解釋：他並非真的想回憶過去，他也知道那麼做是不好的，但刺痛接著就來了。然而，他終究還是沒告訴布萊克曼那些話。他害怕要是這麼做，那麼刺痛很可能又會開始困擾他。

老爹低聲呻吟著，眨掉眼眶裡最後幾滴淚水。他再也不會去做沒有被命令去做的事情。

「寶哲，至於你嘛……」布萊克曼說：「我想，或許罰你負責打掃廁所一個星期可以使你獲得『不要和出院的人胡鬧』的教訓。」

老爹的記憶裡有某種還沒完全成形的東西告訴自己，要特別注意觀察布萊克曼和寶哲兩個人之間這種穿插的演出。就某方面來說，這是非常重要的。

「士官長，您是說一個星期嗎？」寶哲說。

「沒錯，你知道嗎？我曾經……」布萊克曼說，然後他開始一陣顫抖並閉上雙眼。很顯然地，他頭顱內的天線剛對他造成輕微的刺痛。

「您是說整整一個星期嗎？士官長。」寶哲狀似無辜地問。

「那就一天好了。」布萊克曼說，他的語氣緩和多了。沒多久布萊克曼的頭又開始痛了。

「士官長，那我要從什麼時候開始呢？」寶哲問。

布萊克曼揮揮他粗短的手。「算了。」他說。他看起來非常驚慌和恐懼。他放低頭部，宛如要是刺痛再度襲來，能因此較為減輕似的。「去他的，不要再胡鬧。」他語帶哽咽地說，然後匆匆跑開，跑到位於營房盡頭自己的房間裡，用力關上門。

§

老爹那一連的連長阿諾．貝屈上尉前來老爹居住的營房做突襲檢查。

寶哲是第一個看到他的人。寶哲做出在此種狀況下，一個士兵所應該要做的事。寶哲大喊「立正！」雖然寶哲沒有官階，他還是喊出立正的口令。其實，這是軍隊裡非常奇特的傳統。縱使是階級最低的士兵，如果他是在非戰鬥區且有屋頂的建築物裡第一個看到長官的人，那他可以用大喊「立正」的方式來命令其他人立正站好。

每個士兵頭顱裡的天線對他的「立正」聲音做出立即的反應——他們挺直腰桿，雙手緊貼大腿的褲縫，縮小腹，最後，再使腦筋呈現出一片空白。老爹從地板站起來，雖然僵直地站立著，身體卻不停發抖。

只有一個人對「立正」的反應很慢。那個人就是寶哲。等到他也立正站好的時候，可以看出來他的態度有些鬆散自傲，雙眼還不時看著連長。

貝屈上尉看到寶哲這種極為不敬的態度，正準備上前斥責寶哲。可是正當貝屈上尉張開大嘴準備怒罵一頓時，一陣刺痛侵襲了他的雙眼。

貝屈上尉只好緊閉著雙唇，不說一句話。

寶哲一立正站好、對貝屈上尉看了幾眼，貝屈上尉就做出向後轉的動作。接著，他的腦中浮現出響弦鼓聲，於是他就配合著鼓聲的節奏，齊步行進走出營房。

貝屈上尉離去後，寶哲雖然擁有使他的弟兄們稍息的權力，但他並沒有發出口令。寶哲長褲右前方口袋裡有個可以命令他的弟兄們做任何事情的小型控制盒。那個盒子大約和〇．五公升攜帶用酒瓶差不多。就像所有可以放在口袋中攜帶的酒瓶一樣，盒身也是稍微呈彎曲狀，以便和人體相配合。不過，寶哲卻放在大腿前的口袋裡隨身攜帶。

控制盒上面有六個按鈕和四個小旋鈕。只要操作這些按鈕和旋鈕，寶哲就能完全掌控每個頭顱裡裝有天線的人的一切行動。寶哲可以藉由施行各種大小、程度的刺痛控制每個人，也可以使每個人注意他的命令，使每個人聽到響弦鼓的鼓聲而齊步行進，或是命令每個人原地踏步、列隊、離隊、敬禮、攻擊、撤退、跑、跳等。

寶哲自己的頭顱裡並沒有裝置收音機天線。

寶哲可以自由自在做任何事，而這也正是他的自由意志完全不受控制的緣故。

§

寶哲是火星軍隊裡少數幾位真正的指揮官。火星對地球展開攻擊時，攻擊美利堅合眾國的火星部隊當中，有十分之一的部隊由他指揮。依照排列，則依次是被訓練用來攻擊俄羅斯、瑞士、日本、澳大利亞、墨西哥、中國、尼泊爾、烏拉圭等國的部隊所駐紮的營房。

據寶哲所知，火星部隊裡總共有八百名真正的指揮官，但他們都沒有顯赫的官階，也就是說，沒有一位階級超過士官長。

雖然整個火星部隊名義上的總指揮官是普斯法將軍，但事實上，火星部隊一直都是由他的手下波特．萊特下士全權掌控。萊特下士相當順從普斯法將軍，他的任務是攜帶普斯法將軍慢性頭痛病的阿斯匹靈，讓將軍必要時得以隨時取用。

採用此種祕密指揮官的好處其實相當明顯。火星部隊裡若出現叛變，大家會找錯目標、找錯人。而且在戰爭中，即使敵軍消滅火星部隊裡所有軍官，也絲毫不會影響火星部隊的指揮系統。

「應該是七百九十九。」寶哲之所以如此大聲地說，主要在於更正他對火星部隊裡真正指揮官數字的錯誤記憶。其中一個真正的指揮官已經死掉，他就是綁在石柱上被老爹勒死的紅髮男子。被勒死的男子是個名叫史東尼．史蒂文生的士兵，他擔任過攻擊英國的火星部隊單位的真正指揮官。史東尼感動於老爹一直掙扎著想要理解所發生事情的毅力，才會不自覺地幫助老爹思考。

也因為如此，史蒂文生在臨死前還要遭受一番羞辱。他的頭顱裡也被裝進收音機天線。他被強迫像一名優秀士兵般齊步行進到那根石柱前，等著被他的好友殺害。

寶哲還是讓他班上的弟兄們一直保持立正站好的姿勢，也就是讓他們一直顫抖，什麼都不想，什麼都不看。寶哲走到他的行軍床前，整個身體連同腳上那雙巨大且閃閃發光的靴子都放置在行軍床的棕色毛毯上。他雙手彎曲後放在頭底下，身軀也彎得像一具弓箭。

「噢……」寶哲發出一種介於打呵欠及呻吟之間的聲音，「噢，現在，弟兄們，弟兄們，弟兄們。」他邊說邊讓自己的頭腦閒置下來。「去他的，現在，弟兄們。」他說。那是一個懶散且毫無意義的談話。寶哲對於他的那些玩具感到有點無聊。他突發奇想——何不讓他們互相對打？不過假如他被逮到的話，將會受到重罰，而那個重罰將和史東尼．史蒂文生的重罰相同。

「噢……現在，弟兄們。」寶哲有氣無力地說。

「去他的，現在，弟兄們。」他說：「我完成了。你們這些弟兄們必須承認這一點。你們的寶哲正在做一些或許你們會說『真正很酷』的事。」

他從床上跳下來，雙手雙腳同時著地，然後又像豹子般優雅地站起來。雖然他的頭有點昏眩，但臉上還帶著微笑。他正運用自己現在擁有的地位和權勢，來做一些能讓他感覺享受到人生的事情。「你們的運氣算是不錯了。」他對著神情呆滯的弟兄們說。「假如你們認為自己受到的待遇太差，那你們實在應該看一看我們是如何對待那些將領。」他低聲輕笑著。「兩天前的晚上，我們這些真正的指揮官曾經為了誰是跳得最快的將軍引發爭論。結果，我想你們大概也猜得出來。我們就把二十三名將領全部從床上叫下來，讓他們全身上下都裸露地像賽馬般整齊排列好，然後拿出錢下賭注，再讓他們沒命似地往前衝。最後，史多佛將軍拿到第一名，哈里遜將軍第二名，摩塞將軍則緊追其後。第二天早上，火星部隊裡每一位將軍的身體都像厚木板那麼僵硬。而且，他們當中沒有人能夠記得前一天晚上到底發生了什麼事。」

寶哲低聲笑著，然後他突然覺得，假如他認真嚴肅地看待他的地位和權勢，自己看起來將更好。也就是說，他應該讓別人知道擁有那樣的地位和權勢必須擔負什麼責任，而且，也讓別人知道，他非常榮幸能夠擔負那種責任。寶哲小心地往後退一步，大姆指掛在自己的皮帶上，臉上露出不悅的神色。「喔。」他說：「這次我可要玩真的了。」他慢慢走向老爹，在他面前幾英寸的地方停下來，對著他上下打量。「老爹，我的好弟兄……」他說：「我不得不告訴你，老爹，我花了很多時間想著你——也就是說，我時常在擔心你。」

寶哲激動地搖晃他。「你一直都想尋出答案，使自己不再困惑，不是嗎？你想不想知道他們已經送你進醫院多少次了？七次！他們的目的就是要去除你的記憶。老爹，你想不想知道，一般人只要住院幾次就能除掉記憶？老爹，只要一次。一次就夠了！」寶哲在老爹的鼻子前方用力摩擦手指發出響聲。「老爹，只要一次就夠了。只要一次，一般人就再也不會回憶他以前所經歷過的事情。」他搖搖頭讚嘆地說。「不過，老爹，你可就大不相同了。」

老爹還是顫抖著立正站好。

「老爹，是不是我讓你立正站太久了？」寶哲說。他緊咬著牙根。對於不能時常折磨老爹一事，他實在無法忍受。

比方說，在地球的時候，老爹擁有世上一切榮華富貴，寶哲則是一無所有。

又比方說，寶哲很不幸地必須仰賴老爹——或者應該說，在他們攻擊地球時，他將必須仰賴老爹。寶哲是孤兒。當年他被招募到火星時只有十四歲，對於地球上如何行樂的事他一點概念也沒有。

他正指望著老爹來告訴他如何在地球上尋歡作樂。

「你想知道自己是誰，你來自那裡，過去從事什麼職業嗎？」寶哲對老爹說。老爹仍舊立正站好，腦袋裡什麼事也不想，因此無法從寶哲告訴他的話語中獲得什麼利益。更何況，寶哲也並非為了老爹的利益才說那番話的。寶哲只不過想更加確信，在火星軍隊攻擊地球時，那個應該在他身旁的人還是他的要好弟兄。

「老兄，」寶哲對老爹說：「你是有史以來最幸運的人。老實告訴你吧，當時你在地球上簡直就像個國王！」

就和火星上大多數的小道消息一樣，寶哲蒐集到有關於老爹的小道消息都是支離破碎的。他也無法正確地說出，到底那些小道消息的出處為何。他只不過是在他的軍旅生涯當中，一點一滴從許多傳聞當中聽說而來。

更何況，像他這麼一位表現優良的士兵，是不可能到處問問題以獲得完整資料的。士兵不應該擁有完整的資料和知識。

正因如此，寶哲除了知道老爹曾經是地球上最幸運的人之外，對老爹也就一無所知了。以下話語都是他自己胡亂拼湊的。

「我是說……」寶哲說：「沒有東西是你要不到的，沒有事情是你無法做的，也沒有地方是你去不了的！」

寶哲強調老爹在地球上的好運是件多麼神奇的事情時，也對另一個神奇的事物表現出高度關切——他總是非常迷信地認為自己在地球上的運氣一定是糟透了。

現在，寶哲使用以下幾個神奇的字——「好萊塢夜總會」，這六個字似乎能將地球上人類所能達成的最極致快樂描述得淋漓盡致。他從來沒去過好萊塢，也從來沒看過任何一間夜總會。

「老兄。」他說：「你時常在好萊塢的各個夜總會裡進進出出。」

「老兄。」寶哲對困惑不解的老爹說：「你在地球上擁有每個人都想要的生活，你還知道怎麼享受它。」

「老兄。」寶哲繼續對老爹說，他一直企圖想掩飾自己心中那股可憐的欲望，「我們將要到一些美好的地方，點一些好東西來吃，和一些美人交往調情。總歸一句話，我們將要找樂子。」他緊抓著老爹的手，不停搖動著他。「老兄，這樣才是好弟兄！天哪，真想不到，我們將成為出名的一對弟兄——一起到每個地方，一起做每件事。」

「幸運的老爹和他的弟兄寶哲來了！」寶哲多麼希望，當他們征服地球的時候，地球上的人們都會對他們兩個人這麼說：「看看他們，好像兩隻快樂的小鳥！」一想到這裡，他就忍不住低聲輕笑。

他的微笑很快就消失了。

他的微笑從來就不曾持續很久。在寶哲的內心深處，他是非常憂慮的。他擔憂自己可能會失掉自己的工作。雖然外人並不是很清楚他是如何獲取這個擁有極大權勢的工作，甚至，他自己也不知道是誰交給他這麼好的工作。

寶哲甚至不知道誰是真正指揮官當中的總指揮官。

他從來沒有從任何一位比他們這些真正指揮官階級還要高的人當中接到過命令。寶哲和其他的真正指揮官一樣，都是從他們自己層級的真正指揮官的流言和小道消息當中，獲取行動要領。

每次真正的指揮官們晚上聚集在一起時，小道消息或耳語就在啤酒、餅乾和乳酪當中流傳著。

例如，有一則小道消息是關於補給室的剩餘物品，另一則是士兵在接受柔道訓練時受傷和瘋狂的情形，再另外一則是關於士兵打綁腿時過於草率以至於看起來很散漫的事。寶哲自己毫不加思索來源就傳下這些消息，他自己也是根據獲得的小道消息來作為行動方針。

老爹對史東尼·史蒂文生執行的死刑也是經由這種方式，使每位真正的指揮官知道。當時突然間，這則小道消息還成為眾多真正指揮官之間談論的焦點。

眨眼之間，那些真正的指揮官就逮捕了史東尼．史蒂文生。

現在，寶哲用手指觸摸著口袋裡的控制盒，但他並沒有真正按下任何控制鈕。他站在被他操控的班兵中，看了幾眼每個班兵，然後按下按鈕，於是他的班兵們都不再立正站好、各自放鬆休息了。

他很想喝一杯烈酒。而且，只要他需要，總是能夠拿到酒供他暢飲。經常有各式的酒從地球運到火星，以便無止盡供應那些真正指揮官的需求。軍官們也可以無限制地飲用酒，但他們喝的酒都是次級品。也就是說，他們喝的那種能夠致命的綠色酒是由發酵青苔製成的。

不過，寶哲從來不喝酒。他之所以不喝酒，其中一個主要的原因就在於他很害怕酒精會傷害他的敏捷性，使他無法成為優秀的士兵。至於造成他不喝酒的另一個原因則是，他害怕自己喝醉後很可能會拿酒給士兵喝。

真正的指揮官拿酒給士兵喝的刑罰就是「處死」。

「是的，上帝。」寶哲對著放鬆喧鬧的士兵提高音量說。

十分鐘之後，布萊克曼士官長宣布將可以有一段休息時間。在這段休息時間裡，每個人都必須跑到營房外面玩德式棒球[8]。這是火星軍隊裡最主要的運動。

老爹偷溜了。

老爹偷跑到十二號營房去找尋放在藍色石頭下面的一封信。是綁在石柱上被他勒死的紅髮男子臨死前告訴他去找的。

附近的營房裡空無一人。

營房前面旗桿頂端並沒有旗子。

這些空無一人的營房曾經是某個火星皇家突擊隊營隊的駐紮地。一個月前的某個夜晚，這些突擊隊員靜悄悄地失蹤了。他們是搭乘自己的太空船離去的。他們全都塗黑臉，兵籍牌也貼上膠布以防發出聲響，至於目的地則是機密。

火星突擊隊的隊員個個都是用鋼線圈勒死哨兵的高手。

他們的目的地是人類居住的地球。他們準備在那裡發動戰爭。

老爹在第十二號營房鍋爐房外面找到藍色石頭。那是一顆綠松石。綠松石在火星是相當普遍的石頭。老爹找到的綠松石直徑有一英尺長，用來當作火石板。

老爹抓起那顆石頭。他發現一個有著旋轉蓋子的鋁製圓筒。圓筒裡面，有一封用鉛筆寫的長信。

老爹並不知道信是誰寫的。由於他只認識布萊克曼士官長、寶哲、老爹這三個名字，實在很難猜出信是誰寫的。

老爹走到鍋爐房裡，關上門。

不知道是什麼緣故，他覺得非常興奮。藉著從滿是灰塵的窗戶所照射進來的光線，老爹開

8　德國式棒球（German Batball）：此為作者虛構出來的遊戲。

始讀那封信。

親愛的老爹——這是信的開場白。

§

親愛的老爹：

老天知道，答案並不太多——不過，以下這些是我能確定的事，而在最後的時刻，你將會發現有一連串的問題，你必須盡你所能找出這些問題的答案。這些問題非常重要。雖然我也曾花費精力在我已經擁有的答案上，但我用在思考這些問題所花費的精力顯然更多。以下是我能確定的第一件事：（一）假如這些問題不合理的話，那麼這些答案也將是不合理的。

寫這封信的人所能確知的事都被他冠上編號，這似乎是在強調「找出問題的答案」這個遊戲的困難度，以及需要一步步來的本質。寫這封信的作者所確知的事共有一百五十八件。過去曾經高達一百八十五件，不過後來有十七件被劃掉。

第二件事：（二）我是一種叫做「活著」的事物。

第三件事：（三）我在一個叫做「火星」的地方。

第四件事：（四）我在一個叫做「軍隊」的東西裡。

第五件事：（五）那個軍隊想殺掉一個叫做「地球」的地方上面叫做「活著」的事物。在最初的八十一件當中，沒有一件遭到劃掉的命運。不過，當作者觸及的事物愈來愈複雜時，錯誤也就愈來愈多。

作者在這個遊戲的前面就已說明寶哲並又草草了結。

（四六）老爹，對於寶哲可要特別小心。他是個口蜜腹劍的人。

（四七）寶哲右手邊的口袋裡放著某種東西，當有人做出寶哲不喜歡的事情時，那種東西會使那個人的頭感到刺痛。

（四八）有些人也擁有可以使你的頭部刺痛的東西。由於從表面上看不出誰擁有那種東西，因此對每一個人都要和藹可親。

§

（七一）老爹，我的老朋友，我所確定的事情中，幾乎每一件都是從和我頭顱中的天線對抗中得來的，那封信如此對老爹說。只要我開始轉動頭部並看著某種東西，刺痛的感覺就會出現。不過，我還是不停轉動著頭，因為我知道自己將看到不應該看到的事情。每次只要我問問題而刺痛感出現時，我就知道我問了真正切中要旨的問題。然後，我把問題拆成許多小問題，接著我又會問那些小問題。當我得到小問題的答案，就將所有的答案聚集在一起，於是就得到了那個大問題的答案。

（七二）刺痛愈劇烈，我就愈強迫自己去忍受，也就學得更多。老爹，你現在很害怕那種刺痛，但假如刺痛沒有出現，你將什麼都學不到。一旦你學得愈多，你就會更樂於忍受刺痛。

在那個早已沒有軍隊駐紮營房的鍋爐房裡，老爹將信放在一旁。他很想放聲大哭，因為那個英雄作者錯看了老爹。老爹自己清楚得很，他根本就不能忍受那個作者忍受的那種刺痛，他也不可能那麼熱愛知識。

即使住院時醫護人員施予在他頭上的那種刺痛只是樣本，就令老爹難以忍受。他張大嘴吸氣，樣子像極了在河床邊垂死的魚。他突然想起在營房時寶哲對他施予的那種劇烈刺痛。他寧願死掉也不願再冒險遭受那種刺痛。

他的雙眼湧出大量淚水。

假如他想講話，那也一定會哽咽發不出聲音。

可憐的老爹不想再經歷那種刺痛。不論他從那封信裡能獲得什麼資料——雖然是某人的英雄行為下才蒐集到的資料，他都會用來使自己避免再遭受任何刺痛。

老爹懷疑是否有人比其他人能忍受更多的刺痛。他想，或許這就是個很好的個案吧。他淚流如柱地想，在這方面或許他特別敏感吧。雖然老爹不希望作者再遭受刺痛，但他卻非常希望那個作者能再一次去感受老爹曾遭受到的刺痛。

如此一來，或許那個作者可以將那封信寄給另外一個人。對於信裡所提供的資料的品質，老爹根本無從評斷。他以囫圇吞棗的方式，毫無評斷地接受信裡的資料。而且，在接受的過程當中，老爹對於人生的了解竟然和作者對於人生的了解非常相似。老爹狼吞虎嚥地接受了一種哲學。

和哲學摻雜在一起的還有閒談、歷史、天文學、生物學、神學、地理、心理學、醫學，及一則短篇故事。

以下是任意摘取的例子：

閒談：（二二）彼德斯將軍總是喝醉酒。由於每次他一喝醉就沒辦法綁自己的鞋帶，他便總是綁著鞋帶不解開。軍官和其他人一樣困惑、不快樂。老爹，你曾經也是軍官，和營裡的每個人一樣，心裡極為困惑和不悅。

歷史：（二六）每個從地球來到火星的人都認為，當他們在火星定居下來後，生活會過得比在地球時要好得多。現在，沒有人能記得在地球上生活的日子是多麼糟。

天文學：（十一）整個天空裡的每件事物每天繞行火星一次。

生物學：（五八）當男人和女人睡在一起的時候，新的人類會從女人身上跑出來。在火星上，幾乎沒有新的人類會從女人身上跑出來，因為男人和女人睡在不同的地方。

神學：（十五）某人為了某種理由創造萬物。

地理：（十六）火星是圓的。火星上唯一的城市是費比市。沒有人知道它為什麼會叫做費比。

心理學：（一〇三）老爹，那些笨蛋混球最大的難題就在於他們實在太笨了，以至於無法相信還有聰明這種東西。

醫學：（七三）在一個叫做火星的地方，去除人們的記憶並非真的將之全部抹除，而是只有中間某些部分被去除，四周各處總還是會積留很多東西。雖然醫護人員曾經完全去除一些人的記憶，最後卻使他們無法走路、無法講話，也就是說，什麼事情都不能做。於是，逼得醫護人員只能去除中間部分的記憶，然後像訓練貓狗使其習慣家居生活般地教導他們一千個基本字彙，並安插他們在軍隊或工廠裡工作。

一則短篇故事：（八九）老爹，你最要好的朋友是史東尼．史蒂文生。史東尼是個高大、快樂且強壯的男子，他每天要喝〇．九五公升的威士忌酒。史東尼的頭顱裡沒有放置天線，他還能記憶每一件發生在他身上的事情。雖然他假裝成情報人員，但事實上，他是個真正的指揮官。他藉著收音機掌控著一個攻擊步兵連，該連正打算攻擊地球上一個叫做英格蘭的國家。史東尼很喜歡火星軍隊，因為有很多可以讓他嘲笑的地方。史東尼時常在大笑。老爹，他聽人說你是個又老又常闖禍的軍人，所以他就跑到你的營房裡去看你。他假裝是你的朋友，這樣他才能夠聽你講話。老爹，過了沒多久，他就獲得你的信任，於是你就告訴他一些你對於火星生活到底是怎麼一回事的祕密理論。史東尼原本打算要大笑，卻發覺你告訴他一些他完全不知道的事情。對此他實在無法釋懷。他原本應該通曉每一件事情，而你原本應該對任何事情都一無所知才對。然後，你告訴史東尼很多大問題並且希望他能給你答案，但他也只知道其中半數問題的答案而已。史東尼回到他自己的營房，腦中一直想著那些他無法回答的問題。雖然他喝了很多酒，卻還是無法入睡。他終於知道有人在利用他，可是他不知道那個人是誰。他甚至連火星為什麼要有軍隊都百思不解。他也不知道為什麼火星要去攻擊地球。每當他愈回憶起地球的種種，他就愈了解，火星部隊根本就沒有獲勝的機會。毫無疑問地，對於地球的大舉攻擊將和自殺沒有兩樣。史東尼一直不知道要和誰談論這件事，除了老爹你之外，根本就沒有人可以談論。於是在天快亮之前的一個小時，史東尼跌跌撞撞起床之後，就偷偷跑到老爹你所住的營房裡並叫醒你。他一五一十地告訴你他對火星的了解。他還說，從現在開始，他會告訴你他發現的每項殘忍的事，而你也必須告訴他你發現的每件殘忍的事。有時候，你們也到某個地方，坐下來好好將各種事情拼湊起來。他拿了一瓶威士忌酒給你，於是你們兩個人就喝著那瓶酒，史東尼還說，你是他最要好的朋友。雖然他時常大笑大哭，也時常吵醒你床鋪附近的人，但他還是覺得你是他在火星上最要好的朋友。他告訴你要特別小心賓哲，然後他就回到他的營房裡、像嬰兒般入睡了。

§

信的內容從這則短篇故事之後，就一直呈現出史東尼．史蒂文生和老爹他們祕密觀察所獲得的成果。自從這則短篇故事之後，信裡所列出的確定的事，幾乎都是由以下這幾個詞語做為開頭：史東尼說——你發現——史東尼告訴你——你告訴史東尼——有一天晚上你和史東尼跑到靶場喝得爛醉如泥，然後，你們這兩個已呈瘋狂狀態的醉漢一致認為——

那兩個醉漢一致認為的事情當中，最重要的莫過於，他們發現，實際上在指揮火星裡每件事情的，是一個身材高大、和藹可親、面帶微笑，且時常真假嗓音互換的人。那個人的身邊還時常跟著一條狗。根據那封寫給老爹的信件所描述，那個人和他的狗大約每隔一百天左右就會出現在火星軍隊那些真正指揮官所召開的祕密會議。

那個人和那條狗分別是溫斯頓．奈爾斯．倫法德和素有太空犬之稱的卡薩可。不過，信裡並沒有說出他們的名字，因為就連信的作者對此也是一無所知。倫法德和卡薩可並非以不定期的方式出現在火星。由於受制於漏斗狀時間區域，他們的現身和哈雷慧星一樣，都是可以預期的。他們每隔一百一十一天就會出現在火星。

§

如同寫給老爹那封信所說的，（一五五）根據史東尼的說法，那個高大的男子和他的狗出現在祕密會議之後，就說服了會場裡每個人。他是一個高大迷人的男子，而每每會議結束時，每個人的想法和他的想法都極為相近。每個人想出來的每一個看法，都是出自出他的旨意。他只是不斷微笑、不斷用他那迷人的聲音以真假嗓音互換的方式說話，接著每個人腦海中就都塞滿了他的新構想。於是，每個與會的人都投票支持他的新構想，還把那些新構想當成是自己想出來的。他非常熱愛德式棒球。沒有人知道他的姓名。假如有人問他，那他只會不斷微笑著。通常他都穿著陸戰隊傘兵的制服，但陸戰隊傘兵部隊的真正指揮官都說，除了在祕密會議裡，他們沒有在其他的地方和他見過面。

§

（一五六）老爹，我的老朋友，那封信對老爹說，只要你和史東尼發現了某項新事物，就寫到這封信裡。藏好這封信。你更換藏匿地點時，請務必告訴史東尼你藏到哪裡。這麼一來，即使你被送到醫院接受記憶去除手術，史東尼仍然可以告訴你到哪裡恢復你的記憶。

（一五七）老爹，你想知道為什麼你還一直活著嗎？你之所以還活著是因為你有伴侶和小孩。火星裡幾乎沒有人是有伴侶或是小孩的。你的伴侶名字叫做碧。她是費比市史基里曼呼吸學校的講師。你的兒子名叫克諾洛。他住在費比市一間小學裡。根據史東尼．史蒂文生的說法，克諾洛是學校裡最優秀的德式棒球員。就像火星裡的其他人一樣，碧和克諾洛也學會單獨生活。他們並不會想念你。他們也從來沒想念過你。可是，你必須盡可能地向他們證實，他們需要你。

（一五八）老爹，你這個臭小子，我實在很愛你。當你的小家庭一家人團聚的時候，偷一艘太空船並且飛到一個較為美麗且祥和的地方，一個用不著必須時常服用氧氣丸才能活下去的地方。記得帶走史東尼。當你們一切都安頓妥當，你們必須花費大量時間和精力，找出這一切到底是由誰造成的。

§

現在，整封信可供老爹閱讀的只剩簽名而已。

簽名是寫在另一張紙上面。

在翻到簽名那一頁之前，老爹試圖著去想像作者的個性和外表。作者是個什麼都不怕的人。作者是個愛好真理的人。為了要儲存更多的真理，他可以忍受任何劇烈疼痛。他比老爹和史東尼要好得太多了。他用愛心、輕鬆和超然的立場來觀察並記錄他們的顛覆性活動。

老爹想像作者是個長有一臉白鬍子、擁有鐵匠般強壯體格的慈祥長者。

老爹翻到最後一頁，讀著作者的署名。

署名上方寫著一行表達出作者心情的字句：永遠忠實的好友。

簽名字體的篇幅幾乎占滿整張紙。它是由三個字母所組成，每個字母都有六英寸長、二英寸寬。三個字母被笨手笨腳地寫出來，就好像是幼稚園學生的字體。

以下就是那個簽名：

這個簽名其實正是老爹（Unk）自己的簽名。

老爹正是寫那封信的英雄。

老爹在自己的記憶被去除之前就寫了信給自己。那封信使老爹變得勇敢、有警覺性，並使他能自由地舒展自我，實在具有文學的最佳特質。那封信令老爹即使在非常艱苦的時期也能把自己看成英雄。

老爹並不知道綁在石柱上被他勒死的紅髮男子竟然是他的要好朋友史東尼．史蒂文生。要是他知道的話，那他可能會殺了自己。可是，在命運的安排之下，經過了很多年之後，他才知道這件事。

§

當老爹回到他的營房時，從遠處就可以聽到一陣陣磨刺刀和叢林作戰用軍刀的聲音。每個人都在磨著一把刀。

到處都充滿著一種特別且羞怯的笑聲。那些笑聲似乎表示，如果情況適切，就算一個人再怯懦，也會樂意出面承認自己犯下的錯誤。

不久之前，老爹那一團的部隊才剛收到必須火速前往太空船集合的命令。

火星和地球的戰爭已經展開。

擔任先峰部隊的火星皇家突擊隊已經摧毀人類居住地球上的各項設施。突擊部隊在月球上架設砲台，從月球對著地球上每個大城市展開猛烈砲彈攻勢。

此外，火星的電台還不時對那些飽受摧殘的地球人播放單調的歌曲：

黑人、白人、黃人——不想死就投降。

黑人、白人、黃人——不想死就投降。

第六章　戰時逃兵

我始終無法理解，為什麼德式棒球沒被奧運會列入競賽項目。它應該很有機會成為主要競賽項目。

——溫斯頓・奈爾斯・倫法德

從部隊的營地到停放入侵艦隊的平原之間共有六英里距離。軍隊行進時，將會經過火星唯一城市費比市的西北角。

根據溫斯頓・奈爾斯・倫法德撰寫的《火星簡史》記載，費比市人口最多的時候曾有八萬七千個居民。費比市的每個人和每棟建築都與戰爭有關。費比市的工人和軍人一樣，也都由安裝在頭顱裡的天線掌控。

老爹所屬的連現在正行軍穿越費比市的西北角。老爹所屬的連的位置正位於老爹所屬的團的中間。火星的真正指揮官認為，現在根本不需要以天線產生刺痛的方式命令士兵整齊行軍。戰爭的狂熱早已使他們自動自發地行進著。

當他們行進時，不僅唱著簡短的軍歌，也用長統靴子底部的鐵塊用力踏著地面。他們所唱的軍歌內容相當殘酷：

恐怖，悲傷，和不安——

一，二，一，同志們！

地球著火了！地球被綁上鐵鍊了！

一，二，一，同志們！

撒裂地球的靈魂，傾倒地球的腦漿！

一，二，一，同志們！

流血！一，二，同志們！

死掉！一，二，同志們！

費比市的工廠仍舊全力趕工。沒有人偷懶到街上觀看唱著軍歌大聲齊步走的英雄。由於工廠內使人頭暈目眩的火把忽明忽滅，使得從室外看來彷彿窗戶在眨著眼。當金屬溶液被傾倒出來時，門口出現一些帶有白色煙幕的黃色光線。切割輪發出的聲音淹沒了士兵們的軍歌聲。

三艘飛碟和數艘藍色斥候船低飛在費比市的上空，發出陀螺旋轉的聲音。「再見了。」它們似乎這麼唱著，接著筆直飛上天空。沒多久，便已經飛行在無垠的太空中。

§

「恐怖，悲傷，和不安——」火星的軍隊不斷唱著軍歌。

其中只有一個士兵僅蠕動他的雙唇，沒發出一點聲音。那個士兵就是老爹。

老爹被安排在他所屬連隊的第一縱隊最後一列的位置。

站在他旁邊的正是寶哲，他那雙尖銳的眼睛使得老爹後頸部發癢。更不幸的是，老爹還被安排和寶哲一同攜帶一根長達六英寸長的迫擊砲砲管。

「流血！一，二，同志們！」士兵們意志高昂地唱著軍歌：「死掉！一，二，同志們！」

「老爹，我的好弟兄……」寶哲說。

「有何貴事？我的好弟兄。」老爹心不在焉地說。他不只身上背著許多裝備，手上還拿著尚未引爆的手榴彈，上面的栓子已拉開。老爹只要一鬆手，手榴彈就會在三秒鐘內爆炸。

「老爹，是我要求上級讓我們兩個編在同一組的。」寶哲說：「寶哲——他一向很照顧他的弟兄，不是嗎？老爹弟兄。」

「沒錯！寶哲弟兄。」老爹說。

在寶哲的安排下，他和寶哲一同搭乘他們那一連的補給船前往地球作戰。雖然連隊補給船裡有一些迫擊砲彈和一門砲管，但基本上，它仍是屬於後勤補給的非戰鬥性船隻。根據原先的設計，它只搭載兩個人，其餘空間則用來裝載糖果、運動器材、錄好的音樂、罐裝碎牛肉、棋盤遊戲、氧氣丸、冷飲、聖經、筆記本、理髮用具、熨衣板，以及一些振奮士氣的用品。

「老兄，我們真幸運能坐在補給船裡，不是嗎？」

「好弟兄，我們真的很幸運。」老爹說。他邊回話邊將手上的手榴彈丟進排水管。

不久之後，從排水管的出口處傳來一陣轟隆震響的聲音。

所有士兵都嚇得抱頭跑到街上。

身為老爹那一連真正指揮官的寶哲是第一個抬起頭一探究竟的人。他看見一些煙霧從排水管跑出來，他認為那很可能是排水管瓦斯爆炸的結果。

寶哲手伸到口袋裡按了個按鈕，就使得他所屬連上的士兵們全都站了起來。

當他們都站好之後，寶哲自己也起身站好。「天哪，弟兄們。」他說：「我想我們剛才遭受到一陣煙霧的洗禮。」

他抬起迫擊砲管的一端。

可是，卻找不到另一個人抬起另一端。

老爹已經跑去找尋他的妻子、兒子，以及最要好的朋友。

老爹已經上路，爬過平坦火星地表上的一座山丘。

§

老爹在尋找的兒子名叫克諾洛。

若根據地球上人類的算法，克諾洛已經八歲了。

他的名字是為了紀念他所出生的那個月份。火星的一年分成二十一個月，其中的十二個月有三十天，另外九個月則有三十一天。這二十一個月份分別是一月（January）、二月（February）、三月（March）、四月（April）、五月（May）、六月（June）、七月（July）、八月（August）、九月（September）、十月（October）、十一月（November）、十二月（December）、十三月（Winston溫斯頓）、十四月（Niles奈爾斯）、十五月（Rumfoord倫法德）、十六月（Kazak卡薩可）、十七月（Newport新港）、十八月（Chrono克諾洛）、十九月（Synclastic辛克莉斯狄克）、二十月（Infundibulum尹福狄布倫），以及二十一月（Salo沙洛）。

還有一首打油詩，方便人記憶：

三十天是沙洛、奈爾斯、六月、九月，
溫斯頓、克諾洛、卡薩可，與十一月，
四月、倫法德、新港，以及尹福狄布倫。
其他月份，我的寶貝，都有三十一天。

第二十一月沙洛是為了紀念一個生物而命名。溫斯頓．奈爾斯．倫法德知道那個生物居住在泰坦星上。泰坦星是土星的衛星當中非常適合人居住的一個。

沙洛是倫法德在泰坦星的一個密友。他是來自其他銀河系的信差，不過，由於太空船上的發電機零件故障，使得他被迫停降在泰坦星，一直等待要換一個新的零件。

他已經很有耐心地等了兩千年。

他的船之所以航行和火星之所以對地球展開戰爭，都是由一種叫做「變動宇宙的意志」（Universal Will to Become）的現象所驅使。變動宇宙的意志使宇宙從無中生有——也就是說，使得「無」堅持變成「有」。

很多地球上的人類都慶幸地球並沒有「變動宇宙的意志」的現象。

如同一首頗受歡迎的打油詩所描述的：

威利發現了某種「變動宇宙的意志」現象，
他把它和他的口香糖泡泡兩相混合。
在宇宙裡屎屎的收穫很少：
只有可憐的威利的六條新銀河。

老爹的兒子克諾洛今年八歲，他的德式棒球打得很好。他全心關注的就是德式棒球。德式棒球是火星最重要的運動，不論在小學、在軍隊，或是工廠工人的娛樂中心裡，都是如此。

由於火星只有五十二個小孩，整個火星便只在費比市的中心地區成立一所小學。五十二個小孩當中，沒有一個是在火星受孕產出的。他們要不是在地球受孕，就是像克諾洛一樣，在被招募前往火星工作的地球人所搭乘的太空船上受孕的。由於火星的社會並非特別需要他們，因此他們在學校並沒有研讀很多課程。他們絕大多數時間都用來玩德式棒球。

德式棒球使用的球，是一種和大型哈蜜瓜尺寸相當、軟弱無力的球體。這種球體的彈跳度和裝滿十加侖雨水的帽子不相上下。這種球類運動和棒球有些類似——一名打擊者將球打向有許多對方球員的球場裡，並且繞著幾個壘包跑步，至於對方在球場裡防守的選手則必須接住或擋住球。和棒球不同的是，打擊者並非敲打投手投過來的球，而是將球放在手掌上，另一隻手拿著球棒擊出球。此外，假如對方在球場裡的防守球員，能夠用球打中從壘包跑向另一個壘包的敵方跑壘球員，那麼，那個跑壘的球員就算出局，必須馬上離開球場。

火星之所以那麼熱中德式棒球，完全歸因於溫斯頓．奈爾斯．倫法德，其實火星裡的每件事物都要歸因於溫斯頓．奈爾斯．倫法德。

豪爾．山姆斯在他所寫的《溫斯頓．奈爾斯．倫法德、班傑明．富蘭克林，以及李奧那多．達文西》一書裡，就曾經證實，德式棒球是倫法德小時候最為熟悉的團隊運動。山姆斯更進一步指出，倫法德是在小時候經由家庭教師喬艾絲．馬克坎茲小姐傳授，才逐漸認識並愛上德式棒球的。

在新港地區度過孩童時期的倫法德，當時與馬克坎茲小姐、管家蒙克里夫組成球隊，並且經常和另外一隊——由日本園丁和他女兒，以及名叫愛德華．西瓦德．達靈頓的馬伕組成的隊伍比賽。毫無疑問地，倫法德的隊伍經常獲勝。

§

老爹這個火星軍隊史上唯一的逃兵此刻躲在圓形綠松石後面，一面喘氣，一面看著學校裡的小孩在運動場上玩德式棒球。老爹背後有一輛腳踏車，這是他從一間生產防毒面具工廠的車棚裡偷來的。老爹不知道哪個小孩才是他的兒子，哪個小孩的名字叫克諾洛。

老爹的計畫相當模糊不清。他的夢想就是能夠先和他的妻子、兒子和最要好的朋友團聚，然後再偷一艘太空船並且駕著那艘太空船到某個地方，從此快樂幸福地生活在一起。

「嗨，克諾洛！」運動場上有個小孩大喊：「輪到你上場打擊了！」

老爹從圓形綠松石後面偷看著本壘板。那個上前打擊的小孩就是克諾洛，也就是他的兒子。

§

克諾洛，老爹的兒子，走向本壘板前準備打擊。

就他的年齡來說，他的身材過於矮小，不過，看他的肩膀卻會驚訝地發覺他頗具男子氣概。小孩的頭髮是墨黑色，如鬃毛般豎立著——他的黑色鬃髮以逆時鐘的方向長成渦旋狀。

小孩是個左撇子。球放在他的右手掌上，他正準備用左手擊球。

他的雙眼非常深邃，像極了他父親的眼睛。而在突出額頭的覆蓋之下，雙眼依舊相當炯炯有神，每當他的雙眼發出亮光時，總是讓人可以看出一抹憤怒凶猛的神情。

那對充滿憤怒凶猛神情的眼睛忽而閃向這裡、忽而閃向那裡。它們的移動使球場上對方的防守球員感到驚慌，他們不得不時常變換位置，否則一旦球被擊中、快速飛向他們時，假如不立即閃避，很可能就會被快速球擊得粉身碎骨。

場內球員被那個在本壘板打擊的男孩所激起的警覺心，也被在場的老師察覺。她站在德式棒球主審的位置，也就是介於一壘和二壘之間。同樣地，她也感到非常可怕。她是個體質柔弱的老婦，她的名字是伊莎貝兒．凡絲特麥可。她已經七十三歲，在去除記憶前曾是耶和華的見證人。她在試圖向住在杜勒斯的火星特勤人員販售《瞭望台》的時候，被誘騙到了火星。

「克諾洛，」她皮笑肉不笑地說：「你應該知道，這只是一場遊戲而已。」

天空在飛碟遮掩下突然變得漆黑，那是火星陸戰隊傘兵部隊所屬的血紅色太空船。那一百艘太空船起動的聲音好像雷電聲，震得學校窗框不停作響。

但由於年輕的克諾洛正站在本壘板前準備出擊，這是一個非常重要的時刻，因此沒有小孩有空抬頭看天空的壯麗景觀。

就在年輕的克諾洛嚇得球場上對方的防守球員和凡絲特麥可神經快要崩潰時，他突然把球放到腳邊，從口袋裡掏出一小片金屬物品，那是他的幸運符。他吻了一下幸運符，又收回他的口袋裡。

然後，他突然拿起球，用力打到內外野之間，接著又快速繞著壘包跑步。

對方的防守球員和凡絲特麥可小姐都極力閃避他擊出的球，好像當它是猛烈的砲彈。當球自己停下來的時候，防守球員帶著崇敬的心理，笨拙地從後面追著跑去拿球。很顯然地，他們的一切作為並不在於用球打擊克諾洛，以便讓他出局。防守球員都想藉著表現出一副無法對抗的樣子，凸顯克諾洛在德式棒球方面無人能及的才華。

顯然在那些小孩眼中，克諾洛是火星最為閃耀的人物，而在和他的往來中，當然也就能或多或少從他身上沾一些光采。也正因為如此，他們願意做任何事使克諾洛更為閃耀。

年輕的克諾洛順利滑到本壘，在本壘附近揚起一陣灰塵。

一名防守球員向他拋球，但一切都太遲了。擲球的防守球員也煞有其事地抱怨自己的球運不佳。

年輕的克諾洛站起來，拍掉身上的灰塵，再度親吻他的幸運符，感謝它使得他再度奔回本壘得分。他堅信自己所有的力量都是幸運符賜予的，他的同學和凡絲特麥可也都這麼認為。

以下是有關於幸運符的歷史：

有一天，凡絲特麥可小姐帶領學生到生產火焰噴射器的工廠做戶外教學活動。工廠經理對孩子們解說火焰噴射器的每個生產過程，他還希望，當孩子們長大後，其中有一些會想到他的工廠為他工作。就在課外活動接近尾聲、他們在參觀包裝部門時，經理的腳踝被一片用來捆綁包裝好的火焰噴射器的鋼製螺旋片纏住。

這種末端帶有勾狀物的螺旋片被粗心的工人亂放在工廠走道上。經理在腳踝擦傷、褲管勾破下才得以擺脫螺旋片的糾纏。於是，他做出了孩子們在當天參觀行程中第一個能夠理解的示範：他對著螺旋片大發脾氣。

他猛力踩踩螺旋片。

然後，當它再度勾住他的褲管時，他憤怒地拿起大剪刀，將它剪成許多只有四英寸長的螺旋片。

孩子們看得驚心魄魄又很滿足。最後當他們準備離開包裝部門的時候，年輕的克諾洛撿起其中一片四英寸長的螺旋片放進口袋。他撿起來的金屬片和其他金屬片有所不同——上面鑽了兩個孔。

那就是克諾洛的幸運符。就好像是他的手一樣，它已經成為他身體的一部分。也就是說，他的神經系統早已延伸到金屬片上面。只要觸摸到它，就等於觸摸到克諾洛。

§

老爹，這個火星軍隊有史以來唯一的逃兵，從圓形綠松石後面站起來，並精神抖擻地走進學校的校園裡。他早已拿掉制服上所有徽章。而也正因為他現在已不被要求必須從事任何特定的任務，反而使他看起來更像個戰士。在他逃離軍隊前攜帶的所有裝備中，保留下來的只剩一把叢林作戰用軍刀、一把每次只能發射一顆子彈的毛瑟槍，以及一顆手榴彈。他將那三樣武器連同偷來的腳踏車一起藏在圓形綠松石的後面。

老爹雄糾糾氣昂昂地行進到凡絲特麥可小姐面前。他告訴她，因為公務上的需要，想私底下訪問年輕的克諾洛。他並沒有讓她知道自己是那個男孩的父親。其實，就算讓她知道他是男孩的父親，也不能讓他對男孩擁有任何特別的權利。可是，讓她知道他是上級指派的調查員，卻可以使他擁有詢問那個男孩的權利。

可憐的凡絲特麥可小姐輕易地就被唬住。她同意讓老爹在她的辦公室訪問男孩。辦公室裡堆滿尚未批改的學生作業，其中有些甚至是五年前就繳交的。由於她的工作進度實在太落後，她還為此申請延緩退休，以便能加把勁將作業批改完畢。架子上有些作業掉落到地上，形成一條作業匯成的河流，有些蔓延到她的書桌底下，有些到了走廊，另外有一些甚至已進入她的私人盥洗室裡。

她的辦公室裡有一座兩個抽屜的櫃子。兩個抽屜都敞開著，裡面放滿她收藏的石頭。從來沒有人對凡絲特麥可做突擊性檢查。沒有人想這麼做。她擁有銀河太陽系地球美國明尼蘇達州政府的教師證書，這才是最重要的。

老爹坐在她的書桌後面，而他的兒子則站在面前接受他的訪問。是克諾洛自己執意要站著接受訪問的。

當老爹正思索著該和克諾洛說什麼的時候，他不經意地打開書桌的抽屜，發現裡面也裝滿了石頭。

年輕的克諾洛相當機靈且滿懷著敵意，在老爹想出要說什麼之前，他就搶先開口：「狗屁。」

「什麼？」老爹說。

「不論你說什麼，全都是狗屁。」年僅八歲的男孩說。

「你為什麼會這麼認為呢？」老爹說。

「每個人說的每件事都是狗屁。」克諾洛說：「更何況，難道你會在乎我在想什麼嗎？等到我十四歲，你們就會在我的頭裡放進一種東西，然後就可以命令我做任何事情。」

他指的當然是每個孩子一旦到了十四歲，頭顱裡就必須安裝天線。孩子們的頭顱大小在十四歲左右才適合裝置天線。當孩子們過完十四歲生日，就必須送到醫院動手術。他們的頭髮剃光後，醫生和護士還會開玩笑地談論著即將成為大人的事。在孩子們即將被推進手術室前，醫護人員還會問他最喜歡哪種冰淇淋。當孩子們手術結束醒來時，早就有一大盤他最喜愛的冰淇淋在等待著：胡桃口味、奶油口味、巧克力口味等，可說是應有盡有。

「你的母親是不是常說一些狗屁的話？」老爹問。

「沒錯，自從她上一次出院後，就一直說狗屁的話。」克諾洛說。
「那你的父親呢？」老爹說。
「我對他一無所知。」克諾洛說：「我根本就不在乎。他也應該和其他人一樣，講話時也是一大堆狗屁的話。」
「那有誰不講狗屁的話呢？」老爹說。
「我就不講狗屁的話。」克諾洛說：「我是僅有的一個。」
「你過來。」老爹說。
「我為什麼要過去？」克諾洛說。
「因為我要在你耳邊講一些非常重要的話。」
「我才不相信。」克諾洛說。
老爹從書桌後面站起來，繞過書桌走到克諾洛的面前，在他的耳邊輕聲地說：「我是你的父親！」當老爹說出那句話時，內心像防盜器般響了起來。
克諾洛斯毫不為所動。「那又怎麼樣？」他面無表情地說。他並不認為父親有什麼重要性可言。從來沒有人灌輸這種觀念給他，而在實際的生活中，他也體會不到父親的重要性。在火星，「父親」這兩個字無法激發起任何情感方面的含意。
「我特地來這裡找你。」老爹說：「不論如何，我們一定要逃離這裡。」他雙手輕搖著男孩的手臂，企圖使他有所反應。

克諾洛連忙將他父親的手從他的手臂上甩開，好像他父親的手是會吸血的水蛭般。「逃離之後要做什麼？」他說。

「要好好地生活呀！」老爹說。

男孩冷淡地看著他的父親，想從他的臉上找出一絲為何要將自己的命運交給眼前這個陌生人的理由。克諾洛從口袋拿出他的幸運符，放在兩個手掌間用力摩擦。

他從幸運符所獲得的想像的力量使他足以用不著相信任何人，也能像過去一樣一直孤單且憤世嫉俗地活下去。「我自己一個人過得很好。」他說：「我過得很好，你去死吧！」

老爹不穩地往後退一步。他兩邊嘴角垂了下來。「叫我去死？」他低聲說。

「對每個人我都是叫他們去死。」男孩說，他很想變得友善些，可是又立即相當不耐煩，「現在我能不能到外面玩德式棒球了？」

「你叫你自己的父親去死？」老爹喃喃自語。在老爹腦中，有一處醫護人員從未碰觸過的角落，那裡仍然隱藏著他自己一段非常奇特的童年回憶。現在，老爹口中喃喃自語的問題已經反射到他腦中的這個角落裡。他那段奇特的童年可說是始終在「很希望看到父親、熱愛父親，但是他的父親卻不想見他，也不想被他熱愛」的惡夢中度過的。

「我、我從軍隊中逃跑到這裡，就是要找你。」老爹說。

男孩的雙眼露出一些感興趣的曙光，不久又熄滅。「他們會抓到你。」他說：「每個脫逃的人都會被抓到。」

「我打算偷一艘太空船。」老爹說：「然後載著你和你的母親，我們三個人遠走高飛！」
「到哪裡去？」那個男孩說。
「到一個好地方！」老爹說。
「告訴我哪裡有好地方。」克諾洛說。
「這我目前還不確定。我們必須去尋找！」老爹說。
克諾洛面帶憐憫地搖著頭。「我很抱歉。」他說。「我想，你大概不知道自己在說些什麼。你這麼做只會使很多人被殺害而已。」
「難道你想留在這裡嗎？」老爹說。
「我想，能留在這裡也還算不錯。」克諾洛說：「現在，我能不能到外面玩德式棒球了？」
老爹不禁老淚縱橫。
他的哭泣使男孩大為震驚。他從來沒看過人流淚。他自己也從未哭泣過。「我要出去玩了！」他粗暴地大喊，從辦公室裡跑出去。
老爹走到辦公室窗戶旁邊。他的雙眼凝視著窗外的運動場。年輕的克諾洛那一隊正在防守。年輕的克諾洛加入他隊友的陣營裡，面對著在本壘板上準備打擊的人，那人的背部正對著老爹。
克諾洛親吻著他的幸運符，然後放到口袋裡。「同志們，放鬆心情。」他聲嘶力竭地吼叫著：「來吧，同志們，我們宰了他！」

§

老爹的伴侶，也就是克諾洛的母親，是史基里曼呼吸學校的女講師。史基里曼呼吸法能讓人類不用穿戴頭盔或其他笨重裝備，就能在真空或是空氣極為稀薄的地方生存下去。

這種方法最主要的就是服用充滿氧氣的藥丸。體內的血液並非經由肺部，而是經由小腸壁來吸收氧氣。火星官方對於這些藥丸的稱呼是「呼吸器官氧氣補給系統」，不過火星一般民眾都稱它們為氧氣丸。

史基里曼呼吸學校所教的方法，是在像火星般良性但無用的大氣層中最簡易的呼吸法。也就是說，雖然周遭環境裡沒有氧氣供給肺部，但是接受呼吸訓練的人必須學習依照原本正常的方式呼吸和說話。接受呼吸訓練的人唯一要記住的，就是必須定時服用氧氣丸。

老爹的伴侶所任教的史基里曼呼吸學校還教導一些招募來的人員更高難度、學會在真空或更惡劣環境下使用氧氣丸呼吸的方法。他們不僅服用氧氣丸，並塞住耳朵、鼻子和嘴巴。因為倘若他們在那樣的狀況下不小心做出任何說話或呼吸的舉動，將導致出血甚至死亡。

史基里曼呼吸學校專門訓練招募人員的部門裡總共有六名女講師，老爹的伴侶就是其中一位。她的教室長寬各三十英尺，沒有窗戶，四周牆壁塗上白色的油漆，牆下則擺放著長椅。

教室正中央的桌子上則放著一碗氧氣丸、一碗耳塞和鼻塞、一捲膏藥貼布、剪刀和小型錄音機。整個過程中有很長一段時間必須坐著等待，小型錄音機的作用就是播放音樂，免得等待時間過於無聊。

等待的時刻已經來臨，課堂的學生都已服用氧氣丸。現在，學生們必須靜靜地坐在長椅上聽音樂，等待氧氣丸抵達他們的小腸。

播放的音樂是最近從地球的廣播節目裡盜錄的。它是地球上很暢銷的一首流行歌曲，是一個男孩、一個女孩，以及教堂鐘組成的三重唱。曲名是〈上帝是我們的心靈設計師〉。男孩和女孩輪流唱著歌曲，穿插著悅耳的合聲。

每當男孩或女孩唱到宗教方面的事物時，教堂鐘聲就會出現。

教室裡總共有十七名從地球招募來的人員。他們都穿著最近才發給他們的青苔色新內褲。他們之所以只穿著內褲，目的就在於使女講師能夠一眼看出他們身體外部對於史基里曼呼吸法的反應。

這些從地球招募來的人員才剛在醫院接受去除記憶和裝設天線的手術。他們的頭髮剃光，每個人從頭頂到頸背的部位都貼著膏藥。

膏藥顯示的位置，可以看出天線放入的地方。

那些被招募的人，他們的眼睛和被關閉的紡織廠窗戶一樣虛無。

其實，課堂上女講師的雙眼也同樣虛無呆滯。最近她也才動過去除記憶的手術。

她要出院的時候，醫護人員告訴她以下這些真實的資料：她的名字是什麼，她住那裡，以及如何回到史基里曼呼吸學校。同時還告訴她，她有個八歲大的兒子名叫克諾洛，假如她想見他，可以在每個星期二晚上到他的學校和他會面。

那個女講師，同時也是克諾洛的母親和老爹的伴侶，她的名字是「碧」。她身上穿著青苔色的長袖綿質運動衫，腳上是白色韻律鞋，脖子上則掛著哨子和聽診器。

她的長袖綿質運動衫上印有她的名字，但字體像謎一般難解。

她看一眼牆上的掛鐘。經過的時間已足夠使他們服用的氧氣丸經由消化系統被帶到小腸裡。她起身關掉錄音機，吹起哨子。

「集合！」她說。

那些被招募的人還沒有受過基礎的軍事訓練，也就無法井然有序地集合。地板上面漆有小方塊，被招募的人員只要站在裡面就能形成整齊的行列。現在，他們正玩著類似搶椅子的遊戲，只不過當音樂停止時，不是搶椅子坐，而是搶著占據地板上的方塊。於是，這種遊戲玩了幾次之後，每個人都已各自站在一個方塊上面。

「現在。」碧說：「請用塞子塞住你們的耳朵和鼻子。」

那些被招募的人手上早已拿著塞子。他們將塞子塞進耳朵和鼻子裡。

碧現在仔細檢查每個被招募的人，確保他們的鼻孔和耳朵都已緊密塞住。

當她檢查完畢，她連聲說：「很好。」她從桌上拿起膏藥貼布。「現在，我要向你們證明，只要使用呼吸器官氧氣補給系統，或是一般人所俗稱的氧氣丸，就不需要再使用肺臟。」她一排排地移動著，將膏藥貼在每個人的嘴鼻上。沒有人做出拒絕的舉動。當她在每個人嘴上都貼上膏藥後，更是沒有人可以開口表達反對了。

她看了看牆上的掛鐘，再度播放音樂。接下來的二十分鐘她什麼事都不用做，只要看著那些近乎裸露的肉體因肺部沒有氧氣的供給而痙攣變色。最理想的情況是，在那二十分鐘之內，他們的身體先變成藍色，再變成紅色，最後又恢復到原先自然的顏色。至於他們的骨骼會先猛烈搖晃，接著一動也不動地靜止，最後又恢復到原先的情況。

直到那為期二十分鐘的嚴厲考驗期結束，每個接受訓練的人將會了解，藉著肺臟呼吸是件極為不需要的事。最理想的情況是，指導訓練的課程結束時，每個從地球招募而來接受訓練的人對自己會很有信心。也正因為接受過訓練，當他們要從太空船裡跳出來，不管將降落在地球的陸地或海洋或是任何地方，也都不會帶有絲毫猶豫。

碧坐在長椅上。

在她呆滯的雙眼四周有黑色的小圈圈。自從她出院之後，那些黑色小圈圈出現了，而且顏色一天天加深。在她住院的期間，醫護人員曾經向她保證，每天她都會變得更祥和、更有效率。醫護人員也告訴她，假如幾天過後，她覺得一切並非如同他們所保證的，那她應該向醫院報告，以便接受協助。

「我們時時刻刻都需要別人的幫助。」莫瑞斯．凱索醫生曾經這麼對她說：「這沒有什麼好難為情的。或許，有一天當我也需要妳的協助時，我也會毫不猶豫去找妳。」

她將以下這首十四行詩拿給她的上司看，立即被送進醫院。這首由她寫的十四行詩，內容在描述史基里曼呼吸學校：

切斷和空氣及霧氣的一切關係，
密封每個通口；
把喉嚨弄得像小氣鬼的拳頭那麼緊，
讓生命在你的掌控之下。
不再呼氣，也不再吸氣，
因為呼吸是屬於軟弱者的行徑；
當我們在關鍵的時刻，
千萬小心不能說話。
假如你因悲傷或興奮而銷魂，
只用一滴眼淚來表示即可；
你被自己的心靈所困。
也被言語和環境所困。
對於在毫無生命的太空中漫遊的我們來說，
每個人都是一座小島。
是的，每個人都是一座小島：

小島就是堡壘，小島就是家。

因為寫了十四行詩被送進醫院的碧，擁有一張非常自信的臉——雙頰凸出顯得很桀驁不馴。她看起來非常像印第安勇士。不過所有說她像是個印第安勇士的人一定又會馬上接著說她也相當漂亮。

現在，有人匆忙敲著碧的門。碧走到門邊並打開門。「請問找誰？」她說。

在空無一人的走道上，站著一個穿著制服、臉色漲紅、全身流汗的男子。男子身上所穿的制服並沒有任何徽章。他背上背著步槍。他的雙眼非常深邃而且帶著偷偷摸摸的神情。「我是信差。」他粗暴地說：「我有消息要傳送給碧。」

「我就是碧。」碧有點不安地說。

信差的雙眼上下打量著她，使她覺得自己好像被剝光衣服接受檢查。他的身體所不時散發出來的熱氣，使她有種快要窒息的感覺。

「難道妳認不出我是誰嗎？」他輕聲地說。

「認不出來。」她說。他的問題使她稍微鬆了一口氣。顯然地，她曾經和他有所來往。那時候，他和他的來訪就像例行公事一樣，但經過醫院的記憶去除手術，她已經徹底忘記這個人和他的例行公事了。

「我也記不得妳長得什麼樣子。」他輕聲說。

「我曾經住院過。」她說：「我必須接受記憶切除手術。」

「小聲一點！」他突然說。

「什麼？」碧說。

「小聲一點！」他說。

「很抱歉。」她也開始低聲說話，顯然輕聲細語是和這位特派人員從事例行公事時的原則之一，「我忘記的東西實在太多了。」

「我們都忘掉太多了！」他低聲但語帶憤怒地說，再度對走道四周仔細察看，「妳是不是克諾洛的母親？」他低聲說。

「是的。」她小聲回答。

現在，這位陌生的信差正專注地凝視她的臉。他深深吸氣和呼氣，不時嘆息和皺眉頭，雙眼也不停眨動著。

「你要傳送的消息是什麼？」碧輕聲地說。

「我要傳送的消息是。」信差低聲說：「我是克諾洛的父親。我剛從軍隊逃出來。我的名字是老爹。我打算帶著妳、克諾洛和我最要好的朋友逃離此地。目前，我還沒有想出脫逃的方法，但妳必須有立即動身的打算！」他交給她一顆手榴彈，低聲說：「藏好這東西。等到時機成熟，或許用得著。」

走道盡端的接待室傳來陣陣激動的叫聲。

「他說他是攜帶機密信函的信差！」一名男子大喊。
「就豬的眼光來說，他倒真的是個信差！」另一名男子也大吼：「他是個戰時逃兵！他來見什麼人？」
「他沒有說。他只說那是最高機密！」
陣陣口哨聲不時響起。
「你們當中六個人跟我來！」一名男子大叫：「我們在這裡搜尋一個個房間，其他人去包圍住外面！」
老爹趕緊將手上拿著手榴彈的碧推到教室內並關上門。他放下背在後面的步槍，放在那些耳朵、鼻子和嘴巴都被封閉的受訓人員當中。
「你們之中只要有人偷看或者隨便亂動。」老爹說：「那你們就都別想活命。」
那些接受訓練的人按照指示站在各自被指定的方塊裡，他們似乎沒有聽到老爹的話。
他們的肉體變成藍色。
他們的骨骼不停搖晃。
他們每個人的注意力都集中在溶化於十二指腸裡能提供生命力的藥丸上。
「我要藏在哪裡？」老爹說：「我要怎麼逃出去呢？」
碧實在用不著回答他的問題，教室裡沒有能夠讓他躲藏的地方。而且，除了通往走道的那扇門之外，也沒有能夠讓他逃離教室的出口。

看來只有一個法子可想，而老爹也如此做了。他脫光衣服，身上只穿著一件青苔色的內褲，步槍藏在長椅下面，塞子塞進他的耳朵和鼻孔裡，嘴上也貼上膏藥，然後混在受訓人員當中。

他的頭髮就像其他接受訓練的人一樣，也是剃光的。而且和他們一樣，老爹身上從頭頂到頸背的部位也都塗上一片膏藥。由於老爹是個令人頭痛的士兵，他住院時，醫師曾經完全打開他的頭蓋骨，想了解他頭顱裡的天線是否運作異常。

§

碧非常鎮定地環視著整個教室。她拿起老爹給她的手榴彈，那模樣彷彿拿的是裝有玫瑰的花瓶。她接著走到老爹藏匿步槍的地方，將手榴彈放在步槍旁邊。她很整齊地擺放，如同當成他人的財產般看待。

然後，她就回到桌子後面她所應該站的地方。

她並沒有刻意注視老爹，但也沒有刻意避免看他。就像住院時醫護人員告訴她的：她曾經病得非常嚴重。而且，假如她不讓自己的心思一直在專注工作上，又讓別人開始擔憂，那她將會再度病得很嚴重。不論如何，她一定要保持鎮定。

那群人虛張聲勢的搜索聲音和動作，使得這種一個房間接著一個房間的地毯式搜尋工作進行得相當緩慢。

碧現在已經不想再擔憂什麼了。至於老爹，由於他已經混在接受訓練的人群當中，也就變成了毫不醒目的人。就專業的眼光來看，碧發覺老爹的肉體並不像其他人一樣變成純藍色，而是青綠色。這意味著他已有好幾小時的時間沒有服用氧氣丸。就他目前的狀況來說，不久之後他將會昏倒。

當然。讓他昏倒將是解決問題最平和之道，而這也正是碧目前最想要的。

當老爹告訴她，他就是她的小孩的父親時，她並不會感到懷疑。她並沒有記住他，她也不會為了能再度認出他而現在認真研究他——假如還有再次見面機會的話。對他來說，她一點用處也沒有。

她注意到，現在老爹的肉體已變成綠色。那麼，她剛才的診斷就沒錯了。他隨時都會昏倒。

碧開始幻想。她看到一個身穿純白色衣服、鞋子和襪子的小女孩騎在純白色小馬上面。碧很嫉妒小女孩能夠保持得那麼乾淨。

碧的內心一直在想，那個小女孩到底是誰。

老爹像鰻魚般柔軟無力地昏倒了。

§

當老爹醒來時，他發現自己躺在一艘太空船裡的行軍床上面。船艙的燈光使人頭暈目眩。老爹開始大吼大叫，可是，頭上陣陣的劇痛使他安靜了下來。

他費了很大的勁才站起來，並緊緊抓住支撐行軍床的鐵管。他發覺只有自己一個人。有人幫他重新穿上制服。

起先他還以為他現在搭乘的太空船已在無垠的太空中飛行。不過後來，他不僅看到氣閘是開著的，也看到太空船外面是一片平坦的陸地。

老爹踉踉蹌蹌地經過氣閘走到太空船外，很快關上氣閘。

當他抬頭看著眼前的景物時，才知道他似乎還在火星，或者在一個和火星極為相似的地方。

那已經是夜晚的時刻。

舉目所及都是一列又一列的太空船。

每一列約有五英里長的太空船行列正依次升空航向太空。

有隻狗在大聲吠叫，牠的吠叫聲和銅鑼聲極為相似。

狗兒在黑夜中慢慢地移動，牠和老虎一樣，非常巨大可怕。

「卡薩可！」一個男子在黑暗中大叫。

狗兒一聽到主人命令的聲音馬上停止不再往前移動，但牠還是亮出可怕的長牙，使老爹靠在太空船上不敢越雷池一步。

狗兒的主人出現了。他的前方閃爍著一道手電筒發出的光芒。他一直走到和老爹只有幾碼距離時，就將手電筒放在下巴下面。光線和影子的強烈對比使他的臉看起來就像魔鬼的臉。

「嘿，老爹。」他說。他關掉手電筒，移動身子站到另一邊，讓從太空船上面溢射出來的光線能夠照到他。他的身材非常高大，一臉和藹可親且充滿自信的樣子。他穿著血紅色的制服以及陸戰隊傘兵部隊的靴子。除了身邊一根一英尺長的暗黃色短杖之外，他的身上沒有攜帶任何武器。

「好久不見了。」他面帶微笑地說。他的音調很高，聽得出來是假嗓音發出的聲音。

雖然老爹記不得曾經在哪裡見過他，但那個人顯然相當了解他。

「老爹，知道我是誰嗎？」那個人依舊面帶微笑地說。

老爹嚇得差點喘不過氣來。這個人一定是史東尼．史蒂文生，一定是老爹那個什麼都不怕的最要好朋友。「是史東尼嗎？」他低聲說。

「誰是史東尼？」那個人大笑著說：「喔！天哪！有好幾次我曾經希望我是史東尼，未來有很多次我也將會希望自己是史東尼。」

地面開始搖晃。天空中有一陣劇烈的旋風。舉目所及的太空船都飛到空中、看不見蹤影。

老爹搭乘的這艘太空船是它自己所屬區域裡唯一一艘沒有起飛的太空船。現在，地面上距離老爹最近的太空船至少都有半英里遠。

「老爹，剛才起飛的，是你所屬那一團的太空船。」那個人說：「你卻沒有和他們一同出發。難道你一點都不會覺得不好意思嗎？」

「你到底是誰？」老爹說。

「名字在戰爭裡有什麼意義呢？」那個人說，他巨大的手放在老爹肩膀上，「喔！老爹，老爹，老爹。你過的是什麼日子呀！」

「是誰帶我到這裡的？」老爹說。

「是憲兵，你應該感謝他們。」那個人說。

老爹搖搖頭。眼淚不由自主地流到臉頰。他已經徹底失敗。即使是在一個可能握有他生殺大權的人之前，他再也沒有隱藏祕密的理由。對於是生或是死，可憐的老爹早已不在乎。

「我、我想讓我的家人團聚。」老爹說：「就這樣而已。」

「老爹，火星是一個不適合愛，也不適合家庭觀念重的人的地方。」那個人說。

那個人當然就是溫斯頓・奈爾斯・倫法德。他是火星各項事務的總司令。事實上，他並不是陸戰隊傘兵部隊的成員。對別人來說，或許要經過一番的波折和歷練，才能穿上那一套制服，但對於倫法德來說，只要他喜歡，想穿什麼種類的制服都可以。

「老爹。」倫法德說：「我聽過最悲淒的愛情故事竟然發生在火星。你想不想聽我講那故事？」

§

「很久以前，」倫法德說：「有個人搭乘太空船從地球來到火星。他志願加入火星軍隊，早就穿上雄糾糾氣昂昂的步兵攻擊部隊中校的制服。由於他覺得自己先前在地球時一切特權都被剝奪，因此當他穿上制服後，不僅覺得非常高雅，也認為那套制服一定能使他擁有某些權利。」

「那時他的記憶尚未切除，頭顱裡也還沒有裝天線，不過，由於他曾公開表示將效忠火星，就被賦予了指揮太空船的特權。被招募的人們對於男性的招募者曾有一種說法——他為自己的睪丸分別命名為戴莫斯和費比斯。」倫法德說：「而戴莫斯和費比斯正是火星的兩顆衛星。」

「那個從沒受過軍事訓練的中校當時正在嘗試一種地球人稱之為『發現自我』的經驗。他對於自己被派任的工作一無所知，只好一味要求其他被招募的人員聽從他的命令和指示。」

倫法德伸出一根手指，老爹驚訝地發覺那根手指已經變得半透明了。「其中有個頭等艙是那個男子禁止進入的。」倫法德說：「太空船上的人員向他解釋，那個頭等艙裡有幾個有史以來被帶到火星的女性中最漂亮的女子，任何人只要一見到她們，一定會情不自禁地愛上她們。他們還告訴他，除了專業軍人之外，愛情會徹底摧毀所有人的價值。」

「中校聽到有人影射他不是專業的軍人後顯得相當憤怒，於是他就對太空船上的人員講述自己曾經和許多絕色美女的性愛史——而在這些性愛史當中，從來沒有美女能使他真正心動。工作人員聽完後絲毫不認為他說的是事實。他們認為，那名關在頭等艙裡的聰明高傲美女一定能夠使他傾心不已。」

「工作人員們表面上對他的尊敬現在已經逐漸減退。被招募的人員受感染後也減少對他的尊敬。」

「至此，那位穿著華麗制服的中校終於顯露出他給別人的真正感受——像個裝模作樣的小丑。很顯然地，他所能贏回尊嚴的唯一方法就是：征服被鎖在頭等艙裡的美女。他已做好萬全準備……」

「太空船上的工作人員認為他一定會墜入情網而且會傷透了心，基於保護他的理由，仍然不讓他進入那個頭等艙。」倫法德說：「可是他的自我不斷膨脹，最後終於爆發。」

「軍官餐廳裡有一場酒會。」倫法德說：「中校喝得酩酊大醉後竟大聲說起話來。他又再度吹噓他在地球的性愛史。然後，他看見有人在他的酒杯裡放了一把能打開那間頭等艙的鑰匙。」

「中校毫不遲疑地倫溜到頭等艙，進去後關上門。」倫法德說：「雖然頭等艙裡面一片漆黑，但中校的腦袋已經被酒精所振奮。他的心中暗自發下豪語，一定要在次日清晨向大家展現他的勝利果實。」

「那個美女因先前受到驚嚇而服用鎮定劑，所以他在黑暗之中不費吹灰之力就和她發生關係。」倫法德說：「在大自然之母的冷淡注視下，兩個人完成了一個毫無樂趣可言的結合，沒有一方顯露出些許的滿足感。」

「中校並毫無暢快的感覺。他覺得非常可悲。他突然很愚蠢地打開燈，走到她面前想看看她的容貌，以便能從他剛才的粗暴行為中找到些許值得誇傲的地方。」倫法德哀傷地說：「睡在行軍床上的竟然是位年過三十且長相極為平凡的女子。她的雙眼充滿血絲，面頰則因哭泣和沮喪而顯得腫大。」

「更不可思議的是，中校認識她。先前有位預言家曾告訴他，說他有一天將會和一名他所認識的女子結合而生下小孩。現在，出現在他面前的竟然就是那個女子。」倫法德說：「上一次和她見面的時候，她是那麼高傲，現在卻又是那麼憔悴，使得鐵石心腸的中校看了不得不為之動容。」

「中校生平第一次了解到絕大多數人無法了解到的事實：他不僅是悲慘命運的受害者，還是悲慘命運中最冷酷無情的一個。過去他和女子相遇時，她總是視他為一隻豬。現在，無庸置疑地，他已經證實自己真的就是豬。」

「如同太空船上的工作人員所預料的。」倫法德說：「中校已變成一無是處的軍人。他絕望地全神貫注在這錯綜複雜的策略，帶給他的竟全然只有痛苦而已。只有贏得那個女人的寬恕和諒解才能證實他是成功的。」

「就在他搭乘的太空船抵達火星時，他無意間在醫院的接待中心裡獲知自己的記憶將被切除。於是他就寫了一系列的書信，將他不想忘記的事情都記載在裡面。第一封信所記載的，就是他對那個女子施暴的情形。」

「當他接受記憶切除術出院後，就一直在找尋她。可是，當他終於找到她，卻發現她早已不記得他。除此之外，當時她已懷有他的小孩。於是，他的問題就成為：如何贏取她的愛，以及經由她的協助，贏取她的小孩的愛。」

「老爹，對此他一直在努力嘗試著。」倫法德說：「不只一次，而是很多次。可是他一再遭到挫敗。這在他的一生當中，始終都是問題的癥結所在——或許，這是由於他從小就生在一個破碎家庭的緣故。」

「老爹。」倫法德說：「造成他挫敗的原因，就在於那個女子天生就患有冷感症，以及火星社會盛行的一種精神治療制度。每當男子加以改造他伴侶的思想後，那套盛行的精神治療制度就會治療她，使她又再度成為極有效率的火星公民。」

「男子和他的伴侶都是他們所屬醫院精神病房的常客。而或許這就是值得思考的地方。」倫法德說：「那個極度挫折的男子是火星上唯一能寫出具哲學思考文章的人；而那位極度自我挫折的女子則是火星上唯一能寫詩的人。」

§

寶哲從費比市來到補給船找尋老爹。「我的天呀……」他對倫法德說：「每個人都走了，只剩下我們嗎？」他騎在腳踏車上。

他看到老爹。「天哪，我的好弟兄。」他對老爹說：「你可真是急死你的好弟兄了！你是怎麼到這裡的？」

「憲兵帶我來的。」老爹說。

「這是每個人到達每個地方的方式。」倫法德淡淡地說。

「好兄弟，我們必須趕路了。」寶哲說：「假如士兵們沒有補給船的話，不可能展開攻擊。他們作戰的目的是什麼呢？」

「目的就是為了成為有史以來第一支因美好目標而戰死的部隊。」倫法德說。

「這又有什麼用呢？」寶哲說。

「算了，不提也罷。」倫法德說：「你們兩個人只管登上太空船，關上氣閘門、按下『開』的按鈕。不用多久，你們就會發覺已經追上他們。補給船裡的每項設施都是全自動的。」

老爹和寶哲登上補給船。

倫法德站在氣閘門外側，擋著氣閘門讓它敞開。「寶哲，」他說：「中間那根羽軸上方的按鈕——那就是『開』的按鈕。」

「我知道。」寶哲說。

「老爹。」倫法德說。

「什麼事？」老爹面無表情地說。

「你還記得我告訴你的那個故事——那個愛的故事嗎？有件事我忘了說。」

「只忘了一件事嗎？」老爹說。

「你還記得那個愛情故事裡的女子——懷了那男人孩子的女子嗎？」倫法德說：「火星社會裡唯一能寫詩的女子？」

「她怎麼了？」老爹說。他實在不怎麼想知道那個女子的事。他還沒有察覺到，原來倫法德故事裡的女子就是碧，也就是他自己的伴侶。

「在她來到火星之前，她早就結婚好幾年了。」倫法德說：「不過，當那個自命不凡的中校在飛往火星的太空船頭等艙裡和她發生關係之前，她還是個處女。」

在溫斯頓・奈爾斯・倫法德關上氣閘門之前，還對老爹眨了幾次眼。「老爹，這對她的丈夫來說實在是一個天大的笑話，不是嗎？」他說。

第七章　勝利

良善應該也可以像邪惡般經常戰勝。任何一種勝利其實都根基於組織。假如真有天使，我倒希望祂們是黑手黨組織的成員。

——溫斯頓・奈爾斯・倫法德

據說直到目前為止，地球上的人類文明已經歷過一萬個戰爭，卻只出現三個高明的戰爭評論——分別由修昔提底斯[9]、凱撒大帝，以及溫斯頓・奈爾斯・倫法德所發表。

溫斯頓・奈爾斯・倫法德在他撰寫的《火星簡史》一書當中，精挑細選地使用七萬五千字來描述地球和火星的戰爭。任何對於撰寫地球和火星間的戰爭負有使命感的人，在看到倫法德那本《火星簡史》裡對地球和火星戰爭的完美描述後，一定會自嘆弗如。

一般的歷史學家通常會以最直接簡潔的方式和術語來描述戰爭，然後在結尾建議讀者立即閱讀倫法德的曠世鉅作。

其經過的情形大致如下。

§

火星和地球的戰爭總共持續了六十七個地球日。

地球上的每個國家都遭受到攻擊。

地球的傷亡人數：四百六十一人死亡，兩百二十三人受傷，沒有人被俘虜，兩百一十六人失蹤。

火星的傷亡人數：十四萬九千三百一十五人死亡，四百四十六人受傷，十一人被俘虜，四萬六千六百三十四人失蹤。

戰爭結束後，每個火星人要不是被殺死俘虜，就是受傷失蹤。

火星上一個人也沒有活存。火星上的每棟建築物也被摧毀殆盡。

當地球上的人類對一波波前來攻擊的火星人展開大肆掃射時，很驚訝地發現，最後一波攻勢竟然是由老弱婦孺發動的。

§

---

9 修昔提底斯（Thucydides）：古希臘偉大的歷史學家，《伯羅奔尼撒戰爭史》（History of the Peloponnesian War）的作者。

火星人駕著太陽系裡有史以來最具智慧的太空船抵達地球。而且，只要真正的指揮官能夠用無線電來遙控火星士兵頭顱裡的天線，火星的士兵們就會毫不畏懼地勇往直前和敵人正面作戰。他們這種大無畏的犧牲精神甚至還贏得了與他們戰鬥的敵人讚賞。

不過，經常可以發現的狀況是，不論在地面或空中，士兵們常失去和真正指揮官之間的連繫。每當這種通訊中斷的情形出現時，士兵們立刻變得非常遲鈍不靈活。

而他們遭遇到的最大難題還是在於，每個人持有的武器似乎只比大都市裡的警察精良一些而已。大致上來說，他們的武器包括噴火槍、手榴彈、軍刀、迫擊砲和小型火箭發射台。當他們抵達地球的時候，並沒有核子武器、坦克、中型或重型砲台，也沒有空中支援及運輸工具。

更為棘手的是，火星太空船上的部隊根本無法控制降落地點。他們搭乘的太空船都是由全自動導航設備操控，而這些精密的電子儀器早就由火星的科技人員事先設定，以便使每艘太空船都能在地球的每一特定地點降落——不管該地點的戰事多麼激烈。

太空船上的人員只能操控船艙中央柱軸上的兩個按鈕：一個貼著「開」的標籤，另一個則是「關」的標籤。貼有「開」的按鈕只有使太空船起飛的功能。至於貼有「關」的按鈕則完全不具功能。火星的心理醫師認為，當人類知道自己具有能夠使機器「開」和「關」的能力時，心情會很快樂，因此在心理醫師們的堅持下，才裝設了不具功能的「關」的按鈕。

就在五百名火星皇家突擊隊員於四月二十三日占領地球的衛星——月球時，地球和火星的戰爭就展開了。他們完全沒有遭到抵抗。那個時候，月球上只有傑佛遜觀測台的十八名美國人，列寧觀測台的五十三名俄國人，以及在雨海[10]從事研究的四名丹麥籍地質學家。

火星軍隊用無線電向地球宣布他們的來臨，並命令地球立即投降。接著，他們又對地球施予如他們自己所說的「地獄般的滋味」。

這種「地獄般的滋味」對地球來說，簡直就像場令人發笑的鬧劇。火星軍隊只是用十二磅炸藥威力的火箭對地球做耀武揚威式的射擊而已。

在對地球施予「地獄般的滋味」的警示性攻擊之後，火星軍隊告訴地球上的人類，整個地球的情況已經無藥可救了。

地球上的人類卻不這麼想。

接下來的二十四小時，地球對火星在月球建立的橋頭堡發射了共六百一十七枚發熱核彈，其中有二百七十六發直接命中。地球的攻擊不僅使得橋頭堡燒得片甲不留，還使月球變得在至少一千萬年之內都不適合人類登陸、從事研究工作。

此外，在交戰當中，有一發飛彈雖然沒有擊中月球，卻誤打誤撞地擊中載有一萬五千六百七十一名火星皇家突擊隊員的太空船隊，使得所有火星皇家突擊隊全數殲滅。

火星皇家突擊隊員身上穿著光滑的黑色制服，腳上穿著釘鞋，鞋子周圍還綁著鋸齒般的刀子。至於他們身上的徽章則是骷髏頭下有兩根交叉的大腿骨。

10　雨海：月球表面第二象限內之黑色平原，面積約三十四萬平方英里。

他們的座右銘是：「通往星空之路困難叢生[11]」。這跟銀河太陽系地球美國德州的座右銘是一樣的。

然後，有一段總共三十二天的暫停期，火星軍隊的主要攻擊部隊就利用這段期間從火星飛到地球。此一主要攻擊部隊包括八萬一千九百三十二名士兵和兩千三百一十一艘太空船。除了火星皇家突擊隊之外，每個火星軍事單位都派出最精良的士兵加入主要攻擊部隊。地球上的人類根本用不著猜測那批精良的火星主要攻擊部隊何時會抵達地球。位於地球的火星廣播單位在被熱核彈摧毀前，曾經對地球宣布，火星強大的攻擊部隊在三十二天之內一定會降落在地球上。

三十二天四小時十五分鐘之後，火星主力攻擊部隊已經飛進熱核彈的有效射程範圍之內。根據官方統計，地球對火星主力攻擊部隊總共發射了大約兩百五十四萬二千六百七十發飛彈。任何得以描述熱核飛彈發射後強大威力的人，一定不會認為發射的飛彈總數有多重要。當熱核飛彈全部發射完畢之後，地球上面的天空由湛藍色變成燒焦的橘色。那種燒焦的橘色經過了一年半的時間才又恢復到原來的湛藍色。

在火星主力攻擊部隊方面，只有七百六十一艘太空船和兩萬六千六百三十五名士兵僥倖沒有被熱核彈火網摧毀，而能夠降落到地球表面。

假如那七百六十一艘太空船都能降落在同一地點的話，船上的士兵們或許還能強力抵擋地球部隊的攻勢。但每艘太空船上的電子導航設備卻有不同設定。它們讓每艘太空船分別降落在地球表面各個不同的地點。地球各地都可以看到以班或排或連的單位，要求擁有至少百萬以上人口的國家馬上投降。

有個身體燒傷、名叫克利帝納．凱洛的人僅憑著手上一支雙管步槍，就對整個印度展開攻擊。雖然那時候並沒有人用無線電來控制他頭顱裡的天線，但他直到手上的步槍損壞不能使用後才投降。

十七名火星空降部隊的隊員占領了瑞士巴薩爾地區的肉品市場，這也是火星主力攻擊部隊唯一致勝的地方。

至於在地球其他地方，火星部隊甚至還沒來得及固守陣地，就立即遭到地球部隊屠殺。火星部隊不僅被地球上專業的軍人屠殺，就連非軍人的地球人在消滅火星部隊方面也大有斬獲。例如在美國佛羅里達州的博卡．瑞頓戰役裡，賴門．彼得森太太用她兒子那把點二二來福槍射殺了四名火星步兵攻擊部隊的士兵。當他們搭乘的太空船在她家後院降落並魚貫走出太空船時，她拿著手上的來福槍，一個接一個瞄準後射殺。

戰爭結束後，美國政府還致贈國會榮譽勳章給賴門．彼得森太太。

附帶說明的是，攻擊博卡．瑞頓地區的火星部隊正是老爹和寶哲那一連的士兵。由於他們的真正指揮官寶哲並沒有用無線電操控他們，這使得他們打起仗來有氣無力。

---

11 原文為拉丁文：Per aspera ad astra。

當美國的部隊抵達博卡・瑞頓準備和火星部隊決戰的時候，已經沒有敵人可以對決了。當地居民臉上露出興奮和驕傲的神情。他們已經運用自己的力量將敵人消滅殆盡。二十三名火星人被吊死在商業區的路燈柱上；十一名被射殺；另外有一位，也就是布萊克曼士官長，則嚴重受傷且被俘虜在監獄裡。

攻擊博卡・瑞頓地區的火星人共有三十五名。

「再多派一些火星人來。」博卡・瑞頓的市長羅斯・麥克史旺說。

羅斯・麥克史旺後來還成為美國的參議員。

除了在瑞士巴薩爾地區的肉品市場裡狂歡作樂的火星海軍陸戰隊空降部隊的隊員之外，地球表面上各地的火星人都受到殲滅。在肉品市場裡的火星陸戰隊空降部隊員從揚聲器的廣播中得知——他們是處在一個毫無希望的狀況中；頭頂上空有成群的轟炸飛機在虎視眈眈地監視著；附近街道都停滿坦克車和高聲談笑的步兵士兵；而且，肉品市場前方還列著一排可供五十個砲台使用的砲彈。地球的部隊命令他們高舉雙手走出來投降，否則肉品市場將被砲彈夷為平地。

「都是一群瘋子！」陸戰隊空降部隊的真正指揮官大叫。

接著又是一陣沉寂。

有一艘火星偵察艦艇在距離地球很遠的太空某處向地球廣播——另一波的攻擊即將到來，這次的攻勢比戰爭年鑑裡記載的任何戰爭都要來得更為猛烈。

地球上的人類聽完不禁放聲大笑，但他們仍不忘加強戰備。在地球各處，都可以看到不具軍人身分的一般人，歡天喜地勤練他們的小型武器。

很多熱核飛彈從庫房裡運送到發射台，也有六枚巨大飛彈已對準火星飛射。其中一枚命中火星，將費比市和火星軍隊的營地夷為平地。另外兩枚則消失在漏斗狀的時間區域裡。至於其他三枚，則成為太空裡被遺棄的飄浮物。

火星被巨大的飛彈擊中並非什麼值得大驚小怪的事。

火星上面已沒有人——連一個人都沒有。

最後一批火星人已搭載太空船在飛往地球的途中。

最後一批火星人分成三波朝地球而來。

第一波是後備部隊，它是火星最後一批曾受過軍事訓練的部隊，總共有兩萬六千一百一十九人，分別搭乘七百二十一艘太空船向地球飛來。

在後備部隊後面、相隔半個地球日路程的，則是最近由八萬六千九百一十二名火星居民組成的武裝部隊，由一千七百三十八艘太空船承載。他們並沒有穿上制服，只有一次用槍的經驗，也從來沒有接受過使用其他種類武器的訓練。

在民眾武裝部隊後面、同樣相隔半個地球日路程的，是由一千三百九十一名婦女和五十二名小孩組成的非正規軍隊，共有四十六艘太空船載著他們。

以上就是火星僅存的所有船隻和人員。

§

火星人自殺的幕後主使者就是溫斯頓・奈爾斯・倫法德。

這一場火星人自殺悲劇所需的資金，贊助來自他在土地、有價證券、百老滙演藝業和發明等方面投資所得的利潤。由於倫法德具有預知未來的能力，快速累積大量資金對他來說本來就是極為容易的事。

火星國庫的資產都存在瑞士的銀行裡，帳戶上面沒有存款人的姓名，只有一些密碼。

火星在地球的各項投資、採購和特務活動等，都是由倫法德的老管家蒙克里夫伯爵負責掌理。蒙克里夫在他的管家生涯即將畫上句點之前，被倫法德賞識而成為火星駐地球各項事務的一位鐵面無私且效率極佳的總理。

蒙克里夫的外表仍然沒有多大的改變。

火星和地球的戰爭結束後兩個星期，蒙克里夫在倫法德大樓管家房間的床上因為年老生理機能的衰退自然死亡。

§

火星人之所以對科技感到自傲、進而發動和地球那場自我毀滅的戰爭，始作俑者應是倫法德在泰坦星的好友沙洛。沙洛來自小麥哲倫星系[12]行星之一的特拉法馬鐸星[13]，是一個信差。沙洛居住的那個文明，大約已有數百萬個地球年的歷史。而他對於那個文明的科技知識知之甚詳。沙洛自己有一艘太空船。雖然太空船遭到損害，卻依舊是整個太陽系有史以來最神奇的太空船。它內部的豪華設備雖因損壞不堪使用，可仍是火星所有太空船的原始模型。或許沙洛本身並不算是優秀的工程師，但至少他能測量太空船各個部分，並規畫出設計藍圖以供火星生產相似類型的太空船。

更為重要的是，沙洛擁有一項最具威力的能量——「變動宇宙的意志」。沙洛很慷慨地捐獻出他身上一半的「變動宇宙的能量」，以便協助火星對地球發動那場自殺式的戰爭。

§

原來蒙克里夫伯爵利用金錢的力量，以及他深諳那些聰明、有敵意、憤恨不平之人的心理，輕易地就將火星在地球的採購、投資和特務活動管理得有聲有色。

只有這樣的人，才會接受火星的金錢並且心甘情願聽命火星指揮。他們不會對任何命令存

---

12 小麥哲倫星系（Small Magellanic Cloud）：銀河系的衛星星系之一。

13 特拉法馬鐸星（Tralfamado）：作者虛構的行星。

疑。他們很高興能有機會像窗枱裡的白蟻般，按一定的程序工作。

他們的成員來自社會各階層。

沙洛設計建造太空船的藍圖細分成各種小單元。每個小單元的零件設計圖，都由蒙克里夫的特務人員分送到世界各地供廠商遵循生產。

廠商們完全不知道生產的零件用途。他們只知道，生產那些零件的利潤相當高。

火星最初一百艘太空船，是由蒙克里夫手下的特務分子在地球各地的祕密倉庫組裝起來的。

那一百艘太空船在新港由蒙克里夫用倫法德供給的「變動宇宙的能量」充電產生動能。於是，它們就被立即用來從地球載運首批機器和被招募人員到達火星，並建立了費比市。

費比市建造完成後，該城市所需的一切動能都是由沙洛的「變動宇宙的能量」充分供應。

§

倫法德早就料到火星在和地球的戰爭當中會吃敗仗，而且還是愚蠢可怕的敗仗。倫法德具有預知未來的能力，他不但確信敗仗是唯一的結局，也對這種結局感到滿意。

他希望藉由火星這種大規模且令人難忘的自殺式戰爭，能夠使地球變得更好。

如同在他的著作《火星簡史》裡所言：

任何想對世界造成巨大改變的人，必須具有能引起他人注意的能力和讓人願意拋頭顱灑熱血的說服力。除此之外，必須在流血後那段後悔害怕的期間，引介一種可信的新宗教。

「地球上每種領導方式的失敗。」倫法德說：「都是因為缺乏上述三項中的一項而引起的。」「錯誤的領導方式已經使得太多人無意義地死去！」倫法德說：「讓我們改變另一個方式——由少數具有領導實權的人來為多數人犧牲。」

在火星的社會裡，倫法德確實建立了由少數人領導的社會——而他就是那些少數人的領袖。

他具備足以引起他人注意的能力。

他也擁有讓人願意拋頭顱灑熱血的說服力。

戰爭結束的時候，他也能夠引介一種可信的新宗教。

此外，他也擁有延長隨戰爭結束而來的悔恨及害怕的方法，那就是：用不同的觀點來陳述同一個主題。例如，地球在和火星的戰爭中雖然獲勝，卻是對手無寸鐵的聖人大肆屠殺的結果，那些手無寸鐵的聖人會對地球發動戰爭，是為了向地球上的人類宣揚四海之內皆兄弟的理念。

§

那個名叫碧的女子和她的兒子克諾洛一同乘坐太空船，隨著火星對地球最後一波攻勢而抵達地球。他們那一波攻勢非常微弱，全部只有四十六艘太空船。

火星其他的太空艦隊都遭到毀滅的悲慘命運。

最後一波同時也是最小一波的攻勢被地球上的人類所察知。不過，地球上的人類並沒有對他們發射熱核彈，因為已經沒有熱核彈可供發射。

熱核彈早就用完了。

也正因為如此，發動最後一波攻勢的火星人在降落地球前並沒有受到攻擊。

看見他們降落的地球人都覺得自己非常幸運，竟然還有火星人可供他們射殺。他們興高采烈地射殺著，直到最後，才發現他們的目標是手無寸鐵的婦女和小孩。

原先充滿榮耀的戰爭就此結束。

如同倫法德早已規畫的，羞恥心開始出現了。

§

搭載碧和克諾洛以及二十二名婦女的那艘太空船在登陸地球時並未遭到射擊。它並沒有降落在文明地區。

它墜毀在巴西亞馬遜河的熱帶雨林。

只有碧和克諾洛逃過死劫。

克諾洛從廢墟中站起來。他親吻自己的幸運符。

§

老爹和寶哲也沒有遭到射殺。

當他們按下「開」的按鈕讓補給船起飛離開火星後，一件很奇怪的事情就發生在他們身上。他們原先一直想追上自己所屬連隊的太空船隊，卻永遠無法實現這個願望。

他們甚至沒再遭遇過一艘太空船。

雖然沒有太空船在旁目擊，但他們未能趕上自己連隊的太空船的理由非常簡單：老爹和寶哲不能到地球去——至少不能立即前往。

倫法德早就設定好自動導航設備，他們搭乘的補給船將會先帶他們到水星，再帶他們從水星到地球。

倫法德並不想讓老爹在戰爭中被殺死。

倫法德要老爹在某個安全的地方先待兩年。

然後，倫法德將讓老爹如奇蹟般出現在地球。

倫法德保留老爹的用意就是要老爹在他新宗教的舞台劇裡擔任主角。

§

太空中的老爹和寶哲顯得非常寂寞和困惑。沒有什麼好看和好做的。

「老爹，真是他媽的！」寶哲說：「真不知道我們連隊的弟兄們都到哪裡去了。」

在他說這句話的時候，他的弟兄們大多已被吊死在博卡．瑞頓市商業區的路燈桿上。

老爹和寶哲的補給船自動導航裝置除了具有各種功能之外，還能控制船艙裡的燈光。更奇妙的是，它像地球的白晝和黑夜般，也有類似的明暗循環系統。

補給船上可供閱讀的，只有兩本太空船機械師留下來的漫畫，分別是《崔弟與傻大貓》——內容描寫一隻小鳥使貓抓狂的故事，以及《悲慘世界》——關於一個人從對他很友善的教士那裡偷拿金燭台的故事。

「老爹，那個人為什麼要偷金燭台呢？」寶哲說。

「去他的，我根本不想知道。」老爹說：「去他的，我一點也不在乎。」

補給船上的自動導航設備才剛關掉船艙的燈，也就是說，它認為此刻在補給船裡應該是夜晚。

「你是不是什麼事都不在乎了？」寶哲在漆黑的船艙裡說。

「你說的沒錯。」老爹說：「我甚至不在乎你口袋裡的東西。」

「我口袋裡的東西？」寶哲說。

「一種用來傷害別人的東西。」老爹說：「只要用那個東西，你就可以為所欲為地要人們替你作任何事。」

老爹在黑暗中先是聽到寶哲的嘀咕聲，接著又輕聲呻吟。他知道，寶哲剛按下他口袋裡那東西上面的某個按鈕，目的是要擊昏老爹。

老爹並沒有出聲。

「老爹？」寶哲說。

「什麼事？」老爹說。

「老兄，你還在嗎？」寶哲訝異地說。

「我能到哪裡去呢？」老爹說：「你認為你騙得了我嗎？」

「老兄，你還好吧？」寶哲說。

「老弟，我真是好得不得了呢！」老爹說：「老弟，昨天晚上，趁你在熟睡的時候，我拿出你口袋裡的那個東西來。我打開它，扯掉裡面的東西、塞滿衛生紙。老弟，現在我正坐在我的行軍床上，我的步槍不僅裝滿子彈，槍口還對準著你。老弟，我倒要看看你究竟還能耍出什麼把戲？」

§

在地球和火星交戰當中，倫法德曾在地球的新港顯形兩次——其中一次在戰爭不久後開始，當天就立即結束。那個時候，他和他的狗並沒有展現出任何宗教的意味。他們只不過是吸引觀光客的焦點而已。

倫法德的房產已經抵押給從事演藝業策畫的馬林．賴普。賴普對所有前來參觀顯形的遊客收取一美元的門票。

除了倫法德和卡薩可的出現和消失之外，其實並沒有什麼可看之處。倫法德只在管家蒙克里夫的耳邊低聲細語，並沒有對任何人說一句話。他會坐在位於樓梯下面史基普博物館的房間裡彎著身子靜靜沉思。也會單手遮住雙眼，另一隻手攬著卡薩可的脖子。

倫法德和卡薩可被當成幽靈來宣傳、吸引遊客。

那間小房間窗戶的外面設立了鷹架，通往走道的門也被移開。參觀的遊客可以分成兩排陸續湧進，以便觀看那個住在漏斗狀時間區域的男子和他的狗兒。

「各位，看來他今天大概不太想說話。」馬林．賴普每次都會這麼說：「你們務必體諒，他要思考的事情很多。各位，他並不只是在這裡而已。他和他的狗兒是散落在從太陽到參宿四星的整個路上。」

直到戰爭的最後一天，所有的動作和聲音都是由馬林．賴普製造出來的。在戰爭的最後一天，賴普說：「在歷史上這麼偉大的一天，各位能夠到這裡來觀看這個極具文化、教育和科學功能的展覽，相信對各位來說都具有深遠意義。」

「假如這個幽靈講話。」賴普說：「那他一定會告訴我們過去和未來一些神奇的事，他也會告訴我們一些發生在宇宙裡不可思議的事。我衷心盼望，當他認為時機成熟，決定要將他所知道的都告訴我們的時候，你們當中有一些比較幸運的人能有機會恭逢其盛。」

「時機已經成熟。」倫法德用低沉混濁的聲音說。

「時機已經熟透了。」溫斯頓．奈爾斯．倫法德說：「今天，這場戰爭能夠如此光榮結束，主要是因為許多聖人光榮犧牲了性命。那些聖人和你們一樣，也都是地球的人類。他們跑到火星去，又對地球發動這場明知不可為而為的聖戰。他們毫不後悔戰死在沙場上，他們作戰的目的就是希望地球上的人類能夠成為快樂、友愛、驕傲的民族。」

倫法德接著又說：「他們從容就義之前，並不希望自己死後能夠上天堂，而是希望地球上的人類能夠如同手足般永遠和樂相處。」

「他們是那麼渴望能實現這個願望。」倫法德又說：「因此，今天我為你們帶來新宗教的福音，我相信，它一定能打動世界上每個角落的人心，使他們樂意接受這個新宗教。」

「國與國之間的界線，」倫法德說：「將會消失。」

「對於戰爭的欲求，」倫法德說：「將不復存在。」

「所有的嫉妒、恐懼，以及仇恨都將不復存在。」倫法德說。

「新宗教的名稱，」倫法德說：「中立的上帝教會。」

「教會的旗幟由藍色和金色組成。」倫法德說。以下這些字將會被寫在那藍色底金色英文字母的旗幟上：看顧人的人，全能的上帝也將看顧他。

倫法德又說：「這個新宗教兩個主要教義是：微不足道的人並不能幫助或取悅全能的上帝，而運氣也不是上帝慣用的手法。」

「為什麼你們應該信仰這個宗教而不信仰其他宗教呢？」倫法德說：「因為，只有身為這個宗教領袖的人才能夠創造奇蹟，這是其他宗教領袖望塵莫及的。我能創造什麼奇蹟呢？我能夠準確無誤地預知未來發生的事情。」

於是，倫法德就詳細地一一說明未來即將發生的五十件事情。

在場的人員也小心翼翼將他的預知記載下來。

無庸置疑地，那些事情最後都一一發生——如倫法德所預言的，全部翔實地發生。

「或許，這個新宗教的教義乍聽之下似乎有些難懂且令人困惑。」倫法德說：「但經過時間考驗後，它們將會如水晶般清楚呈現出來。」

「由於教義的開頭相當令人困惑。」倫法德說：「因此我現在要講一則寓言給你們聽。」

「很久以前，一切事物都由運氣所安排。有一天，在運氣的安排下，名叫馬拉吉·坎斯坦特的小孩誕生在地球上最富有的家庭。就在他誕生的同一天裡，在運氣的安排下，也發生了下列事情：一位雙眼失明的祖母在水泥樓梯前踩到輪式溜冰鞋；一匹警察的馬踩到街頭手風琴演奏者的猴子；一個假釋的銀行搶犯在他居住閣樓的皮箱裡發現一張價值九百美元的郵票。現在我要請教各位：運氣真的是上帝所慣用的手法嗎？」

倫法德豎起他那根已呈半透明的食指。「各位信徒，下次當我再度和你們相遇時。」他說：「我將會再告訴你們一則寓言，內容大致是一些人自認為做了全能上帝希望他們做的事。為了使他們對於那則寓言的背景有所了解，在這段期間，你們應盡可能地蒐集並閱讀有關於西班牙宗教法庭的資料。」

「下次當我們再度見面的時候。」倫法德說：「我會帶一本經過修改以適合當今時代潮流的聖經給你們。此外，我還會帶一本《火星簡史》給你們。在那本書裡，記載了一群聖人為了使世界上的人類能如同手足般相處在一起，不惜犧牲性命的真實故事。那本《火星簡史》一定會使每個有良知的人類在閱讀後都傷心不已。」

倫法德和他的狗兒突然消失了。

§

從火星起飛，搭載著老爹和寶哲準備飛往水星那艘太空船上的全自動導航設備設定此刻船艙裡又是白天。

那是老爹告訴寶哲他口袋裡的東西再也不能傷人的那個夜晚過後的清晨。

老爹坐在他的行軍床上酣睡著，裝滿子彈的毛瑟槍擱放在膝蓋上。

寶哲沒有睡著。他躺在老爹對面的行軍床上。寶哲甚至沒有閉過眼睛。現在，假如他有意的話，隨時都可以輕易解除老爹的武裝並殺死他。

不過，經過一番深思熟慮之後，他需要一個朋友，而不需要一個能聽命於他的工具。更何況，經過那個夜晚之後，他也不太確定想要命令人們做些什麼事。

他突然領悟到，不再寂寞和不再害怕是人生最重要的兩件事。一個真正的好朋友可以提供無限的協助。

船艙裡充滿一種奇怪且沙啞的咳嗽聲。那是笑聲。是寶哲的笑聲。那聲音之所以那麼奇怪，主要是寶哲從來沒用那麼奇特的方式笑過。他也從未對他現在所笑的東西笑過。

他正對著自己身處的狼狽情況大聲嘲笑著——他嘲笑過去在軍中生活裡他自認為對每件發生的事都能瞭若指掌，而每件發生的事也都很好、沒有任何差錯。

他也嘲笑自己是那麼無知，以至於被人利用。

「老兄，我真的不知道我們在太空做什麼？」他大聲說道：「我們穿著這些衣服做什麼？我們為什麼會爬到這個錫罐裡？為什麼我們抵達目的地後必須射殺別人，為什麼別人也必須射殺我們？為什麼？」寶哲說。「老兄。」他又說：「你能不能告訴我為什麼？」

老爹醒過來，將他的毛瑟槍口對著寶哲搖晃著。

寶哲又繼續大笑。他從口袋拿出控制盒，重重地摔到地板上。「老兄，我不需要它了。」他說：「你儘管摔壞它裡面的東西，我已經不需要它了。」

然後他大聲吼叫：「我再也不需要這種東西了！」

第八章　在好萊塢的夜總會裡

哈莫尼安——水星裡唯一為人所知的生物。哈莫尼安是一種居住在洞穴裡的生物。根本難以想像還有比他們更為和藹可親的生物。

——《兒童百科全書》

水星這個行星的響聲很像水晶高腳杯。

它無時無刻不在發出響聲。

水星有一側正對著太陽，而且一直面對著太陽，那一側是一望無際的白色細沙沙海。另一側則面對無垠的太空，總是面對著無垠的太空，那一側由淡藍色巨大且嚴寒的水晶石陸塊所形成。

也就是因為燠熱無止境白晝側和嚴寒無止境黑夜側之間的張力，才使水星不時發出響聲。

由於水星四周並沒有被大氣包圍，它發出的響聲只在觸摸下才能感覺出來。

水星發出的響聲相當低沉。它發出的一種音調很可能持續長達一千個地球年。有些人認為那是各種不同音質的組合——迅速、狂傲、燦爛。或許是如此。

水星的深層洞穴住著生物。

這些生物由振動所滋養，因此水星發出的響聲對牠們來說就顯得格外重要。牠們靠機械動能維生。

牠們黏在牠們居住的洞穴牆上。

如此一來，牠們就能夠食用水星發出的響聲。

水星深層洞穴的牆壁會發磷光。

洞穴裡的生物呈半透明狀態。只要牠們爬到洞穴裡的牆壁並黏在上面，磷灰岩組成的牆壁發出的光芒就會穿透牠們的身體。牆壁發出的淡黃色光芒在穿透那些生物的身體之後，就變成鮮明的藍綠色。

大自然真的非常奇妙。

洞穴裡的生物看起來像沒有骨架的小型風箏。當牠們發育成熟後，身體呈菱形狀，長度有一英尺，寬度則為八英寸。

牠們的厚度和玩具氣球的外殼差不多。

牠們各有四個柔軟的吸吮器，分別長在每個菱形的角上。吸吮器使牠們像尺蠖般爬行、黏在牆壁，感應出水星發出最佳聲響的地方。

當牠們找到最為可口的佳肴，就會像壁紙般緊貼在牆上。

牠們身上並不需要循環系統。由於身體相當薄，使得牠們體內的細胞不用經由媒介物，就能感應到水星發出的響聲並隨之震動。

牠們並不排泄。

牠們藉由薄片剝落的方式繁殖。這些幼小的生物從父母親身上掉落時，幾乎和頭皮屑沒有兩樣。

牠們只有單性。

這種生物的個體讓自己身體上面的薄片剝落下來，而牠們和其他個體剝落的薄片並無二致。

牠們並無幼兒期。剝落的薄片經過三個地球小時，自己也開始剝落薄片。

牠們並不像其他生物，完全發育成熟後就開始退化，然後死亡。牠們在完全發育成熟後就一直維持著最佳生理狀態，也就是說，只要水星持續發出響聲，牠們就不會退化也不會死亡。

這種生物的個體不可能傷害另一個個體，其實，也沒有傷害其他個體的動機。

飢餓、猜忌、野心、恐懼、憤怒、宗教和性欲在牠們當中根本不可能出現。

這種生物只有一種感官：觸覺。

牠們有非常微弱的心電感應能力。牠們能傳送和接收的訊息幾乎和水星所發出的聲響一樣單調。牠們只可能發出兩種訊息——第一種訊息是對於第二種訊息的自動反應，而第二種訊息則是對於第一種訊息的自動反應。

第一種訊息是：我在這裡，我在這裡，我在這裡。

第二種訊息是：很高興你在這裡，很高興你在這裡，很高興你在這裡。

牠們最後還具有一種毫無實用價值的特性尚未被說明：牠們似乎很喜歡以非常醒目的方式排列在磷灰岩牆上。

雖然牠們對於任何人的注視顯得冷漠及毫無知覺，但牠們還是經常自我排列，呈現出醒目的、結合令人暈眩的淡黃和鮮明藍綠色菱狀物排成的形狀。淡黃色來自洞穴的牆壁。至於藍綠色則是牆壁發出的顏色穿透牠們的身體形成的。

由於這種牠們不僅熱愛音樂，還樂意為了呈現美感自我排列，這使得地球上的人類給牠們取了個很可愛的名字。

牠們被稱為哈莫尼安[14]。

§

從火星乘坐太空船出發的老爹和寶哲，終於在七十九個地球日後降落在水星面對無垠太空黑暗的那一側。他們不知道自己降落的星球就是水星。

他們認為太陽系實在巨大得可怕——

卻也沒有因此認為降落的地方不是地球。

在太空船緊急減速的期間他們暫時失去了知覺。不過現在，他們已恢復知覺——還受到某種冷漠卻可愛的景象所吸引。

對於老爹和寶哲來說，好像他們搭乘的太空船正緩慢降落在頂端有探照燈的眾多摩天大樓當中。

「沒聽到任何槍擊的聲音。」寶哲說：「要不是戰爭已經結束，就是戰爭根本還沒開始。」

那些令他們神魂顛倒的燈光並不是來自探照燈，而是來自介於火星明亮側和黑暗側之間的巨大水晶。太陽的光線照在水晶上，分成炫爛的彩色，轉折到暗處的水晶，再傳到其他的水晶。

不過，水晶折射或傳射的光線的確很容易使人誤以為是由高度文明研發的探照燈放射出來的光芒。而那些巨大美麗的淡藍色水晶林也很容易被誤認成摩天大樓。

站在汽門前方的老爹靜靜地落淚。他為愛、家庭、友誼、真理和文明落淚。由於他的記憶力只能容納一些片斷且印象深刻的面孔和事件，他所為之落淚的，都是極為抽象的事物。一些人的姓名在他腦中斷斷續續出現：史東尼．史蒂文生，一個朋友……碧，一名妻子……克諾洛，一個兒子……老爹，一名父親……

當他腦中閃出馬拉吉．坎斯坦特這個名字的時候，他不知道接下來要賦予他什麼身分。

老爹陷入一種漠然的幻想，一種對於建造這些頂端有探照燈的摩天大樓之人們的漠然敬

---

14 哈莫尼安的原文是「harmoniums」，由「harmony」和諧和「ium」金素元素的字尾所組成。

佩。毫無疑問地，那些他記不起臉龐的家人和朋友、說不出具體名稱的希望，都能在這裡興盛起來，像是——

突然間出現的興盛景象使老爹感到相當困惑。

他幻想有一座引人注目的噴泉，直徑從上而下依次增長的碗狀物組成的圓錐狀噴泉。它無法噴出泉水。它是座乾涸的噴泉，很多碗狀物裡都能發現鳥巢的遺跡。

噴泉的景象消去。

再度地，老爹幻想有三個絕世美女。她們示意他放下手上的毛瑟步槍。

「老兄！每個人都睡著了——但應該不會睡太久！」他不斷喃喃自語，雙眼閃閃發光，「年長的寶哲和年長的老爹進城那一刻，每個人都會醒來，而且會不眠不休地清醒好幾個星期！」

太空船被全自動導航系統巧妙掌握著。這套系統正焦急地對著自己講話——不斷循環發出噠噠、嗡嗡、呼呼的聲音。它正在感應並避免船身兩側遭到危險，同時也在找尋理想的降落地點。

全自動導航裝置的設計師當初在建造設備時心中只有一個想法：替它載送的軍隊和武器裝備找尋避難場所。全自動導航裝置將載送軍隊和武器裝備到它所能發現最為深層的洞穴裡。目的是讓它能夠在激烈無情的砲火中著陸。

經過二十個地球分鐘，全自動導航裝置仍然只對著自己喃喃自語，似乎一直在找尋更多東西來談論。

而他們搭乘的太空船仍在快速下降。

太空船外面那些神似摩天大樓和探照燈的東西已經消失於視線中。唯一能看見的只是一片漆黑。

太空船裡面則是寂靜得只有儀器運轉的聲音。老爹和寶哲察覺到他們將面臨什麼遭遇，卻又說不出口。

他們發覺自己可能被活生生地埋起來。

太空船突然傾向一邊，把老爹和寶哲摔到太空船艙的地板上。

經過激烈的晃動後，他們終於獲得紓解。

「到家了。」寶哲大喊：「歡迎回家！」

然後，如同落葉般恐怖的掉落感又再度出現。

經過二十個地球分鐘之後，太空船仍持續下降著，但速度已稍微減緩。

然而，它左右搖晃的次數卻增加了。

為了保護自己不因太空船左右搖晃而受到傷害，老爹和寶哲都各自躺在行軍床上。他們的臉部朝下，雙手緊抓著支撐行軍床的鐵管。

為了使他們更有大難臨頭的感覺，自動導航裝置設定船艙裡現在是夜晚。

圓蓋引擎室傳來一陣陣激烈磨擦的聲音，使得老爹和寶哲覆蓋在枕頭下面的眼睛不得不睜開並朝著舷窗凝視。船艙外現在有一道淡黃色的光線。

老爹和寶哲興奮地大叫起來。他們立即奔往舷窗的方向想一探究竟，但當他們抵達舷窗前方時，恰巧太空船剛解脫障礙物的束縛，又再度往下降落，他們兩人又摔到地板上。

經過一個地球分鐘後，下降終於停止。

全自動導航裝置發出輕微的喀噠聲。由於它已經遵照指示，完成將貨物和人員從火星安全運至水星的任務，此刻它已自動關閉。

它將載運的人員和貨物運送到位於水星地表一百一十六英里下面的地板上。它在彎曲的隧道中一路往下墜落，直到無法下降才停止。

寶哲最先抵達舷窗，因此也最先看到由黏貼在牆壁上的哈莫尼安形成的諸多淡黃和藍綠色的菱狀物。

「老爹！」寶哲說：「我的天哪，我想我們一定是降落在好萊塢的夜總會！」

這時，史基里曼呼吸技巧又重現在他們眼前，使得接下來將要發生什麼似乎都已了然於心。待在加壓船艙裡的老爹和寶哲一直都從小腸裡的氧氣丸獲得呼吸所需的氧氣。但因為是待在加壓環境裡，他們用不著塞住耳朵和鼻孔，也不必緊閉嘴巴。只有在真空或有毒環境才需要這麼做。

寶哲對太空船外的第一個印象直覺地認為，那一定是他過去的出生和居住地——地球的環境。

事實上，太空船外除了真空什麼也沒有。

由於寶哲被太空船外閃爍著淡黃及藍綠色燈光的景象吸引，於是不假思索地用力打開內部門和外部門的氣閥。

他做出這個舉動後，使得船艙內加壓的空氣和船艙外真空因接觸發生爆炸。

雖然他立即關上內部門，卻已經太遲了。他和老爹都因張口大叫而內出血。

他們昏倒了。體內的呼吸系統大量出血。

幸好太空船內一個全自動的緊急事件應變系統在察覺另一個爆炸之後，馬上將船艙的壓力恢復到原來的狀況。

「我的媽呀！」寶哲醒來，緩和心情後說：「這裡不是地球，應該是地獄才對。」

老爹和寶哲並沒有因此嚇得驚惶失措。

他們藉助食物、休息、飲水和氧氣丸補充體力。

他們也塞緊耳朵和鼻孔、緊閉著嘴巴，還對太空船周邊的環境審視一番。最後，他們獲得以下的結論：這個深邃彎曲的隧道不僅永無止境、更沒有供人呼吸的氧氣，絕對不可能適合人類居住。

他們也注意到有許多哈莫尼安黏貼在洞穴牆壁，但這種生物的存在對他們來說似乎產生不了任何正面意義。牠們看起來似乎非常恐怖。

老爹和寶哲心裡極不願意相信他們是處於這樣一個地方。他們更不願相信那些哈莫尼安製造出來的光芒能使他們毫不恐懼。

他們回到太空船裡。

「看起來似乎有些錯誤。」寶哲鎮定地說：「我們一直墜落到離地表很深遠的地方。我們必須往上飛回有很多巨大建築物的地方。老爹，說實在的，我認為我們降落的地方很可能不是地球。就像我剛才所說的，似乎有些錯誤，我們必須問住在那些巨大建築物裡的人，我們到底是在什麼地方。」

「好吧，就依你說的。」老爹說，舌頭舔著雙唇。

「只要輕輕一按那個貼有『開』的按鈕。」寶哲說：「我們就會像小鳥般飛起來。」

「好吧。」老爹說。

「我的意思是說，上面建築物裡的人們或許也不知道這麼深的洞穴裡到底是什麼景象。或許我們發現的景象能夠讓他們大吃一驚。」

「那當然。」老爹說，他的心可以感覺到上面那些巨大石塊的壓力。他可以感覺到他們所處的困境。不論是四周或頂端，都有很多大小通道。小通道又細分成許多錯綜複雜的小網路，其中有些甚至比人類的毛孔還小。

老爹心裡覺得這些至少超過一千條的通道和網路沒有一條可以通往地面。事實上也真是如此。

由於太空船底部裝有非常靈敏的感應器，在下降的時候，即使路程多麼彎曲複雜，也都能夠順利安全地著陸。

不過當太空船要往上飛行時，全自動導航系統卻有個先天設計上的缺失。設計師當初在設計建造太空船時從沒想過升空飛行會遇到什麼困難。畢竟，所有的火星太空船都是從火星上一片毫無阻礙物的平坦地面起飛，在飛抵地球就會遭到丟棄的命運。正因為如此，太空船上根本沒有能夠測知上方危險物的感應器。

「再見了，古老的洞穴。」寶哲說。

於是，老爹不經意按下「開」的按鈕。

太空船上的全自動導航系統發出嗡嗡聲。

經過十個地球秒鐘之後，全自動導航系統已熱身完畢。

太空船輕鬆飛離洞穴的地面。當它緩慢往上飛時，邊緣和牆壁摩擦產生撕裂的尖銳聲。接著，圓蓋汽室又撞擊到頂端牆壁的突出物，它往後退一些，圓蓋汽室再度撞上突出物，又再往後退一些，又再次擦撞，然後又往上飛行。然後，尖銳的摩擦聲又一次傳來——這次船身四處都遭到摩擦。

往上飛的行動至此完全停止。

太空船被嵌在堅硬的岩石裡。

全自動導航裝置發出嗚嗚叫的聲音。

船艙地板冒出一些芥末色的煙狀物。

全自動導航裝置不再發出嗚嗚叫的聲音。

它的熱度過高。而熱度過高也正是太空船脫離困境的前兆。它必須費事地進行脫困的工作——鋼鐵部分發出吱吱的響聲，鉸釘則像步槍發射般發出喀喳聲。

最後，太空船終於沒有束縛了。

太空船往下掉落到洞穴地面，著地時還發出轟然巨響。

全自動導航系統已自動關掉自己。

老爹又按下「開」的按鈕。

太空船再次盲目地往上撞到岩石的突出物，於是重新撤退到地面上、自動關掉推動器。

這樣的情形重複了十幾次，直到他們明瞭持續這麼做將使太空船撞成碎片，這才停下嘗試。這時，太空船的外殼已被撞得不成樣子。

當太空船第十二次降落在洞穴地板時，老爹和寶哲已經完全崩潰。他們大聲痛哭。

「老爹，我們死定了，我們死定了！」寶哲說。

「我記憶中我未曾活過。」老爹斷斷續續地說：「原先我還以為自己終會在某個地方生活下來。」

老爹走到其中一扇舷窗前面，雙眼不停流淚地看著外面。

他看見最靠近那扇舷窗的牆壁上，有由哈莫尼安排成的淡黃藍綠色英文字母「T」。

對於這些沒有頭腦的生物來說，或許只是無意間胡亂排列成「T」的字母。接著老爹又看到「T」的前面有「S」的字母，而在「S」的前面又有「E」的字母。

老爹轉頭，緊貼著舷窗。這樣的舉動使他能夠清楚看到約一百碼緊貼著哈莫尼安的牆壁。

老爹驚訝地發覺哈莫尼安正以排列出令人目眩的字母來傳達某種訊息。

這個以淡黃色為底，藍綠色所框成的訊息如下：

IT'S AN INTELLIGENCE TEST!

（這是一個智力測驗！）

第九章　未解的難題

最初，上帝變成天空和大地……然後上帝說「讓我成為白天」，祂就變成白天。

——溫斯頓．奈爾斯．倫法德撰寫的《聖經》修訂本

若想要可口的茶點，不妨試試由哈莫尼安捲成內含鬆軟白乾酪的捲餅。

——《碧翠絲．倫法德的銀河系食譜》

若從他們靈魂的觀點來看，火星烈士並不是在攻擊地球的時候死亡，而是在被招募成火星戰爭機器時就已死亡。

——溫斯頓．奈爾斯．倫法德所著《火星簡史》

我發現了一個行善而不會造成任何傷害的地方。

——莎拉．荷恩．坎貝所著《在水星的老爹和賓哲》裡賓哲的談話

溫斯頓・奈爾斯・倫法德的聖經修訂本是最近最暢銷的書。假碧翠絲・倫法德之名出版的《碧翠絲・倫法德的銀河系食譜》則是第二暢銷書。溫斯頓・奈爾斯・倫法德所著《火星簡史》是第三暢銷書。而由莎拉・荷恩・坎貝所寫的兒童讀物《在水星的老爹和寶哲》則是第四暢銷書籍。

書的封面上，印著出版商對於坎貝太太的著作之所以成功的分析：有哪個小孩不喜歡在一艘裝滿漢堡、熱狗、番茄醬、運動器材和汽水的遇難太空船上呢？

法蘭克，米諾特博士在他的著作《成人像哈莫尼安嗎？》一書中對於孩童為何那麼喜歡那本書有較為負面的看法。我們是否認為。他問，老爹和寶哲正經八百且畢恭畢敬地和那些事實上卑下、冷漠又乏味的生物打交道，和孩童每天從遊戲中所獲得的經驗是否非常相似呢？米諾特先相互比較人類父母和哈莫尼安，又談到老爹和寶哲及哈莫尼安之間的交易關係。在長達三個地球年的時間之內，哈莫尼安每隔十四個地球日就會替老爹和寶哲拼出新的充滿希望的訊息或充滿玄機的嘲諷語。

其實，那些訊息都是溫斯頓・奈爾斯・倫法德每隔十四個地球日在水星短暫顯形時寫上去的。他撕下牆上的一些哈莫尼安，又貼上其他的，便形成了英文書寫體的大寫字母。

在坎貝太太的故事中，作者所給的第一個暗示，在倫法德不時出現在洞穴附近的那段描述。而這和故事中最後一景——老爹在塵土中發現大狗的足跡，非常類似。

假如是由成人對著孩子大聲念故事，那當他念到這個情節時，一定會以略帶沙啞的語氣問那個小孩：「那隻狗是誰？」

那隻狗是卡薩可。牠是曾經和溫斯頓・奈爾斯・倫法德一同前往漏斗狀時間區域的狗兒。

§

老爹和寶哲在水星總共待了三個地球年，直到老爹在洞穴入口處的地板上發現卡薩可的足跡後，情況才有所改變。在這三個地球年期間，水星總共帶著老爹和寶哲繞著太陽轉了十二又二分之一次。

老爹在距離外表早已不成形的太空船六英里的地方發現了卡薩可的足跡。老爹和寶哲早已不住在太空船裡。太空船只被老爹和寶哲當做補給基地，他們每隔大約一個地球月的期間，就會回到船上拿取所需的食物。

老爹和寶哲很少相遇。他們各自以不同的方式繞著圈子移動。

寶哲繞的圈子很小。他的住所相當固定而且內部相當豪華，和太空船位於同一水平面。住所和太空船只有四分之一英里的距離。

老爹移動所繞的圈子不僅很大，而且幾乎是無休止的。他並沒有屬於自己的住所。他移動時身上的行李不多，但經過的路途相當長遠，他一直往上爬，直到全身凍得無法忍受才停下來。寒氣足以使老爹停下來的地方讓哈莫尼安也被迫停下來。在老爹經過的較高水平面上，哈莫尼安的數量不像太空船殘骸附近那麼多。

寶哲住的地方水平面較低，因此哈莫尼安的數量不僅多，也成長得相當快速。

寶哲和老爹在一同居住於太空船滿一個地球年後就分開了。在生活在一起的日子裡，他們終於清楚了解到，除非某人或某種東西前來援救，否則他們根本無法逃脫。

雖然洞穴牆壁上的生物不斷拼出訊息，強調老爹和寶哲接受的測驗是適切的，但他們仍然相當清楚，沒有某人或某物的援救，他們沒有逃脫的希望。其實，假如他們多費點心思去思考，假如他們能思考得複雜些，或許他們真的能輕易脫逃。

思考！哈莫尼安時常傳送出這種訊息。

在老爹出現暫時性的精神異常後，老爹和寶哲分開了。老爹曾經企圖謀殺寶哲。有次寶哲走進太空船，後面跟了一個哈莫尼安，牠和其他哈莫尼安並無二致。他對老爹說：「老爹，你看牠是不是很可愛？」

老爹衝上前去，雙手猛按寶哲的頭部。

§

當老爹發現狗的足跡時，他身上沒有穿任何衣服。原本在他身上的青苔色制服和腳上的黑色長統靴都在移動時和磷灰岩磨擦而損壞，最後終於丟棄。

老爹看到狗兒的足跡並不感到興奮。當他看見人類最忠實的朋友——狗兒的足跡時，心中並沒有充滿希望的曙光或想要接近的衝動。即使在看見狗兒足跡旁邊有人類的足跡時，還是沒有非常興奮的感覺。

老爹和他所處的環境相處得不好。他總是認為他所處的環境要不是充滿惡意，就是管理不善。於是，他就以他僅有的武器——消極抵抗和公開表示輕蔑，來加以反擊。

對老爹來說，那些足跡似乎是他所處環境設計的另一種戲弄他的愚蠢遊戲。他還是會追蹤那些足跡，但他會不帶一點興奮之情且懶散地追蹤。他之所以會追蹤，主要是目前他沒有什麼計畫中的事要做。

他會追蹤那些足跡。

他想看看它們的終點是哪裡。

他走路搖搖晃晃。可憐的老爹瘦了很多，也掉了不少頭髮。他老化得相當快速。他的雙眼相當灼熱，而他的骨架則顯得非常脆弱。

老爹在水星的日子裡從來沒有刮過鬍子。當頭髮和鬍子的長度造成困擾時，他就會用屠刀割得短些。

至於寶哲則是每天都刮鬍子。而在每個地球星期裡，他總會選兩個地球日，利用從太空船所拿到、理髮用小工具盒裡的理髮用品，替自己理頭髮。

比老爹小十二歲的寶哲覺得此時是他一生中最快樂的時光。他不僅在水星的洞穴裡胖了很多，也獲得不少心靈上的平靜。寶哲居住的地窖裡有一張行軍床、一張桌子、兩張椅子、一個拳擊訓練用的吊球、一面鏡子、一對啞鈴、一台收錄音機，以及好幾捲總共錄有一千一百首歌曲的錄音帶。

寶哲的地窖有扇門，旁邊有顆圓形石頭，只要帶上門、用石頭頂住門板，就可以讓他的地窖和外界隔離起來。哈莫尼安能夠經由他的心跳聲輕易找到他，因此需要那扇門。

假如他睡覺時沒關上門，睡醒後一定會發現自己被數萬隻崇拜他的哈莫尼安壓制住。恐怕只有當他心跳停止，那些哈莫尼安才會離開他。

寶哲和老爹一樣，身上也沒穿衣服。可是他的雙腳卻還穿著鞋子。他那雙真皮長統靴子確實非常耐磨。沒錯，老爹每走五十英里寶哲才走一英里，所以寶哲的真皮長統靴絲毫沒有受到磨損，看起來跟新鞋一樣。

寶哲經常擦拭、上蠟、擦亮那雙長統靴。

現在他正在擦亮靴子。

他居住的地窖門板被圓形石頭頂住，只有四隻他鍾愛的哈莫尼安在地窖裡和他做伴。其中兩隻停在他的手臂上。一隻黏在他的大腿上。至於第四隻則黏貼著寶哲的左手腕，以他脈搏的跳動聲維生，牠是一隻只有三英寸長、未發育完成的哈莫尼安。

每當寶哲發現他最喜歡的哈莫尼安時，他總是會這麼做——讓牠以他脈搏的跳動聲維生。

「你應該很喜歡這樣。」他在心裡暗自對那隻幸運的哈莫尼安說：「這種感覺一定很好。」

他的身體從來沒有這麼舒暢的感覺，他的心裡從來沒有這麼舒暢的感覺，他的精神也從來沒有這麼舒暢的感覺。由於老爹很喜歡扭曲事情的真相，使得每個快樂的人在他的扭曲描述之下，都顯得非常愚蠢或瘋狂，因此寶哲很高興能和老爹分開。

「是什麼原因讓人變成那樣呢？」寶哲在心裡暗自問那隻尚未發育成熟的小哈莫尼安：「比較他所失去的，他認為還能得到什麼呢？難怪他看起來就是一副有病的樣子。」

寶哲搖搖頭。「我一直努力嘗試，想讓他對你們產生興趣，但他只是愈來愈生氣。一點效果也沒有。」

「我實在不知道到底是怎麼一回事。」寶哲心想，「可能我不夠聰明，以致無法理解，也希望有人能夠解釋這種情形給我聽。我知道的是，有個比我們聰明的人或事物藉由某些方法來測試我們。而我能做的，就是表現出友善的態度、鎮定自如地讓自己心情愉快，以期待測試能早日結束。」

寶哲點點頭。「我的好友，這就是我的哲學。」他對著黏貼在他身上的哈莫尼安說：「假如我猜得沒錯的話，這也應該是你們的哲學才對。我認為，這也正是我們能如此和睦相處的緣故。」

寶哲正在擦拭的真皮長統靴如紅寶石般發亮。

「老兄，嗯，現在，老兄，老兄。」寶哲自言自語地說，同時凝視著像紅寶石的皮靴。他擦拭皮靴的時候，也曾幻想能夠從這兩顆巨大紅寶石當中看到許多事情。

就在這個時候，寶哲注視著其中一顆紅寶石。他看見在火星的閱兵廣場上，老爹正用雙手勒緊和石柱綁在一起的史東尼．史蒂文生的脖子。這可怕的景象並不只是偶然出現在他的腦海中而已，它早已在寶哲和老爹的關係中形成難以磨滅的心理鴻溝。

「不要告訴我真相。」寶哲心中回憶著：「我也不會告訴你真相。」過去他好幾次對老爹如此懇求。

這個懇求是寶哲自己捏造的，它的含意是——由於寶哲深愛著那些哈莫尼安，他希望老爹能好心地不要再說出他對於哈莫尼安的看法；寶哲也不會談論能使老爹感到不悅的真相。

老爹並不知道他曾親手勒死自己最要好的朋友史東尼．史蒂文生。老爹堅信史東尼現在依然活在宇宙的某個地方。老爹一直活在有一天終能和史東尼團聚的夢想中。

呈現在紅寶石中的可怕景象已經消失了。

「是的，上帝。」寶哲心裡如此地說。

黏在寶哲左臂上、發育成熟的哈莫尼安蠕動著身體。

「你是不是在要求寶哲開一場音樂會呢？」寶哲在心中問著那個生物：「你的意思是不是這樣？你是不是想說：『我的老友寶哲，我知道，能那麼靠近你的心臟是非常光榮的事情，因此我實在不想聽到抱怨的聲音。有時候我會不停地想念那些被擋在門外的朋友，我一直希望牠們也有好東西可以讓牠們維生。』你是不是想這麼說？」寶哲心想：「你是不是想說：『寶哲老爹，請你為門外那些可憐的朋友們開一場音樂會。』那是不是你想說的話呢？」

「你實在用不著如此巴結我。」寶哲微笑地對那隻哈莫尼安說。黏貼在他手腕上的小哈莫尼安先是彎起身軀，然後再度展平。「你有什麼事想要告訴我嗎？」他對著牠問：「你是不是想告訴我：『寶哲叔叔脈搏跳動的次數對於我這樣一個小孩來說太過於豐盛。寶哲叔叔，請你只要播放一些甜美柔和的音樂給我吃就好。』你是不是想告訴我這些呢？」

寶哲的注意力轉移到右手臂。那隻哈莫尼安都還沒有移動過。「你是不是天生好靜呢？」寶哲心裡如此問牠：「不要說太多話，但要有經常思考的習慣。我猜，你一定是在想，寶哲叔叔不經常播放音樂實在有點差勁，是不是？」

黏貼在他左手臂的哈莫尼安又再度抖動。「你想要說什麼呢？」寶哲心中如此說。雖然在他居住的真空的環境裡聲音是無法傳送的，但他還是豎起耳朵，假裝很注意地聆聽。「你是不是想說：『寶哲大爺，能不能請您播放一八一二號序曲？』寶哲起先非常震驚，接著神情又顯得非常嚴肅。「不要只因為某件事物使你覺得舒暢就認為它一定對你有所助益。」他的心裡如此說。

§

研究火星戰爭的學者對倫法德時而周密、時而簡陋的戰前準備大惑不解。在某些方面，他的計畫簡直是不堪一擊。比如說，他配給常備軍的靴子幾乎和在火星臨時搭建的基地一樣偷工減料。建立火星社會的目的，卻是在打地球統一戰爭的同時自我毀滅。

倫法德個人花了很多時間替老爹和寶哲所屬連隊的補給船挑選音樂。但有人認為，倫法德精心挑選足具代表性的錄音帶還放置在補給船上，目的就是希望它們能被保存達一千個地球年之久。聽說倫法德花在挑選和戰爭沒有多大關聯的錄音帶的時間，遠超過他花在砲彈和戰地衛生勤務部署的時間。

某位不知名人士說過頗富機智的話：「火星軍隊抵達地球前曾連續播放三百個小時的音樂，而他們抵達地球後停留的時間卻無法將小步舞曲從頭到尾聽完。」

其實，倫法德之所以一再強調讓那些音樂帶由火星的連隊補給船運送，道理非常簡單：倫法德對優美的音樂幾乎已達到愛不釋手的瘋狂程度。附帶說明的是，倫法德會對音樂那麼如痴如狂，還是在他飛越漏斗狀時間區域之後才開始的。

生長在水星洞穴裡的哈莫尼安也對優美的音樂如痴如狂。牠們曾經因為喜好水星響聲中的某個旋律而靠那個旋律維生達數世紀之久。當寶哲第一次讓牠們嘗到音樂的滋味後，一些哈莫尼安竟因狂喜而猝死。

死亡的哈莫尼安屍體起先變得枯萎，經水星洞穴中淡黃色光芒照射後，就呈現出橘黃顏色。枯萎的哈莫尼安看起來很像乾枯的杏子。

哈莫尼安第一次接觸音樂的地方是在太空船的船艙裡。當時收錄音機還放在船艙，寶哲也沒有事先做播放音樂的安排。有些哈莫尼安將身體直接黏貼在船身鋼鐵處，播放音樂時，聲音傳震到鋼鐵，使得牠們因狂喜而猝死。

§

兩個半地球年後的現在，寶哲已經知道如何播放音樂給哈莫尼安聆聽，又不會使牠們喪命。

寶哲帶著那台收錄音機和預定播放的錄音帶，離開他的地窖。在外面的走道裡，有兩塊鋁製的熨衣板，底部墊著兩塊墊子。它們相隔六英尺，以鋁棒和青苔纖維織成的帆布相連接。

寶哲將收錄音機放在帆布中央，如此一來，就能一再吸收錄音機播放音樂時的振幅。那些振幅在抵達磷灰岩地板之前必須先穿越帆布、再穿越鋁棒，接著又穿越鋁製熨衣板，最後才抵達墊在底部的纖維墊子。

這種稀釋作用是安全措施，它能確保哈莫尼安不致於因吸取過量音樂的振幅而猝死。

現在，寶哲把音樂卡帶放進收錄音機並播放。在整個音樂會過程當中，寶哲一直站在那些器具旁監視著。他的責任就是讓哈莫尼安不要太靠近那些器具。只要有哈莫尼安爬得太過靠近，他就將牠從地板或牆壁撕下來責罵一番，接著黏貼在一百碼或更遠的地方。

「假如你不理性，」他內心會對著有勇無謀的哈莫尼安說：「你每次都會被放在最遠的地方。好好地想一想吧！」

事實上，即使牠們被安置在距離收錄音機一百碼遠的地方，仍然有豐富的音樂可以享用。洞穴裡的牆壁其實具有極佳的傳導能力，黏貼在牆上的哈莫尼安即使距離收錄音機好幾英里之遠，也可以經由洞穴壁石享用音樂會發出的振幅。

一直在追蹤足跡的老爹即使在距離很遠的洞穴裡，仍然能夠從哈莫尼安的行為舉止得知寶哲正在舉行音樂會。他已經抵達一個較為溫暖的平面，在那個地方，到處可以發現哈莫尼安一個接一個厚厚地黏貼在牆壁上。受到音樂的影響，哈莫尼安過去黃綠交替的鑽石狀標準外形，已經瓦解退化成凹凸不平的塊狀物、煙火和閃電。

老爹放下他身上的行李，然後躺下來休息。

除了黃色和藍綠色之外，老爹夢見其他各種顏色。

接著，他夢見他的好朋友史東尼．史蒂文生在下一個轉彎處等待著他。當他一想到遇見史東尼後將要說的事情，他整顆心就充滿了活力。

「多麼搭配的一對呀！」老爹自言自語地說。老爹是指，他和史東尼兩人通力合作的話將是無敵的。

「你知道嗎？」老爹很得意地自言自語：「他們不計任何代價，就是想拆散我們兩人。假如史東尼和老爹再度通力合作，那他們可就得格外小心了。只要史東尼和老爹再度通力合作，所有不可能的事情都可能發生，而且通常就是如此。」

老爹暗自輕笑。

害怕老爹和史東尼將再度通力合作的人，正是住在上面那些美麗高大建築物裡的人。這三年來，老爹一直對那些建築物做過很多的幻想，他並不知道其實那只是一些堅硬冰冷的高大水晶石塊而已，根本不是什麼建築物。老爹的幻想力使他確信，設計那些測試的人就住在建築物裡。他們是老爹和寶哲（可能也包括史東尼在內）的獄卒。他們正針對洞穴裡的老爹和寶哲做實驗。他們利用哈莫尼安寫出訊息。只不過，其實哈莫尼安和訊息並沒有絲毫關係。

老爹當然知道那些事情的真相。

老爹也知道許多其他事情的真相。他甚至知道上面的建築物裡有豪華的家具。那些家具都沒有腳。只是藉由磁力而飄浮在房間裡。

建築物裡的人從來都不用工作，也用不著擔憂任何事物。

老爹很厭惡他們。

他也很厭惡那些哈莫尼安。他從牆上扯下一隻哈莫尼安，把牠撕成兩半。牠馬上枯萎變成橘黃色。

老爹用手指把那兩片屍體彈向天花板。而當他往上看著天花板的時候，他看到上面寫著新的訊息。由於音樂的緣故，使得訊息的字母無法很整齊地排列。不過，這並無損於他對訊息的了解。

這個訊息總共使用八個字，告訴老爹如何輕鬆快速地逃離洞穴。在花費三個地球年找尋難題的解答但還是不得要領之後，老爹最後不得不承認，難題其實並不難而且也很適切。

老爹急忙在洞穴通道往下跑，直到抵達寶哲為哈莫尼安而開的音樂會場才停下來。老爹獲得了難題的解答，驚訝地張大雙眼。由於在真空狀態中不能講話，於是他將寶哲拉到太空船裡。

在太空船的船艙裡，老爹告訴寶哲意味著得以逃出洞穴的訊息。

現在，卻輪到寶哲做出冷淡的反應。寶哲對哈莫尼安的智力曾經大加讚賞，卻在聽到將被從監獄裡釋放出來後，心態變得多所保留。

「你獲得的訊息正好可以用來解釋另一個訊息。」寶哲平穩地說。

「什麼另一個訊息？」老爹不解地問。

「大約四個地球日之前。」寶哲說：「我住的地窖外牆上出現『寶哲，不要走』的訊息。等到我再往下看，又出現『寶哲，我們愛你』的訊息。」

寶哲轉身背對著哈莫尼安，那副模樣彷彿想避開那些令人無法抗拒的美麗生物。「我看見那個訊息後，」寶哲說：「臉上不禁露出笑容。我看了看牆上那些甜美柔順的好朋友，然後我對自己說：『我的好友們，寶哲還能去什麼地方？寶哲還會在這裡待上一段時間！』」

「那是個圈套！」老爹說。

「你說那是什麼？」寶哲說。

「一個圈套！」老爹說：「一個把我們困在這裡的圈套！」

寶哲面前的桌子上放著名叫《崔弟與傻大貓》的漫畫書。寶哲並沒有立刻回答老爹的問題。他翻閱著已經極為老舊的漫畫書。「希望如此。」他最後說。

老爹正思考著以愛為訴求的懇求。他做一些他很久已經沒有做的事情。他大笑著。他認為，假如黏貼在牆上沒頭沒腦的薄膜竟然還能談愛，那這場惡夢的結尾倒也真夠歇斯底里了。

寶哲突然抓住老爹，搖動老爹那瘦骨如柴的身軀。「老爹，假如你能讓我好好思考一下牠們是如何地愛我，那我一定會很感激你。」寶哲緊張地請求。「我是說。」他又繼續說：「你知道的。」他說：「或許這對你來說並沒有多大的意義。我是說……」他說：「你知道的……」他說：「不管怎麼說，沒有任何人或事物要求你對某項事情表達意見。我的意思是說。」他說：「你知道……」他說：「這些生物和你並無關係，你用不著喜歡牠們或了解牠們，或是對牠們表示意見。我的意思是說……」寶哲說：「你知道的……」寶哲說：「那個訊息的對象並不是指向你。牠們說牠們愛的人是我。所以你和那個訊息並沒有絲毫關係。」

他放開老爹後，又轉身注意桌上那本漫畫書。他那寬大、晒成健康膚色、肌肉結實的背部使老爹大為震驚。自從和寶哲分開各自生活後，老爹一直都自以為在生理方面足以和寶哲互相較量。如今他終於了解那是多麼愚蠢的妄想。

寶哲背部的肌肉隨著他手指翻開漫畫書的動作而振動。「你似乎對於圈套那方面的事知道得特別多。」寶哲說：「可是，你又怎麼知道，假如我們逃出洞穴，外面不會有某些更為險惡的圈套在等著我們呢？」

在老爹還沒來得及回答之前，寶哲突然想到他沒有關掉收錄音機，現在，不僅音樂仍持續播放，而且沒有人在旁監視著。

「竟然沒有人在一旁監督！」他大叫道。他離開了老爹，匆忙地跑去拯救哈莫尼安。

當寶哲離去之後，老爹著手擬定上下翻轉太空船的計畫，而這就是解決難題——如何逃出洞穴的答案。以下就是哈莫尼安在天花板上拼成的字句：

UNK, TURN SHIP UPSIDE DOWN.

（老爹，把船翻轉過來。）

毫無疑問地，翻轉太空船的理論相當合理可行。太空船的感應器裝在底部。當船翻轉後，就能夠利用靈敏的感應器飛出洞穴外，就如同當初未上下翻轉時藉著底部靈敏的感應器順利飛進洞穴內，其原理是一樣的。藉由自動絞盤和水星裡微弱的地心引力，在寶哲回來之前，太空船已經上下翻轉了。現在，只要按下「開」的按鈕，上下翻轉的太空船就會在靈敏的感應器導引之下，順利地飛出洞穴。

雖然太空船實際上是往上飛行，它的感應器和全自動導航裝置卻認為船在往下降。太空船將會飛出洞穴外面，而感應器和全自動導航裝置卻還認為船在飛往洞穴更深處。

太空船最後抵達洞穴最深的地方就是一望無垠的太空。

寶哲走進上下翻轉的太空船，手臂上到處黏著哈莫尼安的屍體。他身上掛著約一公升類似晒乾杏葉的東西。當然，無可避免地，一些哈莫尼安的屍體早已落在地上。他企圖彎身撿起來，卻只是落下更多。

兩行眼淚如下雨般從他的臉上滑落。

「你看到了嗎？」寶哲傷心地說：「老爹，你看到了嗎？你有沒有注意到，當企圖逃走並且忘掉事情的時候，將會發生什麼情況？」

寶哲搖搖頭。「這些只是少數哈莫尼安而已。」他說：「這些只是少數哈莫尼安而已。」他找到曾用來裝糖果的空盒子，將哈莫尼安的屍體放進去。

他站直起身，雙手放在臀部上。就如同老爹曾驚訝於寶哲強健的身體，老爹現在被寶哲的高貴氣質所震驚。

整理好自己的寶哲，就好像一個聰明、高尚、憂鬱、皮膚黝黑的海格力斯[15]。相較之下，老爹看起來就顯得瘦骨如柴、無所寄託，而且容易發牢騷。

「老爹，你來進行分配好嗎？」寶哲說。

「分配？」老爹說。

「分配氧氣丸、食物、汽水、糖果。」寶哲說。

「全部都分配嗎？」老爹說：「天哪！這些東西足夠我們使用五百個地球年。」他們過去從未談論過分配東西的事情。他們一直都沒有短缺任何東西，也從來就用不著擔心會短缺任何東西。

「你帶一半走，另外一半則留在這裡供我使用。」寶哲說。

「留在這裡給你使用？」老爹簡直不敢相信地說：「難道、難道你不和我一起走嗎？」

寶哲舉起他巨大的右手，示意老爹安靜下來，那是一個偉大人類做出來的手勢。「老爹，不要告訴我真相。」寶哲說：「我也不會告訴你真相。」他用手掌擦拭臉上的眼淚。

老爹從來就無法漠視寶哲對於不說出真相的懇求。每每寶哲做出這種懇求時，他總是有點害怕。他的某部分記憶似乎在告訴他，寶哲並不是在故弄玄虛，相反地，寶哲真的知道有關老爹的一個真相，而這個真相若是揭開的話，將會使他完全崩潰。

老爹張開嘴巴又緊閉。

「你來到我這裡，告訴我天大的好消息。」寶哲說：「『寶哲，』你說，『我們將要獲得自由了！』我聽完相當興奮，就放下手邊的事情不管，我很高興終於可以獲得自由。」

「然後，我一直對自己說將要獲得自由。」寶哲說：「我又一直思考，獲得自由後會是什麼樣子？最後，我所能看見的就是人們。他們把我推向這裡，又將我推向那裡——顯然這樣還是無法滿足他們，他們愈來愈生氣，因為再也沒有事物可以使他們快樂。由於我無法使他們快樂，他們不僅對我大發牢騷，還更加使勁地推拉我。」

15　海格力斯（Hercules）：希臘神話中的大力士。

「突然之間。」寶哲說：「我又記起了那些小動物，牠們只因為我播放音樂，就變得那麼快樂自如。然後就只因為寶哲聽到可以獲得自由便興奮地忘記了牠們，使得好幾千隻哈莫尼安躺在地上奄奄一息。假如我心中一直記得我正在做什麼事的話，那牠們是不可能會死去的。」

「然後，我又對自己說。」寶哲說：「我從來沒有善待過別人，而別人也從來就沒有善待過我，所以，我重獲自由回到人群中做什麼呢？」

「老爹，當我回到這裡的時候，我已經知道要對你說什麼了。」寶哲說。

現在，寶哲說了出來：

「我發現了一個行善而不會造成任何傷害的地方——就是這個洞穴裡。我知道我對牠們很好，而牠們也知道我對牠們很好。老爹，牠們是那麼全心全意地愛我。老爹，我終於找到可以讓我安身立命的家。」

「有天當我在這裡死去時。」寶哲說：「我將會對自己說：『寶哲——你使幾萬個生命認為生活是快樂的。你應該知道，從來沒有人能散播那麼多歡樂。在整個宇宙裡，你已經沒有敵人了。』」寶哲讓自己成為和藹可親的爸爸和媽媽，這是他從來沒有過的經驗。「現在你可以去睡覺了。」他對著自己說，幻想著自己躺在洞穴裡的一個病榻上。「寶哲，你真是個好孩子。」他說：「晚安。」

第十章　充滿奇蹟的年代

至高無上的主，宇宙的創造者，電磁波的靈魂，無限真空的過濾器，火光與岩石的噴出器——我們要怎麼做才能比得上您億萬分之一的好呢？我們根本就做不到。我們要怎麼做才能夠使您對我們感到興趣呢？我們根本就做不到。噢，世間的人類，讓我們在造物者的冷漠當中展開笑顏吧，這將使我們在最後獲得自由、真理和尊嚴。再也不會有像馬拉吉・坎斯坦特這樣愚蠢的人會指著可笑的偶發事件然後說：「上面有人喜歡我。」再也不會有任何一個獨裁者能夠說：「上帝的意旨就是要這個或那個發生，而萬一有人不協助這個或那個發生，就是和上帝作對。」至高無上的主，您的冷漠是項絕佳的武器。我們已經讓武器出鞘，拿著它用力揮砍，曾經使我們受到束縛或發狂的噱頭已經一動也不動地死在地上！

——赫納・李德懷恩牧師

那是個星期二的下午。北半球正值春季。

地球一片綠意盎然，雨量充沛。地球的空氣非常適合呼吸。

降落在地球的雨水非常純淨，可以立即生飲。它的味道有一些辛辣。

地球非常暖和。

地球的表面曾經堆積了很多屍體。死亡越多的地方，土地就越肥沃。

§

略帶辛辣味道的雨水降落在埋葬過許多屍體、現在卻是一片綠地之處。雨水降落在新世界的鄉村教堂墓地裡。教堂的墓地位於美國麻薩諸塞州凱德角的西伯恩史帝伯地區。教堂的墓園裡到處是光榮戰死者的墳墓。每座火星人的墳墓旁就是地球人的墳墓。

世界上幾乎每個國家都有埋葬火星人和地球人類的墳墓。同樣地，世界上幾乎每個國家都曾參與對抗火星人入侵的戰爭。

每個人都受到寬恕。

每一位活著的都是如兄弟般友愛著，而每一個戰死的更親如兄弟。

將諸多墓石包圍在中央、宛如古代巨鳥的教堂，過去有很多次曾經是長老會、公理會、唯一神教會等教派的教堂，如今則已成為漠然上帝教會的教堂。

一個看起來相當鹵莽的男子站在教堂墓地裡，驚訝地發覺到附近的空氣是如此怡人，雨量是如此充沛，土地是如此綠意盎然。

他全身上下幾乎沒穿衣服，他那深藍色的鬍子和頭髮留得很長，不但糾纏在一起，其中有些是灰白色的。他身上唯一一件衣服是由螺旋板和黃銅電線織成的丁字褲。

那件衣服正好可以遮住他的羞愧。

雨水降落在他那長滿皺紋的臉頰上。他抬起頭來喝著雨水。他單手放在一個墓石上，目的並非倚靠而是去感覺，他非常習慣摸著石頭的感覺——對乾燥而粗糙的石頭感受尤其深刻。可是，他已經很久沒有觸摸過潮溼、長著青苔，並且由人類在上面刻上文字的方形石頭。

石頭上寫著一句拉丁文：為了祖國。

這個人就是老爹。

在去過火星和水星之後，他終於又回到他的家鄉——地球。他搭乘的太空船降落在教堂墓地旁的小樹林裡。他是個浪費掉一生的人。

老爹已經四十三歲。

若他現在衰老甚或死去其實也不為過。

他之所以還屹立在人間，主因是他有個很強烈的願望，這個願望的感情成分不大，反而機械式的成分居多——他強烈地希望能夠和他的伴侶碧、他的兒子克諾洛，以及他最要好且僅有的朋友史東尼．史蒂文生再度團聚。

§

在那個下著雨的星期二下午，赫納．李德懷恩牧師站在他的教堂講道壇上。李德懷恩走上講道壇最主要的目的就在於使自己能夠盡可能地快樂。在逆境中他一直無法得到快樂的感受。由於他是因能創造奇蹟而極受人尊重的宗師，因此只有在極為快樂的情況和氣氛之下，他才會有非常快樂的感覺。

他的教會——漠然上帝教會伯恩史帝伯第一教堂，還有一個小副題：疲憊太空流浪者的教堂。這個小副題曾提出以下的預言，以便證實其合理性——有一天，一名孤單的火星軍隊殘兵將會抵達李德懷恩的教堂。

教堂早就準備好並期待著這個奇蹟的出現。在講道壇的後面有根上面有許多尖釘的橡木柱子。柱子支撐著屋頂巨大的桁，其中一個尖釘上掛著鑲有鑽石的掛衣架。上面晾著一套用透明塑膠袋裝著的衣服。

根據預言，那個身心疲憊的太空流浪者將裸露著身體，而塑膠袋裡那件衣服由他穿著起來將非常合身。當初那件衣服就是專門針對他的身材設計。那衣服由經過橡膠處理的淡黃色布料所製成，完全沒有鈕釦，只有一條拉鍊，拉起拉鍊後，衣料和他的身體會緊密貼合。

那件衣服和當今流行的衣服款式大不相同。它是專為此一奇蹟而設計。

衣服的前面和後面各縫了一個約一英尺大的問號。這也正意味著那個太空流浪漢將不會知道自己是誰。

必須等到漠然上帝教會的溫斯頓．奈爾斯．倫法德向世人宣布太空流浪漢的名字，大家才會知道他是誰。

當太空流浪漢抵達的時候，李德懷恩必須使勁搖響教堂的鐘。當教堂的鐘在使勁搖動下而響聲大作時，教區的居民將會心醉神迷地放下手邊工作，大哭大笑地跑到教堂。

西伯恩史帝伯義務消防隊的消防車將會載著坐滿李德懷恩教堂的教徒，前往迎接那個太空流浪漢，他們認為，這樣的迎接方式才顯得盛大壯觀。

位於消防大隊駐紮地上方的火警警鐘也具有傳遞教堂鐘響歡愉聲的作用。火警警鐘響一次意味著草地或林地失火；響兩次意味有房子失火；響三次意味著必須參與緊急救援工作，至於響十次則意味著太空流浪漢已經來了。

§

雨水從窗戶的窗框裡滲出來。雨水從屋頂一個鬆開的蓋屋板縫隙掉落，形成小水柱後，終於落在李德懷恩頭上。雨水先弄溼教堂尖塔的大鐘後，又順著大鐘的繩子滴下來，使綁在繩子末端的木娃娃也弄溼，接著再從木娃娃的腳滴到火石板上，還形成小水坑。

木娃娃有個宗教性的象徵。它象徵著一個令人厭惡的生活方式不復存在。它的名字叫馬拉吉。李德懷恩的信徒家裡某個地方，一定都會吊掛馬拉吉木娃娃。

正確吊掛馬拉吉木娃娃的方式只有一個——就是吊在它的脖子上。至於繩結的正確打法也只有一種——將人處以絞形的結。

雨水從李德懷恩的教堂尖塔大鐘繩子末端那個馬拉吉木娃娃的腳上滴下來——

生長蕃紅花的春天季節已結束了。

生長水仙花的春天季節也結束了。

人類的春天已經來臨，而李德懷恩教堂外的紫丁香涼亭到處盛開著紫丁香花朵。

李德懷恩聆聽雨聲，幻想它正在講著喬塞[16]時代的古英文。他用同等的音量，高聲附和雨聲吟道：

當四月帶著陣雨的時候
三月的乾旱已經離去
所有受到雨水滋潤的藤蔓，
滋生出美德的花朵——

一小滴閃亮的雨水從屋簷掉落，讓李德懷恩左邊眼鏡和左臉頰變得有點潮溼。

歲月對於李德懷恩非常仁慈。雖然他已經四十九歲，但他站在講道壇上時，看起來就像是個臉色紅潤、戴著眼鏡的鄉下報童。他舉起手來擦乾潮溼的左臉頰，整理一下用皮帶綁在手腕間那個裝有鉛彈的小帆布袋。

他的腳踝和另一側手腕也繫著相似的小帆布袋。至於他的肩膀則掛著兩片鐵板，一片垂掛在胸前，另一片則垂掛在背部。

這些東西是他在人生競賽中必須背負的重量。

它們總共有四十八磅重——他不但毫不抱怨，反而很高興承受。較為強壯的人可能會承受較多的重量，較為體弱的人則承受較少的重量。李德懷恩的教堂裡每個信徒也都欣然承受這些負擔，不論到哪裡都會驕傲地攜帶著。

最後，連最為體弱的人也不得不承認，這是非常公平的人生競賽。

雨水形成的旋律在空無一人的教堂中，顯得格外適合當做李德懷恩背誦時的背景音樂。這次，他背誦了住在新港的溫斯頓·奈爾斯·倫法德的作品。

李德懷恩在雨中旋律的襯托之下，即將朗誦倫法德寫過的文章。內容則是加以定位他自己和他的牧師們之間、他的牧師們和他們的信徒之間、每個人和上帝之間的關係等。在每個月的第一個星期日，李德懷恩都會朗讀這段文章給信徒們聽。

「我並不是你們的父親。」李德懷恩說：「或許，叫我兄弟還比較好些。不過，我並不是你們的兄弟，叫我兒子或許還比較好些。不過，我並不是你們的兒子。叫我是狗或許還比較好

16 喬塞（Chaucer）：英國詩人。

些。不過，我並不是你們的狗。或許，叫我是你的狗身上的跳蚤還比較好些。可是，我並不是一隻跳蚤。或許叫我是你的狗身上的跳蚤上的細菌還比較好些。我一直很渴望像你的狗身上的跳蚤上的細菌一樣，盡己所能地來服務你們。而這其實就像你們很樂意服務宇宙創造者，同時也是全能的上帝一樣。」

李德懷恩相互拍擊雙手，擊斃那些想像中的跳蚤細菌。每個星期日，所有前來做禮拜的教徒都會一同擊掌拍打想像中的跳蚤。

另外一個小雨滴從屋簷上掉落，又再度使李德懷恩的臉頰潮溼。李德懷恩不斷點頭，感謝那個小雨滴，感謝教會，感謝和平，感謝新港的倫法德，感謝地球，也感謝對每件事都很冷漠的上帝。

他走下講道壇，身上小帆布袋裡的鉛狀小球前後移動，發出沙沙聲。

他順著走道一直走並穿越尖塔底下的拱門。他在鐘塔繩子下方形成的小水坑前停了下來，以虔誠的心情向上看雨水流下的路徑。他認為，就春雨來說，這是相當可愛的路徑。假如由他負責整修這間教堂的工作，那他一定會讓這個地方在下雨時仍能用同樣的方式流出水來。

除了尖塔下面的拱門，還有另一座上面長滿了紫丁香葉子的拱門。

李德懷恩現在正站在第二座拱門下面，他看見樹林裡有艘太空船，他也看見教堂墓地裡有個裸露著身體、滿嘴鬍子的太空流浪漢。

李德懷恩興奮地大叫起來。他跑到教堂裡，然後就像酒醉的猩猩般使勁搖動著尖塔大鐘的繩子。當大鐘發出吵鬧的響聲時，李德懷恩似乎聽到倫法德說話的聲音。

「苦難不再有！」鐘聲似乎這樣說著。

「苦難不再有。」

「苦難不再有。」

「苦難不再有！」

§

老爹被鐘聲所震驚。對老爹來說，那聲音聽起來好像非常憤怒、恐怖。他急忙跑向太空船，途中被石頭絆倒導致脛骨嚴重受傷。而當他正要關起氣閘時，他聽到因應鐘聲響起的警報聲。

老爹以為地球仍在和火星交戰，而鐘聲和警報聲正在召喚地球人前來追殺他。老爹於是急忙按下「開」的按鈕。

全自動導航設備沒有立即回應，甚至彷彿在和自己爭論般發出含糊不清的聲音。那股爭論聲消失了，但這是因為全自動導航裝置關掉了自己。

老爹再度按下「開」的按鈕。這次他很生氣地用腳踢按鈕。

全自動導航裝置再次愚蠢地和自己發生爭執，它試著關閉自己。當它發覺無法關閉自己後，便排出骯髒的黃色煙幕。

煙幕不僅愈來愈濃密，毒性也不斷加劇，使得老爹不得不趕緊吞下氧氣丸、重新進行史基里曼呼吸的各項準備工作。

全自動導航裝置又一次發出巨大響聲，然後便一命嗚呼了。現在，它根本無法起飛。當全自動導航裝置一命嗚呼，就正是整艘太空船壽終正寢的時候。

老爹快速穿過那陣有毒的黃色煙幕，抵達舷窗後向外看。他看到一輛消防車。那輛消防車飛奔似地開到太空船前。男女老幼都攀爬在車上。他們全身被雨水淋溼，臉上卻露出心醉神迷的樣子。

赫納．李德懷恩牧師走在消防車前方。他單手提著裝有一件檸檬黃衣服的透明塑膠袋，另一隻手則拿著一束剛剪下的紫丁香。

女士們從舷窗向老爹拋飛吻，雙手舉起小孩，以便能清楚看見裡面那個為大家所敬仰的人。至於男士們則仍然停留在消防車上逗弄老爹，逗弄彼此，也逗弄每項事物。這時候，消防車駕駛卻讓內燃機逆火，拉響警報器並搖起鈴來。

每個人的身上都繫著重擔。大多數重擔屬於一眼就可辨別的東西：平衡錘、小鉛球袋、老舊的壁爐架等，都是用以造成行動上的不便。不過在李德懷恩的教區居民當中，也有好幾個忠實信徒選擇了更為負荷的重擔。

那些忠實的信徒當中有些婦女很幸運地擁有美麗的面孔和迷人的身材。為了去除她們天生擁有的美麗面孔和迷人身材優勢，她們穿著老舊不堪入目的衣服，故意擺出不端莊的姿勢，口中嚼著口香糖，塗上化妝品的臉宛如鬼臉。

其中也有個老人，他唯一的優勢就是擁有視力良好的眼睛。為了使視力不再那麼良好，他戴起了他太太的眼鏡。

有名年輕的黑人，他強健誘人的身材已成為男性性感的象徵。由於他即使穿上毫不起眼的衣服、表現出下流舉止也都不能絲毫減低他的魅力，於是他就娶了性冷感的女子為妻，以便成為他的重擔。

至於那位性感年輕黑人的妻子，她曾經是美國成績優秀大學畢業生所組成榮譽學會的會員，卻嫁給只會看漫畫書的無知丈夫，以便讓他成為她的重擔。

李德懷恩的教堂裡的教徒並不特殊。他們也不是狂熱的宗教分子。事實上，整個地球據估計總共有幾十億樂意使自己承受重擔的人。

而他們之所以能這麼快樂，主要是沒有人能從別人身上占到便宜。

現在，消防隊員們又想出另一種表達快樂的方式。在消防車腹部的地方有個水管的管嘴，它能夠像機關槍般自由旋轉噴水。他們打開消防水管。頓時間，一道噴泉噴向天空，直到無法再往更高處噴時才落下。由於嘴管能夠向四周噴水，因此大量的水落在太空船船身，不僅讓消防車隊員全身溼透，也令靠近太空船的婦女、孩童溼得像落湯雞。這使得他們更為興奮了。

水會在歡迎老爹時扮演著如此重要的角色，實在是出乎意料之外。沒有人事先計畫要這麼做。不過，使每個人在水的饗宴中忘掉自己倒真是件非常完美的事情。

赫納・李德懷恩牧師全身上下的衣服都濕透了，他覺得自己很像異教徒眼中的裸體小精靈。李德懷恩將手上那束紫丁香撒在舷窗，虔敬的臉緊靠在舷窗的玻璃上。

李德懷恩看到玻璃內的景物後感到相當震驚——裡面那個人的臉簡直像極了動物園裡人猿的臉。老爹的前額有幾道很深的皺紋，雙眼則充滿期望被了解的無助神情。

老爹已經下定決心不再害怕。

他也不急著讓李德懷恩進入太空船。

最後，他終於走到氣閘前，打開內部門和外門的門閂。他往後站，等待有人推開門。

「先讓我進去，讓他穿上這件衣服！」李德懷恩對著他的教徒說：「然後，你們就可以看到他本人了！」

§

在太空船裡，老爹穿上那件簡直就像塗上去般合身的檸檬黃衣服。胸前和背後的橘色問號則絲毫沒有皺褶。

老爹還不知道世界上沒有人穿得像他那樣。他以為很多人都穿著相同的衣服——胸前和背部各有橘色問號。

「這裡……這裡是地球嗎？」老爹對李德懷恩說。

「沒錯。」李德懷恩說：「我的好兄弟，這裡是美國麻薩諸塞州的凱德角。」

「感謝上帝！」老爹說。

「為什麼？」李德懷恩皺起眉頭，略為帶點惡作劇味道地說。

「很抱歉我沒聽懂，能不能請您再說一次？」老爹說。

「為什麼要感謝上帝呢？」李德懷恩說：「祂並不在乎你身上將發生什麼事。祂不但不幫你安全抵達這裡，反而還處心積慮想殺害你。」他高舉雙手，以便展現出他那堅定不移的信仰。他手腕上兩個小帆布袋裡的小鉛球在搖動下發出沙沙聲。這吸引了老爹的注意力。在那兩個小型帆布袋後，老爹的注意力接著轉移到李德懷恩胸前的厚重鐵板。李德懷恩發現老爹的視線，便舉起他胸前那片鐵板。「很重。」他說。

「嗯。」老爹說。

「等我們改造你後，我想，你大概需要攜帶五十磅重的東西。」李德懷恩說。

「五十磅？」老爹說。

「你不要覺得難過，反而該高興有機會帶這笨重的東西。」李德懷恩說：「從此就不會有人說你只會搭順風車、占盡便宜了。」自從漠然上帝教會成立之初，自從地球火星戰爭，人們總是不安地竊竊私語後，李德懷恩就不曾再用這種軟中帶硬的口氣說話了。在那段期間裡，李德懷恩和他的信徒總是用「你有理由生氣！」作號召，威脅人們改信他的宗教。而自那時起，人們就安於現實了。

如今，世界各地到處都可看到信奉漠然上帝教會的人。會眾的人數相當多，大約有三十億人。原先什麼都不相信的年輕小伙子在接受教義洗禮之下，現在也會把諸如雨水從大鐘繩子上滴下來的事情當作神祕事物來看待。漠然上帝教會的教義之手已觸及各地人群當中。

「我必須警告你。」李德懷恩對老爹說：「當你走出太空船外進入人群中的時候，千萬不能說出暗示上帝對你有所眷顧，或者是你想侍奉上帝等話語。例如，你要是說：『感謝上帝幫助我脫離險境。我想，上帝一定是挑選我來侍奉祂。』將會變得很糟糕。」

「太空船外那些友善的群眾雖然現在正因你的到來興奮不已，但假如你說了不該說的話，他們會馬上反目成仇。」李德懷恩繼續說。

老爹原先打算要說出的話幾乎和李德懷恩警告他不要說的話語相差無幾。老爹原以為那是唯一適合的話語。「那麼……那麼我應該說些什麼才好？」老爹說。

「你將要說的話早就被預言了。」李德懷恩說：「我早已經對你要說的話語詳加思考和研究，我可以很堅定地告訴你，完全沒有一個字詞需要修改。」

「可是，除了『哈囉』、『謝謝』等字詞之外，我實在想不出有什麼話可說……」老爹說：「那你想要我說什麼呢？」

「你所要說的。」李德懷恩說：「太空船外的群眾長久以來已經聽過很多次了。他們將問你兩個問題，而你也要盡己所能回答他們。」

他帶領老爹穿過氣閘，走到太空船外。消防車上噴出的水已被關掉。群眾的手舞足蹈聲也停下來。

李德懷恩的教區信徒們形成半圓形，把老爹和李德懷恩圍在中間。教徒們都靜靜地屏息以待。

李德懷恩做出聖者的手勢。

信徒們同時大喊：「你是誰？」

「我、我不知道我真正的名字是什麼。」老爹說：「不過，大家都習慣叫我老爹。」

「能否告訴我們你的遭遇？」信徒們說。

老爹輕搖著頭。在這麼一個充滿宗教儀式的氣氛裡，他實在想不出任何適切的話語來將他的遭遇濃縮式地加以說明。很顯然地，大家都期待著能從他身上發現一些偉大的東西。他身上沒有半點偉大的東西。他大聲呼出一口氣，目的在於讓信徒們知道：他的平凡乏味使他們的期望落空，他對此非常抱歉。「我是一連串意外事件的受害者。」他說。他聳了聳肩。「其實，我們都是受害者。」他說。

信徒們又開始手足舞蹈了。

老爹被簇擁著登上消防車，載送到教堂的門口。

李德懷恩親切地指著教堂大門上面迎風招展的木製捲軸，上面寫著以下幾個鍍金的字體：

I WAS A VICTIM OF A SERIES OF ACCIDENTS, AS ARE WE ALL.

（我是一連串意外事件的受害者，其實，我們都是受害者）

老爹坐在消防車裡，直接從教堂大門被載往位於羅德島的新港。那個地方將舉行一場顯形。

根據一個幾年前就擬妥的計畫，凱德角的其他消防設備都加以改裝，以便保護將有一陣子沒有消防車的西伯恩史帝伯。

太空流浪漢來到地球的消息已迅速傳遍整個地球。消防車經過的每個鄉村、城鎮和都市，老爹都受到群眾沿途拋擲花朵以示歡迎之意。

老爹高高地坐在消防車駕駛座頂端、一個由一塊二英尺長六英尺寬的木板架成的座位上。至於赫納．李德懷恩牧師，則坐在駕駛座裡。

李德懷恩在駕駛座裡控制著消防車上的警報鈴。繫在鈴舌上的，是由耐撞塑膠製成的馬拉吉娃娃。娃娃的樣子非常特殊，只有在新港才買得到。在消防車上吊掛著馬拉吉娃娃，其目的就在於告訴世人，那是一輛前往新港朝聖的消防車。

西伯恩史帝伯的義消大隊裡，除了兩個不信仰漠然上帝教會的隊員之外，其他的人也都前往新港朝聖。他們是用義消大隊隊上的基金購買那個馬拉吉娃娃的。

從新港地區賣紀念品的小販的談話中得知，義消大隊購買的那個由耐撞性極佳塑膠製成的馬拉吉娃娃，是一個真正得到授權製造的馬拉吉娃娃。

老爹非常快樂。能夠再度回到人群中又能再度呼吸到空氣，真是令人興奮。此外，每個人又似乎是那麼崇拜他。

有那麼多可愛的嘈雜聲，而每件事物也都那麼美好。老爹希望每件美好的事物都能永遠持續下去。

「能不能告訴我你的遭遇？」群眾大叫大笑地對他說。

為了能和廣大的群眾溝通，老爹簡化了他曾經使太空船外群眾興奮的答案。「一切都是意外！」他大喊。

他大笑著。

我的天哪！

管他的。他大笑著。

§

在新港，倫法德的房產擠滿了等候八小時的群眾。警衛們已經將數千名民眾推出房產的牆外。至於牆內則根本用不著警衛，牆內的群眾都是意志堅定的忠實信徒。

即使是全身塗油的鰻魚，也無法擠進牆內。

至於牆外數千名的朝聖者也虔誠地相互推擠著，以便能靠近架在牆角附近的擴音器。倫法德的聲音從擴音器裡傳出來。

這一天是太空流浪漢被預言將出現的日子。群眾相當踴躍，也顯得相當興奮。每個地方都可看到各種最富幻想力及最有效的重擔。群眾在重擔的阻礙下行動不甚靈敏。

老爹在火星的伴侶碧也在新港。而碧和老爹生下的兒子克諾洛也在新港。

§

「嘿！買一個真正得到授權製造的馬拉吉娃娃吧。」碧聲嘶力竭地說：「嘿！買個馬拉吉娃娃吧。必須用馬拉吉娃娃來對著太空流浪漢揮舞示意。」碧說：「買個馬拉吉娃娃吧，太空流浪漢來的時候，可以對它加以祝福。」

她在倫法德新港房產圍牆一扇小鐵門對面的小亭子裡。總共有二十間小亭子面對著小鐵門，碧所在的是第一間。二十個小亭子共用一個屋頂，由及腰的矮牆隔開。

她在叫賣的馬拉吉是具有活動關節和人工水晶眼睛的娃娃。碧以每個二十七分的價錢購自一間宗教用品供應商，然後她再以每個三元出售。她是個極為優秀的女生意人。

表面上，碧給世人勤快亮麗的印象；在內心，她卻有銷售第一的偉大信念。她的外形固然吸引了朝聖者的目光，但促使他們到她的小亭子來買馬拉吉娃娃的原因，則是碧身上散發的那股氣息。那股氣息意味著碧在追求更崇高的生活，但她也能隨遇而安。

「嘿！趁現在還有時間，買一些馬拉吉吧！」碧說：「顯形進行時就不能買馬拉吉娃娃了。」

確實如此。根據規定，場外的販賣業者必須在溫斯頓．奈爾斯．倫法德和他的狗顯形前的五分鐘拉下窗簾，在倫法德和卡薩可的形跡消逝十分鐘後才能打開。

碧轉身對著正在打開一個裝有馬拉吉娃娃盒子的克諾洛說：「離哨子響聲還有多久時間？」位於房產內的哨子是個巨大的汽哨。在顯形開始前五分鐘，它會發出哨聲。

顯形開始時，一具三英寸的加農砲會發出砲聲。

至於顯形結束的時候，則會放出一千顆玩具汽球。

「還有八分鐘。」克諾洛看著他的手表說。他現在已經有十一個地球年的年齡。他的膚色較深，臉上則露出憂鬱的神情。他是騙人高手，而且專精撲克牌。他的談吐粗俗，身上帶著六英寸的彈簧刀。克諾洛不會主動和其他小孩打交道。他直言不諱的個性早已惡名昭彰，只有一些愚蠢而討人喜愛的小女孩才會被他吸引。

克諾洛之所以沒有被送進少年感化機構，主要是他擁有全世界最優秀的律師——漠然上帝教會的行政人員。在倫法德的授意之下，那些法律人員替克諾洛所有官司提出有力的辯護。

克諾洛最常被起訴的官司大致有：竊盜罪、私藏槍械罪、在城市裡鳴放槍砲罪、販售色情書刊罪等。

有關當局認為這小孩最大的問題就在於他的母親。他的母親對他相當溺愛，一切都順著他的意思。

「買馬拉吉娃娃的時間只剩下八分鐘。」碧說：「趕快，趕快，趕快！」

碧的上排前齒是金牙，她的膚色和他兒子相同，都是金色橡樹的顏色。

碧和克諾洛搭乘太空船從火星駛往地球的途中，不幸墜落在亞馬遜河雨林的甘寶地區。碧的上排前齒就是在那時掉落的。她和克諾洛是僅有的兩名生還者，自從那次墜機之後，他們就在叢林裡流浪達一年之久。

基本上，碧和克諾洛的膚色是不會變的，但是他們的肝臟起了變化，膚色也隨之改變。在經過連續三個月只喝生水和吃白楊樹之後，他們的肝臟終於發生病變。而他們之所以採用這樣的飲食，完全是為了能夠加入甘寶部落的行列。

在他們加入甘寶部落行列的儀式中，碧和克諾洛被繩縛在村莊中央的木樁頂端。此時克諾洛代表太陽，碧則代表月亮。當他們具有象徵意義時，才被甘寶部落理解。

由於共同遭遇了許多經歷，使得碧和克諾洛遠比其他母子關係要來得更為親密。

最後，他們終於被一架直升機救起。那完全是溫斯頓・奈爾斯・倫法德在適當時機地點完成的傑作。

溫斯頓・奈爾斯・倫法德同意讓碧和克諾洛擁有獲利極佳的攤位販售權。他也代為支付碧的牙齒醫療費用，他同時建議她的前排假牙必須是金的。

§

碧隔壁攤位的主人名叫哈利·布萊克曼。他曾經是老爹在火星部隊裡的排士官長。布萊克曼現在的身體相當肥胖，頭也禿了大半。他身上有一隻軟木塞義肢和一隻不鏽鋼製的右手。他的手腳是在博卡·瑞頓戰役中失去的。他是那場戰役中唯一的生還者。其實，要不是因為傷勢非常嚴重，他也很可能會連同他那一排的其他生還者被活活處死……

布萊克曼販賣的商品倫法德房產內的噴泉塑膠模型。噴泉模型有一英尺高。它們的底部有能使水噴出來的幫浦。幫浦從底部的大碗汲水後，從頂端的小碗噴出水來。小碗裡的水再流到下面較大碗裡，如此依序由小碗流至大碗。

布萊克曼攤子前的櫃台上擺放著三具噴泉模型。「各位先生女士，裡面的噴泉模型和前面這三具都是一樣的。」他說：「您可以帶任何一個噴泉模型回家。放在家裡的落地窗前面，好讓您的鄰居知道您來過新港。放在廚房餐桌中間，裡面裝滿粉紅色的檸檬汁，好讓您的小孩歡欣不已。」

「多少錢一個？」一個鄉巴佬說。

「十七元。」布萊克曼說。

「哇！」鄉巴佬說。

「老兄，這是一個神聖的廟祠。」布萊克曼語氣平穩地看著他說：「這不是玩具。」他的手伸到櫃台底下，從裡面拿出火星太空船模型。「假如你想要玩具的話，這裡就有一個。四十九毛錢。我只賺你兩毛錢。」

鄉巴佬的樣子看起來像是個可笑的購物者。他將玩具和它所代表的真實物品加以比較。真實的物品指的是停放在九十八英尺高圓柱的真正太空船。圓柱和太空船位於倫法德房產內的角落——那個角落曾經建有一座網球場。

倫法德還沒有向大眾解釋為何支撐太空船的圓柱是用全世界各地所有學校孩童口袋捐出的銅幣建造而成的。太空船還保持著可以經常使用的狀態。有史以來最長的長梯，就斜倚在圓柱旁，通往眩目的太空船艙門。

太空船的燃油箱裡，仍然可以看到火星企圖運用「變動宇宙的能量」攻擊地球的痕跡。

「啊哈。」鄉巴佬將模型放回櫃台上，「假如您不介意的話，我想再四處看看。」目前為止，他只買了一頂羅賓漢帽子。那頂帽子的左邊貼有一張倫法德的照片，右邊貼有一張帆船的照片，至於帽子上的箭羽則繡著他的名字：戴爾伯特。「不論如何，還是要感謝您。」戴爾伯特說：「或許等等我還會再回來。」

「戴爾伯特，你一定會回來的。」布萊克曼說。

「你怎麼會知道我的名字是戴爾伯特？」戴爾伯特以一種夾雜著愉悅和懷疑的眼光說。

「難道你認為這裡只有溫斯頓．奈爾斯．倫法德擁有超自然的能力？」布萊克曼說。

圍牆裡面噴出一道蒸氣。不久，巨大、傷感，但又得意洋洋的蒸氣哨聲對警衛室產生震撼。這是倫法德和他那條狗即將在五分鐘後顯形的信號。

這也是那些獲得授權販賣商品的小攤子必須結束販賣假貨並關上窗簾的信號。

那些窗簾立刻被垂放下來。

當小亭子的窗簾垂放下來後，販賣商品的小攤位頓時成為一條微暗的小隧道。

由於隧道裡的人都是火星的生還者，這使得隧道裡那些小攤位的業者具有一股令人極為毛骨悚然的氣息。是倫法德堅持這麼做的——讓生還的火星人擁有取得新港小攤位的優先權。這是他個人表達謝意的特殊方式。

其實，生還者並不算多——其中五十八人在美國，至於全世界才只有三百一十六人。而在美國境內的五十八名生還者當中，有二十一人取得了新港地區的小攤位販賣權。

「小鬼，我們又碰面了。」布萊克曼士官長雙手擱放在介於他和碧中間的隔牆上。他偷瞄著正躺在一個蓋子沒有打開的盒子上睡覺的克諾洛。那是個裝馬拉吉娃娃的盒子。

「小鬼，該死嗎？」布萊克曼對克諾洛說。

「是真的該死。」克諾洛同意道。他正在用彎曲得很奇怪且上面還有鑽孔的金屬片挖指甲裡面的污垢。金屬片曾是他在火星時的幸運符。如今在地球上，他仍當成他的幸運符。

或許，是幸運符在叢林中救了克諾洛和碧一命。甘寶地區的部落居民將金屬片看成是個具有極大威力的東西。也正是他們對金屬片的崇敬，才使得他們非但沒吃掉它的主人，反而讓兩人加入部落行列。

布萊克曼神情親切地笑著。「這裡有個火星人。」他說：「他甚至不願意為了看一看太空流浪漢而離開那個裝有馬拉吉娃娃的盒子。」

並非只有克諾洛對太空流浪漢感到冷漠。那些被授權在小攤位販賣商品的人都很驕傲地不願觀看顯形的場面——也就是說，他們會一直待在小亭子裡，直到倫法德和他的狗兒離去為止。

並不是說那些擁有在小攤位上販賣商品權利的人真的很輕視倫法德的宗教。其實，他們當中絕大多數人認為這個新宗教可能相當不錯。他們會待在拉下窗簾的小亭子裡，主要目的是要展現出——就身為火星的生還者來說，他們已經竭盡所能地協助漠然上帝教會的成立和擴大。

他們要展現的事實是——他們都已被利用殆盡。

倫法德在鼓舞群眾士氣的時候，還很愛憐地如此形容他們。「……在小亭子窗簾後的聖戰士們。他們會如此冷漠。」倫法德說：「是由於他們受過重大創傷，而也正是因為他們的創傷，我們才能活得更為生氣蓬勃，更為敏銳，更為自由。」

對於擁有在小攤位上販賣商品權利的火星人來說，他們也非常想一睹太空流浪漢的真面目。倫法德房產的牆內外架設很多擴音器，而倫法德在顯形會場講的話都會透過擴音器傳進半徑四分之一英里內每個人的耳裡。他的話語一再重複說明，當太空流浪漢出現時，就是神聖真理來臨的時刻。

虔誠的信徒們一直期待著這個偉大時刻的來臨。當它來臨時，他們將會發現，自己的信仰更為擴展，更為明確，而且也更為真實。

現在，這個偉大的時刻終於來臨。

載送著太空流浪漢的消防車已經從凱德角抵達現場，它在小亭子外發出尖銳的叮噹聲。小亭子裡微暗燈光下的火星生還者拒絕偷瞄窗簾外的一景一物。牆內的加農砲已發射，產生巨大響聲。

此時倫法德和他的狗兒已經顯形，太空流浪漢也走進小鐵門裡。

「這可能是他從紐約雇來的失意演員。」布萊克曼說。

可是，沒有人對他這句話有所反應，就連自認是那一排小亭子中最會冷嘲熱諷的克諾洛也沒有絲毫回應。其實，布萊克曼對於自己的質疑——那個太空流浪漢可能是個騙子，也不太在意，他並不打算認真追究。經營小攤位的火星生還者太了解倫法德一向有喜好寫實的傾向。當倫法德製作一齣受難劇時，他都會使用真實的人物和真實的背景。

§

在這裡要特別強調的是，雖然倫法德一向偏愛特殊壯麗的景觀，但他從來不會受誘惑而自稱是上帝或是自稱很像上帝。

就連他的頭號敵人也承認這一點。莫瑞斯．羅森奧博士在他的《泛銀河系的騙徒和三十億蠢蛋》一書中就曾如此地描述：

溫斯頓．奈爾斯．倫法德這個星際間的宗教偽善者，一直聲稱他並不是全能的上帝，也不是全能上帝的親人，更沒有從全能上帝那裡獲得任何啟示。對此，我們唯一能對這個新港人士說的話就是「阿門！」。還要補充說明的是，倫法德絕對不可能是全能上帝的親人或職務代理人，倫法德也絕對不具有和上帝溝通的能力！

一般來說，窗簾拉下的小亭子裡那些火星生還者之間的談話都是相當快活的。他們時常愉快談論著如何引誘那些笨蛋來向他們購買毫無用處用的宗教用品。

現在，倫法德和太空流浪漢即將相遇，火星生還者也很難不引起興趣。

布萊克曼伸出他那隻完好的手摸著頭頂。這是火星生還者一個非常特有的手勢。他正觸摸著裝有天線的頭部部分，那個天線曾經擔任替他思考的角色。可是，現在他卻收不到任何訊息。

「帶那個太空流浪漢到這裡！」倫法德的聲音透過擴音器清楚傳送出來。

「或許……或許我們也該去看看。」布萊克曼對碧說。

「你說什麼？」碧輕聲回答。她背對著窗簾站立著。她緊閉雙眼。她低下頭。她看起來非常冷靜。

過去，每當顯形發生的時候，她總是會全身顫抖。

克諾洛正用大姆指頂端慢慢擦拭著幸運符。他看到金屬片上微微散發出光環，環繞住他的大姆指。

「克諾洛，他們那些人該死嗎？」布萊克曼說。

那位販賣會發出顫動聲音的機械鳥的人，懶散地拿著他販賣的東西在頭上飛舞。在英格蘭塔丁頓所發生的戰役中，一名農村婦女用草耙刺他，使他自此成為一個行動遲緩的人。國際火星傷殘者復健暨確認委員會在驗明他的指紋後，終於查出他的身分。他的名字是伯納多．溫斯洛，曾經到各地幫助種雞交配。他從倫敦一家醫院的戒酒病房逃出來。

「非常感謝你們提供這麼多資料給我。」溫斯洛對委員會的人說：「現在，我已經不再有失落的感覺。」

布萊克曼士官長曾經被那個委員會驗明，證實他是法蘭西斯．湯普森二等兵。某個深夜，當他獨自在美國北卡羅萊那州的布萊格堡壘值行守衛勤務時，突然失蹤。

至於碧的身分則使委員會大為困惑。委員會認為，她要不是佛羅倫絲．懷特——紐約州柯河鎮的一個平凡且極不友善的女孩，於一家乾洗店前失蹤；就是達琳，辛普金森——一位相貌平凡且態度不友善的女孩，她最後一次被看見是在德州布朗斯爾地區，那時她接受一位皮膚黝黑男子的邀請，一同騎馬兜風。

從布萊克曼以及克諾洛和碧的兩個小亭子為開端接連下去的小攤位經營者，都是一些較不為人所熟知的火星生還者。委員會也分別驗出他們的真正身分，例如：麥倫．華特森，是個酒鬼，他在清掃尼瓦克機場洗手間的時候失蹤……夏琳．海勒，她是俄亥俄州戴頓市史戴佛高中自助餐廳的營養師……克里西納．葛蘿，是印度加爾各答地區的排版工人，曾因重婚、賣淫和不履行義務等被起訴……克特．史基耐德，也是酒鬼，是德國布萊曼市一家面臨倒閉的旅行社經理。

「偉大的倫法德。」碧說。

「很抱歉，我沒聽清楚，能不能請妳再說一遍？」布萊克曼說。

「他奪走我們的生命。」碧說：「他使我們睡著。他挖空我們心靈的方式和我們將南瓜挖空製成燈籠的方式並無兩樣。他把我們像機器人般裝上發條——訓練我們，替我們設定目標，重新改造我們，以便擔當重要的任務。」她聳了聳肩。

「假如讓我們主宰自己的生命，會比由他來控制我們的生命要好嗎？」碧說：「我們會變得更好——還是更壞呢？我想，我很高興他挑選並且改造了我。我想，不管我是佛羅倫絲．懷特，或是達琳．辛普金森，或是什麼人，經過倫法德改造過後的我，一定比較好才對。」

「雖然如此，我還是恨他。」碧說。

「這是妳的特權。」布萊克曼說：「倫法德曾說過，憎恨他是每個火星人的特權。」

「你用不著安慰我。」碧說：「我們都已被利用殆盡。對他來說，我們沒有任何利用價值。」

§

「太空流浪漢，歡迎光臨。」倫法德如同男高音的聲調透過架在牆上的擴音器傳送到每個人耳朵裡，「你能搭乘著一輛紅色消防車前來此處和我們相見，真是一件令人高興的事。我認為，實在沒有任何東西比紅色的消防車更能激發起人與人之間的關愛。太空流浪漢，能不能請您告訴我，這裡有哪樣東西——任何一樣東西，能夠使您回憶起曾經來到這個地方？」

太空流浪漢喃喃自語地說出一些令人無法理解的話來。

「能不能請您大聲一點？」倫法德說。

「噴泉——我想起來了，那個噴泉。」太空流浪漢說：「只不過，只不過……」

「只不過怎樣？」倫法德說。

「那個時候，那座噴泉——或者，不管那是否噴泉，乾涸得沒有半滴水。不過現在，它是潮溼的。」太空流浪者說。

靠近噴泉的麥克風這時已經打開，使得泉水的潺潺聲和濺灑聲也能伴隨著太空流浪者講話的聲音出現在擴音器裡。

「太空流浪者，是不是還有其他您感到熟悉的事物呢？」倫法德說。

「有的。」太空流浪者羞怯地說：「就是你。」

「您覺得我看起來很熟悉嗎？」倫法德狡猾地說：「你的意思是不是說，我有可能在你的生命當中扮演過一個小角色嗎？」

「我記得你曾經到過火星。」太空流浪漢說：「你和你的狗兒在我們的太空船將要起飛前，出現在我們的面前。」

「你們起飛後遭遇到哪些事情呢？」倫法德說。

「一些事情出了差錯。」太空流浪漢的語氣充滿了抱歉的意味，好像一連串發生的不幸事件都是他的過錯，「很多事情都出了差錯。」

「你是否思考過這個可能性？」倫法德說：「有可能每件事物都完全正確，沒有差錯嗎？」

「沒有。」太空流浪漢不加思索地說。倫法德提出的哲思遠超過他的思考能力範圍，那個哲思並沒有嚇著他，也根本不可能嚇著他。

「您能不能認出您的伴侶和小孩？」倫法德說。

「我、我不知道。」太空流浪漢說。

「將在那扇小鐵門外販賣馬拉吉娃娃的婦女和男孩帶到我的面前。」倫法德說：「帶碧和克諾洛到這裡來。」

§

太空流浪漢、溫斯頓．奈爾斯．倫法德和卡薩可，都站在倫法德大樓前的鷹架上。鷹架的高度正好是那些站著圍觀的群眾眼睛水平可及的高度。倫法德房產裡有一個由狹小通道、傾斜道路、梯子、講道壇、樓梯和鷹架所組成、相連接到房產各個角落的通路系統，而大樓前的鷹架只不過是整個通路系統的一小部分而已。

這個通路系統使倫法德可以自由自在且引人注目地走動，而絲毫不會受到群眾阻礙。此外，這個通路系統也使倫法德可以瞥見地面上的每個人。

雖然飄浮的通路系統看起來似乎是個奇蹟，但它絕不是藉由磁力浮起來的。那個看似奇蹟的現象是巧妙使用塗料的成果。通路系統的底部塗著色調均勻的塗料，上部構造則塗上發出亮光的金黃色塗料。電視攝影機和音感靈敏的麥克風能偵測到通路系統的各處。

若是顯形發生在晚上的話，通路系統的上層構造就會掛滿和人類膚色相似的電燈。

§

太空流浪漢是第三十一位被邀請和倫法德站在同一個通路系統的人。

已經有一位助手被派遣到小鐵門外販賣馬拉吉娃娃小攤位前，邀請第三十二位和第三十三位被允許站在顯著通路系統上的人。

倫法德的氣色看起來並不太好。他的臉色很難看。雖然他還是如往常般笑著，但他的微笑臉龐背後似乎正在咬牙切齒。他那自鳴得意的笑臉已變成一張意味著似乎每件事情都不對勁的滑稽臉龐。
不過，他那出了名的微笑依然掛在臉上。那極為勢利卻又很能取悅群眾的人，用狗鍊來控制他的狗兒卡薩可。狗鍊故意被弄得扭曲以便對卡薩可的喉嚨發出抓捏等警告性動作。狗兒並不喜歡太空流浪漢，因此有必要對牠發出警告。
倫法德的微笑突然遲疑了一下，這倒提醒群眾們倫法德替他們承擔很多東西，而這也使得群眾們警覺到，或許他無法永遠替他們承擔。
倫法德的手裡拿著麥克風和一個一便士銅幣大小的無線電發報器。當他不想讓聲音傳送到群眾耳中時，只要用手掌全部包覆起那個一便士大小的發報器即可。
現在，發報器已被他的手掌全部包起來，他正在對著太空流浪漢說一些諷刺的話語。其實，縱使群眾們聽得到他們講話的聲音，也會相當迷惑，不知道他們到底在說些什麼。
「今天真是你最得意的一天，不是嗎？」倫法德說：「當你一抵達，就有一場愛的饗宴在等著你。群眾們對你非常崇拜。你崇拜那些群眾嗎？」
今天一天下來那麼多令人驚喜的事物，使得太空流浪漢變得像個孩子般天真，而也正由於他處於那種天真的狀態，使得諷刺或冷言冷語早已無法對他發生任何作用。他在受苦受難時，曾是很多事物的俘虜。現在，他則是一群了不起群眾的俘虜。「當然啦，他們一直都很好。」為了回應倫法德上一個問題，他只好這麼說：「他們一直都非常崇高。」
「他們是很崇高的一群人。」倫法德說：「這是一點也錯不了的。我一直絞盡腦汁想找適切的詞語來描述他們，而今，你從外太空帶了那個適切的詞語給我。沒錯，正是如此，他們是崇高的一群人。」顯然地，倫法德的心思已放在別的地方。他並沒有多大的興趣要將太空流浪漢當成人來看待——他幾乎很少正眼看他。他似乎也沒有對太空流浪漢的妻子和孩子即將到來一事感到興奮。

「他們在哪裡？他們在哪裡？」倫法德對底下一個助手說：「讓我們繼續進行。讓我們繼續進行。」

太空流浪漢發覺，他的奇遇不但令他非常滿意，也非常刺激。每件事情都安排得那麼美好，使他非常羞於詢問問題——他很擔心一旦問問題會使自己看起來像個忘恩負義的人。

他非常清楚自己必須講究禮儀，所以他的最佳策略就是少開尊口，只在被要求的時候才講話，而且，對於別人的問話應該以簡短且毫無保留的方式回答。

太空流浪漢並沒有很多問題要問。他應遵守的禮儀基本架構非常明顯——和只有三隻腳的擠牛乳用矮凳同樣明顯。他遭受過很多苦難，如今他的苦難總算有了代價。

命運的突然轉變本來就是拍成戲劇的好題材。他微笑著，似乎了解群眾為何那麼愉悅——他想像自己置身在群眾中，分享著群眾的愉悅。

倫法德看出太空流浪漢的心思。「你知道嗎？若用相反的方式進行，他們也會同樣喜歡。」他說。

「用相反的方式？」太空流浪漢不解地說。

「我是指假如先嘗到愉悅的代價，才遭受一連串的苦難。」倫法德說：「他們在意和喜歡的是對比。至於事件發生的前後順序，對他們來說倒是沒有多大關係。他們最在意的還是快速的大逆轉……」

倫法德張開手掌，讓麥克風顯露出來。他用另一隻手做出主教式的手勢。他正在對碧和克諾洛做手勢。碧和克諾洛才剛被送上通路系統上面。「請往這裡走。你們應該知道，我們的時間並不多。」倫法德以近似女教師的口吻說。

在這當中，太空流浪漢終於感受到他在地球應該會有很好的未來。每個人都那麼仁慈、熱誠和祥和，在地球上不僅能過良好的生活，也應該可以過個完美的生活才對。

太空流浪漢現在已穿著上好的衣服並擁有極具殊榮的生活地位，況且，幾分鐘過後，他還將和妻兒團聚。

唯一覺得遺憾的，就是少一個要好的朋友，太空流浪漢一想到這裡，全身不禁開始顫抖。他之所以顫抖，是因為他知道，他最要好的朋友史東尼．史蒂文生藏身在某處，正排隊等候出現。

太空流浪漢的臉上露出笑容，他正幻想著史東尼出現的情景。史東尼將從傾斜的路面大笑且微醉地走下來。「老爹，你這個渾小子！」史東尼一定會對著麥克風大聲說：「我找遍地球每間營業中的酒館，都沒有發現你的行蹤——原來你一直都待在水星上！」

當碧和克諾洛抵達倫法德和太空流浪漢站立的鷹架上時，倫法德獨自走到一旁。其實，他只要讓自己和碧、克諾洛和太空流浪漢三人保持一個手臂的距離，別人就可以了解他的用意。他還是裝出很尊敬他們的樣子，和他們三人保持相當遠的距離——那不僅是普通的距離，而是一種象徵著害怕災禍臨身而保持的長遠距離。

雖然整個過程毫無疑問地是一齣精采絕倫的好戲，但莫瑞斯．羅森奧博士還是做了以下吹毛求疵的評論：

當溫斯頓．奈爾斯．倫法德在他位於新港由金黃色鐵桿搭建成的舞台上手舞足蹈時，台下那些以虔敬心情看待他的群眾其實和在玩具店裡以虔敬心情購買玩具火車、紙製隧道、紙製橋梁和紙製城市的白痴沒有兩樣。那些小車或是溫斯頓．奈爾斯．倫法德將會再度出現嗎？說也奇怪，溫斯頓．奈爾斯．倫法德像進入紙製隧道的玩具小火車般，還是會再度出現。

倫法德大樓前的鷹架四周圍著白楊木所做成的木柵。木柵的一邊有條狹小通道可以通往十英尺外一株紅棕色的山毛櫸。山毛櫸樹幹的直徑有四英尺。鍍金的階梯被木螺絲牢牢地釘在山毛櫸的樹幹上。

倫法德將卡薩可綁在最底部那一階，接著就像爬上豆莖的傑克般，爬上那株山毛櫸上不見人影。

他在樹上的某個地方說話。

但是，他的聲音並不是來自山毛櫸，而是由架在牆上的擴音器裡傳送出來。

群眾們不再盯著那株枝葉茂盛的山毛櫸，他們的目光轉而集中在距離自己最近的擴音器上。

只有碧、克諾洛和太空流浪漢還是持續抬頭看著山毛櫸，企圖發現他真正所在的地方。藉著抬頭找尋倫法德，這個小家庭也可以避免互相看著對方。

他們當中的每個人都找不出可以使他們對團聚感到興奮的理由。

碧對於骨瘦如柴、滿嘴鬍子，且身著檸檬黃連身內衣褲的太空流浪漢根本就沒有興趣。她原先以為她的丈夫應該是位高大、豪邁且自傲的宗教自由思想家。

年輕的克諾洛對於即將硬闖入他和母親親密關係的太空流浪漢可說是極為憎恨。克諾洛親吻著他的幸運符，希望他的父親——假如他真是他父親的話，會掉落到鷹架下面而死去。

至於太空流浪漢他自己，雖然他誠心誠意地努力嘗試，但是他的自由意志似乎還是無法容忍自己去喜歡那對心腸狠毒的母子。

無意間，太空流浪漢的雙眼和碧那隻健全的眼睛不期而遇。必定有人要說些話才對。

「妳好嗎？」那個太空流浪漢說。

「你好嗎？」碧說。

他們兩人又都再度抬起頭看著那株山毛櫸。

「喔，我那快樂承受重擔的教友們。」是倫法德的聲音，「讓我們感謝上帝，祂就好像壯觀的密西西比河感謝一滴雨水般地感謝我們。讓我們感謝祂沒有使我們像馬拉吉・坎斯坦特那樣。」

太空流浪漢的脖子背面感到有些疼痛。他稍微地放低頭部。他的雙眼看到不遠處有一道又長又筆直的通路。他的雙眼緊盯著那條通路。

通路的最盡頭和地球上不用任何東西支撐的最長梯子相接，梯子同樣塗著金黃色。

太空流浪漢雙眼注視的焦點順著梯子直接移動到太空船大門的門口。他懷疑有誰有足夠的勇氣或充分的理由，能讓他甘願爬那麼危險的梯子抵達太空船大門。

太空流浪漢再度看著台下群眾。或許，史東尼・史蒂文生就在人群中某處。或許，他會等到這整齣戲完全結束後，才會出來和他在火星唯一且最要好的朋友見面。

第十一章　我們憎恨馬拉吉・坎斯坦特，因為……

告訴我你一生中曾做過的一件善事。

——溫斯頓・奈爾斯・倫法德

以下就是那場講道的內容：

「我們非常厭惡馬拉吉・坎斯坦特，」溫斯頓・奈爾斯・倫法德在樹頂上說：「因為他運用他的好運來資助一個永無止盡的實證——證明人類是豬。他耽迷於奉承者。他耽迷於卑賤的女色。他耽迷於色情娛樂和酒精毒品。他耽迷於肉欲的不道德生活。」

「當他的好運達到顛峰的時候，他的資產是猶他州和北達科達州兩州資產的總和。可是，我敢說，他的道德還不如兩州最為墮落的小野鼠。」

「我們對馬拉吉・坎斯坦特感到非常氣憤，」倫法德在樹頂上說：「因為他根本沒有付出任何心血就擁有數十億美元的資產，他從來就沒有無私無我地運用其中少數的資產來回饋社會大眾。他和瑪麗・安東尼特[17]一樣心狠手辣，又和停屍間的化妝師一樣富有創意。」

「我們憎恨馬拉吉・坎斯坦特，」倫法德在樹頂上說：「因為他毫無愧疚地接受他的好運帶來的成果，好像命運是由上帝操控管理。對於信奉漠然上帝教會的我們來說，沒有任何事物會比讓一個人相信命運——不論是好是壞，是由上帝掌控要來得更為危險且瀆神的了。」

「命運，不論是好或是壞。」倫法德在樹頂上說：「並不是由上帝所掌控。」

「所謂命運。」倫法德在樹頂上說：「就是風吹起漩渦的方式和上帝經過後揚起的灰塵。」

「太空流浪漢！」倫法德從樹頂大叫。

太空流浪漢並沒有非常專注於他的叫聲。他很難集中注意力——也許這是因為他在洞穴裡待太久，長期服用氧氣丸，或待在火星軍隊太久的緣故。

他的雙眼正凝視著天上一朵朵的雲。它們是非常可愛的東西，在一向對顏色相當飢渴的太空流浪漢眼中，雲朵飄浮進入的天空是一片令人興奮的藍色。

「太空流浪漢！」倫法德再度大叫。

「你這個穿著黃色衣服的人。」碧用手肘輕輕推他，「醒醒！」

「很抱歉，能不能請妳再說一遍？」太空流浪漢說。

「太空流浪漢！」倫法德又大叫著。

太空流浪漢終於開始注意了。「是的，有什麼事嗎？」他對著樹上枝葉茂盛的地方說。他的語氣顯得純真、愉悅且可愛。鷹架上的欄木盡頭，有支麥克風忽然擺動起來，最後靜止不動

17　瑪麗，安東尼特（Marie Antoinette）：法皇路易十六之妻，後被處死於斷頭台。

地懸吊在他面前。

「太空流浪漢！」倫法德大叫著。由於整個過程顯得被阻礙，這使得他開始焦慮。

「我在這裡。」太空流浪漢也大叫回應。他的回應聲透過擴音器傳出震耳欲聾的聲音。

「你是誰？」倫法德說：「你真正的名字是什麼？」

「我並不知道我真正的名字是什麼。」太空流浪漢說：「不過，大家都習慣叫我老爹。」

「老爹，在你回到地球前，曾經遭遇過哪些事情呢？」倫法德說。

太空流浪漢的臉上露出了笑容。他曾在凱德角一再重複述說一句簡單的話語，引來了很多笑聲、歡唱聲，和手舞足蹈的聲音。「我是一連串意外事件的受害者，你們也都是。」他說。

這次卻沒有引來任何笑聲、歡唱聲和手舞足蹈聲。但毫無疑問地，群眾還是喜歡太空流浪漢說出這句話來。群眾的下巴抬起，眼睛張大，鼻孔也展開，卻絲毫聽不到任何喧囂聲。群眾們都想仔細聽清楚太空流浪漢和倫法德的對話內容。

「你當真的是一連串意外事件的受害者嗎？」倫法德在樹頂上說：「在所有的意外事件當中，你認為哪個意外事件的影響最為重大？」

太空流浪漢微抬起頭。「我必須想一想……」他說。

「讓我來替你節省腦力吧。」倫法德說：「你的出生就是發生在你身上最為重大的意外。你想不想讓我來告訴你，當你出生之後，被取名為什麼嗎？」

太空流浪漢遲疑了一下，而他之所以遲疑，主要是害怕若說出不當的話來，會將破壞掉原本非常令人愉悅且充滿禮貌的經歷。「請你告訴我。」他說。

「你被命名為馬拉吉．坎斯坦特。」倫法德在樹頂上說。

§

有時候，群眾也未嘗不會帶來好事，例如被溫斯頓．奈爾斯．倫法德吸引到新港的群眾就是能帶來好事的群眾。他們並不具有群眾的意識。他們當中的每個成員都擁有自己的意識，而且，倫法德也絕對不是邀請他們前來做出如大聲喝采或喝倒采的一致舉動。

當大家知道原來太空流浪漢正是極為令人厭惡的馬拉吉．坎斯坦特之後，每個人都沉默不語、低聲嘆息。大體而言，他們對他都相當同情。畢竟，他們家中或辦公的地方都吊掛著坎斯坦特的肖像。更何況，雖然吊掛坎斯坦特肖像時他們都覺得非常高興，但他們當中卻很少有人認為坎斯坦特應該遭到吊刑這種嚴厲處罰。

樹頂上的倫法德並沒有說出任何足以使群眾的同情心減低的話語。「坎斯坦特先生，你經歷了非常奇妙的意外。」他頗富同情心地說：「那個事件使你成為一個信徒眾多的教派之重要象徵。」

「假如我們沒有對你產生某種程度的同情心。」他說：「那你將不會吸引我們，更不會成重要的象徵。你那些顯而易見的錯誤都是人類自古以來就犯過的錯誤，因此我們才必須對你產生同情心。

「坎斯坦特先生，再過幾分鐘。」倫法德在樹頂上說：「你將會從這些狹小通道和彎曲立體道路走到那座金黃色梯子前，然後你將會爬上梯子走進太空船，最後，你將搭乘太空船飛到泰坦星——一個屬於土星、氣候溫和又土壤肥沃的衛星。你在那裡將過得非常安全舒適，但對你生長的地球來說，你是個被放逐的人。」

「坎斯坦特先生，你必須志願做這件事，這麼一來，漠然上帝教會才能夠擁有高貴的自我犧牲戲劇，可供人們經常思考並永誌於心。」

「為了使我們獲得心靈上的滿足。」樹頂上的倫法德說：「我們將會想像：你完全曲解運氣的意義，完全濫用自身擁有的財富和權勢，並從事著噁心的消遣。」

那個曾經是馬拉吉．坎斯坦特，曾經是老爹，曾經是太空流浪漢，而現在再度成為馬拉吉．坎斯坦特的男子，對於自己又變成馬拉吉．坎斯坦特一事似乎沒有多大感受。假如倫法德安排的時機有所不同，或許他還會覺得某些事情相當有趣。可是當倫法德告訴他，他是馬拉吉．坎斯坦特不到數秒鐘的時間後，卻又馬上說出他要遭遇到的考驗，使得坎斯坦特所有的注意力都集中在那個極為嚇人的考驗上。

那項考驗並不是在數年、數月，或數天後才發生，而是將在幾分鐘後發生。而且，就像是個被宣告有罪的罪犯般，除了接受考驗時將用到的工具之外，他身上再也沒有其他東西了。

說也奇怪，他最擔憂的，竟是他將會絆倒——他將會把走路想成非常困難的事，這使得他的雙腳無法正常且自然地運作，最後終將絆倒。

「坎斯坦特先生，你不會絆倒的。」樹頂上的倫法德看出坎斯坦特的心事後說：「你用不著到其他地方，也用不著做其他的事。當你將一隻腳放在另一隻腳前面走動時，我們會寂靜無聲、專注地看著你，你也將成為現代史上最令人懷念、最有意義的人物。」

坎斯坦特轉身看著他的伴侶和兒子。從他們清楚明確的凝視中，坎斯坦特終於了解到，倫法德說的沒錯——除了搭乘那艘太空船之外，他沒有別的路可走了。雖然碧翠絲和年輕的克諾洛對喧鬧的慶祝活動抱持著冷嘲熱諷的態度，但對整個活動中的一些英勇行為則給予肯定。

他們慫恿馬拉吉．坎斯坦特做出良好的表現。

坎斯坦特不斷摩擦左手的姆指和食指。他用了大約十秒鐘思索他將從事的冒險行動。然後，他雙手垂放到身體兩側，抬起頭，步伐沉穩地走向太空船。

當他的左腳踩在立體彎曲的小路上時，頭裡充滿一種他已有三個地球年沒有聽過的聲音。聲音是從他頭頂下的天線傳來的。樹頂上的倫法德正用他口袋裡的小盒子來傳送訊號到坎斯坦特的天線上。

為了讓坎斯坦特更能忍受那段漫長孤單的步行路程，倫法德讓坎斯坦特的腦中充滿響弦鼓的聲音。

響弦鼓的聲音如下：

租一座帳篷，一座帳篷，一座帳篷，

租一座帳篷，一座帳篷。

租一座帳篷！

租一座帳篷！

租一座，租一座帳篷！

當馬拉吉．坎斯坦特的手第一次觸摸到全世界最高大的懸浮梯時，響弦鼓的響聲停止了。他抬起頭往上看，梯子的頂端像針一樣細小。坎斯坦特的額頭靠在他緊握的扶手上，稍事休息。

「坎斯坦特先生，在你爬上梯子前，有沒有什麼話要說？」倫法德在樹頂上說。

突然間，坎斯坦特的眼前又懸吊著麥克風。坎斯坦特舔了舔雙唇。

「坎斯坦特先生，你是不是想要說些什麼？」倫法德說。

「假如你想要說話。」掌管麥克風的人對坎斯坦特說：「請用正常的語調說話，並請讓雙唇和麥克風保持六英寸的距離。」

「坎斯坦特先生，你是不是想對我們說話？」倫法德說。

「我想要說的或許並不值得說出來。」坎斯坦特沉穩地說：「可是，我仍想說，自從抵達地球，我對於發生在身上的每一件事都無法了解。」

「難道你完全沒有參與的感覺？」倫法德在樹頂上說：「你是不是這個意思？」

「那我倒不在乎。」坎斯坦特說：「我還是必須爬上那座梯子。」

「這樣好了。」倫法德在樹頂上說：「假如你認為你在這裡遭受到不公的待遇，那就請你告訴我們自己人生中某個時刻做過的某件美好善事，好讓我們決定那件美好善事是否足以將你從這個早已擬定的計畫中除去。」

「美好善事？」坎斯坦特說。

「沒錯。」倫法德聲音宏亮地說：「告訴我你一生中曾做過的一件善事。」

坎斯坦特努力地回想。他的記憶力快速穿越過洞穴中無盡的隧道。他曾經擁有一些能夠使寶哲和哈莫尼安成為他記憶中美好善事的機會。但坎斯坦特自己也無法誠實地說，他到底有沒有利用那些機會來做出美好善事。

接著，他又想到火星，也想到寫給他的那封信裡列舉的內容。當然在那麼多項目中，他確實參與過一些美好善事。

然後，他又回想起史東尼．史蒂文生——他最要好的朋友。他曾經有過一個朋友，那當然是件極為美好的事。「我有一位朋友。」馬拉吉．坎斯坦特對著麥克風說。

「他叫什麼名字？」倫法德說。

「史東尼．史蒂文生。」坎斯坦特說。

「只有一個朋友？」倫法德在樹頂上說。

「只有一個。」坎斯坦特說，當他了解到，人不能沒有朋友，朋友是人生中不可或缺的一部分時，他那貧瘠的心靈充滿愉悅。

「那麼，你認為美好的事物。」樹頂上的倫法德說：「完全取決於你和史東尼・史蒂文生的友情囉？」

「沒錯。」坎斯坦特說。

「坎斯坦特先生，你是否還記得在火星的一場死刑處決中，你擔任執行者的角色？」樹頂上的倫法德說：「你當著三個火星軍團的面前，勒死一個綁在石柱上的人。」

這是坎斯坦特一直極力想去除的記憶之一。大致上來說，他做得相當成功——他毫不保留地在他的腦中努力搜尋著。不過，他還是不很確定那場死刑是否真的執行了。「我、我想我還記得。」坎斯坦特說。

「你勒死的人就是你最要好的朋友史東尼・史蒂文生。」溫斯頓・奈爾斯・倫法德說。

當馬拉吉・坎斯坦特爬那座梯子的時候，他的雙眼不停掉淚。他爬到中途時突然停下來，倫法德藉由擴音機叫他。

「坎斯坦特先生，你現在是不是覺得自己很像個非常熱中的參與者？」倫法德說。

坎斯坦特確實是這麼覺得。現在，他已經徹底了解到自己的卑賤和無用。他也對那些以欺凌他為樂的人深感同情。

當他爬到梯子頂端的時候，倫法德告訴他還不要關起氣閘。不久之後，他的伴侶和孩子也會爬上來。

坎斯坦特坐在梯子頂端，也就是那艘太空船氣閘的入口處，聽著倫法德對他的妻子——也就是叫做碧的獨眼金齒深膚色女人講道。坎斯坦特並未仔細聆聽講道。他的雙眼看見底下遠處位於群島海灣邊城鎮裡一場更為令人欣慰的講道。

那場他從空中鳥瞰的講道內容大致是——任何人即使在宇宙裡連一個朋友也沒有，仍可以發覺他成長的星球是非常美麗的地方。

「我現在要告訴你們碧的經歷。」在樹頂上但距離馬拉吉．坎斯坦特已經很遠的倫法德說：「碧就是那個在小鐵門外販賣馬拉吉娃娃的婦人。她和她的兒子現在正對著我們怒目而視。」

「多年前在她由地球前往火星的途中，馬拉吉．坎斯坦特將所有心力都投注在她身上，而她也替他生下這個兒子。在這之前，她曾經是我的妻子，也是這棟房產的女主人。她的真正姓名是碧翠絲．倫法德。」

人群中發出嘆息聲。不知是否因為其他宗教的崇拜神像都忘了信眾的需求，才使人們將眼光轉而投注在新港上？漠然上帝教會的教主不僅具有預測未來、對抗因運氣而帶來不平等待遇的能力，他還能不斷提供使人啞然的轟動事件。

當他向群眾宣布那個獨眼金齒的婦人曾是他的妻子，以及他被馬拉吉．坎斯坦特戴綠帽的時候，他的聲音變得些許微弱。

「現在，我要請你們以輕蔑馬拉吉．坎斯坦特一生的方式來輕蔑她的一生。」他在樹頂上語氣溫和地說：「假如你們願意的話，也可以將她的肖像和馬拉吉．坎斯坦特娃娃一同吊掛在窗簾或燈飾旁。」

「碧翠絲的胡作非為完全是她對很多事物的嫌惡而引起的。」倫法德說：「當她還是年輕女孩的時候，她覺得自己被細心地呵護、教養。為了害怕被外界所污染，她什麼事也不想做，也不允許別人替她做任何事。對年輕的碧翠絲來說，人生充滿太多令人無法忍受的病菌和粗俗。」

「我們漠然上帝教會的信徒應該以譴責馬拉吉．坎斯坦特耽迷於酒色中的方式，來譴責碧翠絲不願讓自己幻想的潔癖被生活中的事物污染。」

「碧翠絲一直認為自己是上帝心目中不論就智慧、道德或生理等方面來說，最為完美的人選，而其他人類大概要花一萬年時間才趕得上她。在這裡我們又再度看到一個既平凡且毫無創意的人企圖取悅上帝。其實，碧翠絲自認為上帝賜予她純潔精緻的教養和馬拉吉．坎斯坦特自認為上帝賜予他財富一樣，都是頗為令人質疑的。」

「倫法德太太，」溫斯頓．奈爾斯．倫法德在樹頂上說：「現在，我要請妳和妳的兒子追隨在馬拉吉．坎斯坦特後面，搭乘那艘即將飛往泰坦星的太空船。在妳離開地球之前，是否有什麼話要交代或說明？」

整個場面寂靜了很長一段時間，在這當中，那個母親和小孩兩個人靠近對方，肩併肩看著台下的群眾。

「倫法德太太，妳是不是有什麼話要對我們說？」樹頂上的倫法德說。

「是的。」碧翠絲說：「不過，我要說的話非常簡短。我相信，你說的每一項有關於我的事情都是真實的，因為你很少說謊。但是，當我和我的兒子一起爬上那座梯子時，我們並不是為了你或是你那些可笑的群眾。我們會這麼做，完全是為了自己，我們也將向自己和觀察我們的人證明，我們什麼也不怕。當我們離開這個星球的時候，我們完全不會傷心。在你的指導下，我們已對這個星球感到厭煩。」

「你說我曾是這棟房產的女主人，你也說我無法忍受做任何事或是別人對我做任何事。對於這些，我都記不得了。」碧翠絲說：「可是，當你告訴我有關於我過去的種種行為之後，我就深深愛上了我自己。人類非常下流，整個地球，甚至是你也同樣地下流。」

碧翠絲和克諾洛很快經過狹小通道和彎曲的立體交叉路到達梯子前方，向上攀爬。他們在氣閘入口處和馬拉吉．坎斯坦特擦身而過，卻連一句問候的話也沒說。他們走進船艙，消失在群眾的視線當中。

坎斯坦特尾隨在他們後面也走進太空船裡，把船艙當成棲身處所。

對他們來說，他們現在的棲身處所真是個令人驚訝的地方，尤其是對馬拉吉．坎斯坦特來說。這艘駕駛艙頂端似乎有人看守的太空船，顯然曾經舉辦過一個或多個瘋狂舞會。

所有臥床都還沒整理，床單扭成一團，上面還沾了口紅和鞋油的髒漬。

整個船艙裡到處可見威士忌和香檳酒的空瓶，以及雷戈啤酒的空罐。地板上則散布著烤過後遺留下來的蚌殼。

艙門上有用口紅寫的兩個名字：包德和西爾微亞。船艙中央還吊著一件黑色胸罩。

碧翠絲蒐集完酒瓶和啤酒罐，全數丟到門外。她取下那件黑色胸罩，放在門外等待著風勢讓它飛揚起來。

還在為史東尼．史蒂文生悲傷不已的馬拉吉．坎斯坦特用雙腳當拖把使用。他以雙腳摩擦地板的方式，將蚌殼踢向門去。

年輕的克諾洛坐在臥床上，擦拭著他的幸運符。「媽咪，我們出發吧。」他緊張地說：「讓我們大聲呼喊：我們出發吧。」

碧翠絲鬆開手中的黑色胸罩。一陣風吹來，將它送到群眾上方，最後吊掛在倫法德坐著的那株樹頂上。

「再見了，純潔、聰敏、可愛的人們。」碧翠絲說。

第十二章　來自特拉法馬鐸的紳士

應該適時地說再見。

——溫斯頓・奈爾斯・倫法德

土星有九個衛星，其中最大的是泰坦星。

泰坦星只略比土星小一點而已。

泰坦星是太陽系中唯一擁有大氣的衛星。也就是說，在泰坦星裡有充足的氧氣可供呼吸。

泰坦星的大氣就像春天早晨地球上麵包店後門外的大氣。

泰坦星的中心點有一座天然的化學熔爐，它使泰坦星的氣溫一直維持在華氏六十七度。

泰坦星上面有三個海洋，每個海洋相當於密西根湖的大小。這三個海洋都是淡水，顏色相當翠綠。三個海洋的名字分別是溫斯頓海、奈爾斯海，以及倫法德海。

泰坦星上面還有由九十三個池塘和湖泊組成的第四個海。它的名字是卡薩可湖。

溫斯頓海、奈爾斯海、倫法德海和卡薩可湖由三條大河所串連。

三條大河和它們的支流都非常不穩——有時波濤洶湧，有時又流量稀少。它們的流量大小完全取決於其他八個衛星狂暴的牽引力量，以及比地球體積大上九十五倍的土星巨大的感應力量。這三條大河的名字分別是溫斯頓河、奈爾斯河，以及倫法德河。

泰坦星上面也有樹林、草地，和山丘。最高的山是倫法德山，它的高度是九千五百七十一英尺。

環繞著泰坦星的光環是整個太陽系中最令人讚不絕口的美麗光環。這些令人眼花撩亂的光環長度總共有四萬英里，但它們的寬度大約只有刮鬍刀片大小。

這光環被稱為倫法德彩虹。

土星繞著太陽做圓形的運轉。

它每繞一圈必須花費二十九．五個地球年的時間。

泰坦星繞著土星做圓形運轉。

結果是，泰坦星繞著太陽做螺旋狀的運轉。

溫斯頓．奈爾斯．倫法德和他的狗兒卡薩可就像波潮現象般，規律地在扭曲變形的螺旋形狀中來回穿梭，他們的起點是太陽，終點則是參宿四星。每當太空中任何一個物體中途攔截在螺旋狀的路線中，倫法德和他的狗就會顯形在那個物體上。

至於倫法德和卡薩可的螺旋狀行進路線為何能和泰坦星繞行的軌跡相契合，原因至今仍是個謎。

也正因為如此，倫法德和他的狗能永遠顯形於泰坦星上。

倫法德和卡薩可居住在溫斯頓海的小島上。他們的住所距離溫斯頓海的海岸有一英里。他們的家簡直就是地球上印度泰姬瑪哈陵的翻版。

它是由火星工人建造完成的。

倫法德將自己的家命名為丹羅敏。

§

在馬拉吉．坎斯坦特、碧翠絲和克諾洛三人抵達泰坦星之前，泰坦星上只住著另一個人。這個人叫做沙洛。他已經活了一千一百萬個地球年之久。

沙洛來自另外一個銀河系——小麥哲倫星系。他身高四．五英尺。

沙洛皮膚的膚色和構造與地球上的橘子極為相似。

沙洛有三隻像鹿一般的腳。他的腳設計得相當巧妙有趣——每隻腳都具有膨脹功能。當沙洛的三隻腳掌膨脹到像德國棒球那麼大時，他就能在水面上行走。當他的腳掌洩氣變成像高爾夫球那麼小時，他就能在堅硬的地面上快速行走。當沙洛的腳掌完全洩氣後，他的腳掌就變成可吸住平滑表面的杯形橡皮。這時候的沙洛能用腳在牆上行走。

沙洛沒有手臂。沙洛有三隻眼睛。他的眼睛不但能察覺一般人可以看見的光譜，還能察覺紅外線、紫外線和X光線。沙洛對於時間相當敏銳——也就是說，他一次只生活在一個時刻裡。他也時常告訴倫法德，他寧願看光譜最遠處的顏色，而較不喜歡看過去或未來的世界。

同處於一個時期，但沙洛比倫法德見過更多有關宇宙的過去和宇宙本身的事物，這倒是一件非常詭異的事。此外，沙洛所記得的比他所看過的還要多。

沙洛的頭是圓的，上面還懸掛著平衡環。

他的聲音彷彿腳踏車示警鈴發出的噪音。他能夠說五千種語言，其中有五十種是地球上的人類至今還使用的語言，另外有三十一種則早已不再使用。

雖然倫法德曾為沙洛建了雄偉華麗的房子，但沙洛並沒有住進裡面。沙洛住在寬闊的平地上，非常靠近那艘二十萬個地球年前載他到泰坦星的太空船。他搭乘的太空船是一個飛碟，也正是火星侵略部隊搭乘的那種太空船。

沙洛個人的歷史相當有趣。

地球公元前四八三四四一年，他的族人基於精神感應將他選為族人當中最英俊、最健康、頭腦最單純的人。他們這麼做，是為了慶祝他生長地方的政府成立一億地球年。政府位於名叫特拉法馬鐸的行星上，那個行星則是位於小麥哲倫星系中的一個行星。年長的沙洛曾將「特拉法馬鐸」的兩種意思翻譯給倫法德聽：「我們全部」及「第五四一號」。

根據沙洛自己的估算，他生長的行星上每年的時間約是地球每年時間的三．六一六二倍。因此，他參加的慶祝政府成立一億週年紀念大會換算成地球年則是三億六千一百六十二萬年。有次沙洛曾當著倫法德的面將其政府解說成半睡眠的無政府狀態，但他拒絕解說政府的實際運作情形。「史基普，除非你能立即了解半睡眠的無政府狀態是什麼。」他告訴倫法德：「否則再怎麼說也沒有任何意義。」

當他被推選為特拉法馬鐸的代表時，他的任務就是攜帶一則密函從「宇宙的一個邊緣地區到另外一個邊緣地區」。負責規畫慶祝大會的人員並不相信沙洛計畫中的行程竟然延伸觸及整個宇宙。沙洛的遠征和其含意都極富詩意而不為人所了解。沙洛唯一所要做的，就是帶著密函，搭乘特拉法馬鐸的科技所能製造出最為精良的交通工具，極速往目的地前進。

沙洛並不知道信函的內容是什麼。不過，沙洛曾經告訴倫法德，信函是由「某所大學所擬妥的」，而那是一所「沒有任何人就讀的大學。它的校園裡沒有任何建築物，也沒有任何教職員工。可以說每個人都在那間大學裡——也可以說那間大學裡一個人也沒有。它就像朵雲，每個人都為它的形成貢獻過一己心力，等到雲形成之後，那朵雲卻又替每個人從事深度思考的工作。我的意思並不是真的有一朵雲。我只是意味它很像雲那種東西。史基普，假如你還是不了解我的意思，那再怎麼對你解說也是毫無用處的。」

信函裝在長寬各五英寸，厚度有八分之三英寸的信封裡。至於信封本身則是放進掛在船艙機械軸上的網狀袋裡。

沙洛奉命在抵達目的地後才能打開網狀袋和信封。他的目的地並不是泰坦星。他的目的地距離泰坦星有一千八百萬光年。負責規畫慶祝大會的人員並不知道沙洛要在銀河系裡找什麼。他接到的指示是——在某處找到一些生物，在精通牠們的語言後打開信函，然後將信函內容翻譯給牠們。

由於沙洛和其他的特拉法馬鐸人一樣，都只是一部機器，因此他絲毫不質疑自己為何會被賦予這樣的任務。做為機器的唯一任務就是做它應做的事。

在沙洛起飛前接受的諸多命令當中，最為重要的一項就是：不論在任何情況之下，他都不能在途中打開信函。

由於這項命令如此重要，使得它成為這位身材嬌小的特拉法馬鐸人信差此行的中心任務。

地球公元前二〇三一一七年，經過機械方面一番艱苦的操作，沙洛終於被送到太陽系，由於他搭乘的太空船發電機有個小零件解體，使得他被迫停在太陽系裡，那個解體的小零件只有啤酒開罐器大。沙洛對機械方面一向不感興趣，他對該如何處理分解的部分沒有絲毫概念。沙洛搭乘的太空船是用「變動宇宙的意志」來推動的，所以對於一個機械的門外漢來說，真不知道將如何修理那個發電機。

沙洛搭乘的太空船也非完全無法使用。它仍然能夠飛行，只不過飛得搖搖晃晃，時速只剩六萬八千英里。雖然太空船處在這種搖搖晃晃的狀態下，倒也足以勝任太陽系裡各星球之間的飛行，而且，與它同類型的機種也在火星發動戰爭時提供適時援助。但對於沙洛原先被賦予的任務來說，那艘搖搖晃晃的太空船速度實在太慢了。

於是，年老的沙洛就在泰坦星停下太空船，還將他遭遇到的困境傳送回特拉法馬鐸。他以光速傳送訊息，這也就是說，必須花費十五萬個地球年，才能將訊息傳送到特拉法馬鐸。

於是，沙洛在這段等候回音的長久時間中，發展出許多嗜好。這些嗜好當中最主要的有雕刻、培育泰坦雛菊，以及觀看地球上發生的各種活動。他能夠藉由自己搭乘的太空船裡儀器板上的觀測器來觀看地球上的各種活動。觀測器的放大倍數相當驚人，即使沙洛想觀看地球上螞蟻的活動情形，也是件輕而易舉的事。

其實，也正是藉由這台觀測器，他才能收到特拉法馬鐸傳來的回音。回音被書寫在現今英格蘭的大平原巨石上。回音的遺跡現在仍然有跡可循，那就是現在大家所熟知的史前巨石柱。從特拉法馬鐸所傳來的回音，若從太空鳥瞰的話，那就是：正以最快的速度運送替換的零件。

沙洛並不是只從英格蘭大平原上的史前巨石柱上獲得回音。他還從另外四個地方獲得回音，這些回音也都出現在地球上。

若從太空鳥瞰的話，中國的長城以特拉法馬鐸語來看，意思是：請耐心等候，我們沒有忘記你。

羅馬皇帝尼洛所建造的黃金屋上面寫著特拉法馬鐸語，它的意思是：我們正使盡一切力量。

當莫斯科的克里姆林宮被建造完成的時候，它的意思是：不久之後你就會再度上路了。

位於瑞士日內瓦的國際聯盟大廈，它的意思是：將你的行李整理好，隨時準備在通知後出發。

經過簡單的算術推算後可以發現，這些回音都以比光速還要快的速度抵達地球。沙洛以光速將他遭受困境的訊息傳送到特拉法馬鐸，而這得花上十五萬年的時間。但他卻在不到五萬年的時間之內，就收到特拉法馬鐸傳送來的回音。

對於地球上的人類來說，他們實在無法解釋為何這種傳播如此迅速。特拉法馬鐸人不但能利用「變動宇宙的意志」中的某種推動力發展出比光速還要快三倍的傳送工具，他們還能集中和調整推動力，以便影響遠方的生物並促使牠們做一些對特拉法馬鐸人有益的事。

能夠在距離特拉法馬鐸遙遠的地方完成事情，確實非常不可思議。更何況完成的速度又是如此快速。

不過這可不便宜。

即使是年長的沙洛，也從沒想過在短距離內準備好以這種方式傳送訊息並將事情完成，他當然更沒想過那麼長的距離竟然也能輕易傳送訊息及完成事情。整個過程中使用的器具相當巨大，使用的「變動宇宙的意志」之動力也相當龐大。此外，還必須運用數千名技術人員。

雖然特拉法馬鐸人使用的器具動力、人員相當充分，結構也相當堅固，卻非完全正確無誤。年長的沙洛就看過許多和地球之間通訊失敗的情形——地球上將會展現出許多文明，而每位參與展現文明的人也將根據特拉法馬鐸語的訊息，開始建造巨大的建築物，然後那些文明又都會因筋疲力盡而無法完成那些訊息裡的內容。

年長的沙洛已經看過這種情形發生過好幾百次了。

年長的沙洛也曾告訴倫法德一些特拉法馬鐸文明裡有趣的事情，但他從沒提及訊息的傳播和相關技術。

他只告訴倫法德，他曾經對他的老家特拉法馬鐸星發出陷於困境的訊息。而他現在正等待早日收到替換的零件。由於沙洛的心智和倫法德極為不同，倫法德完全無法了解沙洛的意思。

其實，沙洛倒覺得他和倫法德之間的思想無法溝通未嘗不是件可喜的事。因為，他非常擔心，假如倫法德發覺到沙洛的族人和地球發展有密切關係，不知道倫法德會怎麼想。雖然倫法德曾多次穿越漏斗狀的時間區域，他可能因而擁有較為廣大的視野，但沙洛發現倫法德的內心深處仍然相當地球化。

年長的沙洛並不想讓倫法德發現特拉法馬鐸人曾對地球做了哪些事。他非常確定，倫法德將大為震怒，甚至還會對沙洛和特拉法馬鐸人懷有恨意。沙洛並不認為他能接受倫法德對他懷有恨意這個事實。他是那麼地深愛著溫斯頓．奈爾斯．倫法德。

這種愛並不會令人感到不愉快。這並非同性之愛，其實也根本不可能是同性之愛。沙洛沒有性別。

他和所有特拉法馬鐸人一樣，都只是機器而已。

他是由開口銷、長管夾、螺帽、螺釘和磁鐵組合而成的。沙洛的橘子色皮膚在他情緒受到干擾時顏色會更加明顯，也能夠像地球上人類所穿的皮製風衣般輕易脫下。沙洛的橘子色皮膚是由具磁性的拉鏈和沙洛的身體緊綁在一起。

根據沙洛的說法，特拉法馬鐸人互相製造對方。不過，他們當中沒有人知道第一個機器是如何製成的。

以下是特拉法馬鐸人的傳奇史：

很久以前，特拉法馬鐸星球上有很多跟地球人類似的生物，不能信賴、缺乏效率、不可預測、也不耐久。這些生物堅持所有事物的存在都一定要有目標，而目標有高下之分。

這些生物一輩子都在尋找自己存在的目標，但每發現一個可能的目標，他們就覺得這種目標太卑賤，配不上他們。

於是他們自己不去完成目標，反而製造一種機器來完成那卑賤的目標，以便自己有時間去貫徹更崇高的目標。可是不論找到什麼樣更崇高的目標，他們總覺得還不夠崇高。

於是又製造機器來完成更崇高的目標。

機器將所有事做得很完美，到頭來特拉法馬鐸的生物決定用機器找出他們生存的最高目標。

機器誠實地回報，這些生物實在沒什麼存在的目標。

特拉法馬鐸的生物於是開始互相殺戮，因為他們最恨毫無目標而存在的東西。

然後他們又發現自己連殺戮這種事都做不好，所以他們把這份工作也交給機器。機器只用了不到念完「特拉法馬鐸」這幾個字的時間，就完成了工作。

年長的沙洛現在藉著他那艘太空船裡儀器板上的觀測器，清楚看到載著馬拉吉・坎斯坦特、碧翠絲・倫法德和他們兒子克諾洛的太空船正駛近泰坦星。他們搭乘的太空船早就設定好自動降落在溫斯頓海的海岸。

太空船將降落在兩百萬座和真人大小一致的雕像上。沙洛一直以每個地球年十個雕像的速度來製造雕像。由於雕像的材料是泰坦星泥炭，因此它們的生產地區大多集中在溫斯頓海附近。溫斯頓海岸附近距離地表僅兩英尺的地底蘊藏著豐富的泰坦星泥炭。

泰坦星泥炭是一種非常奇妙的物質，對於手藝靈活的雕刻師尤其具有極大的吸引力。當泰坦星泥炭剛被挖出來的時候，它的黏度和地球灰泥的黏度差不多。在暴露於泰坦星的光線和空氣一個小時後，它的硬度強度和熟石膏一樣，必須用冷鑿才有辦法在上面雕刻東西。

在暴露達兩個小時後，它的硬度變得和花崗岩不相上下，只有鑽石才能在泰坦星泥炭上刮出痕跡。

沙洛學會地球上人類那種愛現的行為，因而製造出那麼多座雕像。地球上的人類之所以一直都力求表現，是因為他們認為天空中好像有一隻巨大的眼睛，而那巨大的眼睛非常渴望看到餘興節目。

那隻巨大的眼睛很希望看到巨大的戲院。不論巨大的戲院裡上演的是喜劇、悲劇、鬧劇、諷刺劇或輕鬆歌舞劇，巨大的眼睛都毫不在乎。

它的唯一要求就是表演的戲劇必須場面壯觀。

由於這種要求的力量非常強烈，使得地球上的人類只得日以繼夜、甚至在夢中也不斷表演。

地球上的人類唯一在乎的觀眾就是那隻巨大的眼睛。沙洛見過最為奇特的演出是由一些地球上的人類所表演的。那隻想像中的巨大眼睛仍是他們唯一的觀眾。

那些為想像巨大眼睛做出最有趣表演的人類，沙洛曾企圖將他們的部分心理狀態保持在他的雕像裡。

幾乎和那些雕像同樣令人驚訝的是溫斯頓海岸邊生長茂盛的泰坦星雛菊。當沙洛於地球公元前二〇三一一七年抵達泰坦星的時候，泰坦星雛菊黃色且呈現星星狀的小花朵直徑約只有四分之一英寸。

然後，沙洛就開始挑選一些泰坦星雛菊加以繁殖。

當馬拉吉．坎斯坦特、碧翠絲．倫法德和他們兒子克諾洛抵達泰坦星的時候，最具代表性的泰坦星雛菊已經擁有直徑四英尺的莖，還具有重量可達一公噸、由淡紫色和粉紅色組成的花朵。

§

沙洛看見搭載馬拉吉・坎斯坦特、碧翠絲・倫法德和他們兒子克諾洛的太空船正駛近特拉法馬鐸星，他的腳掌立即膨脹到像德國棒球那樣大。他站在倫法德海翠綠清淨的海水上，橫跨海水到溫斯頓・奈爾斯・倫法德那棟仿印度泰姬瑪哈陵的房子前。

他走進那座四周都有圍牆的宮殿前院，排出腳掌裡的空氣。被排放出來的空氣發出嘶嘶響聲。從四周的圍牆裡又可聽到那嘶嘶聲的回音。

溫斯頓・奈爾斯・倫法德位於池邊的淡紫色椅子空著，沒有人坐。

「是史基普嗎？」沙洛叫著史基普的名字。雖然他知道這個名字會惹來倫法德的怨恨，但他還是使用倫法德童年的名字——史基普，他認為這樣會顯得親切些。他使用這個名字並不是要嘲弄倫法德。他之所以使用這個名字，最主要的還是在於讓倫法德知道他很重視和倫法德的友誼。此外，他也想藉此考驗這段友誼，並且看這段友誼如何承受考驗。

沙洛之所以讓這段友誼接受考驗是有原因的。在他抵達太陽系前，他從來沒看過、甚至也沒聽過友誼這回事。對他來說，這是一項非常令人神往的新奇事物。他很想藉此參與。

「是史基普嗎？」沙洛又再度呼叫他。

空氣中有一股不尋常的強烈味道。沙洛認為這可能是臭氧。不過，他還是無法說出個所以然來。

倫法德椅子旁的菸灰缸上還有一根冒煙的香菸，倫法德離開那張椅子的時間應該不會太久。

「是史基普嗎?是卡薩可嗎?」沙洛再度呼叫。這個時候的倫法德不坐在他的椅子上打盹，這個時候的卡薩可不在椅子旁打盹，實在相當反常。他和他的狗兒絕大多數時間都待在水池旁邊，追蹤著另外的自己穿越時空後發出的訊號，通常倫法德會靜止不動地坐在他的椅子上，軟弱無力的手指放在卡薩可身上。卡薩可則在一旁半夢半醒地低吠著。

沙洛低頭看著正方形水池中的水。在水池底部，也就是水深八英尺的地方，有三個泰坦星女妖。這三個女妖正是很久以前馬拉吉．坎斯坦特照片上那三位美麗的女郎。

她們都是沙洛用泰坦星泥炭製成的雕像。在沙洛雕塑的數百萬具雕像中，只有她們的身體塗有栩栩如生的真人膚色。塗上真人膚色是必須的，這麼一來，才能在倫法德建造的這棟華麗且極具東方色彩的宮殿中顯現出她們的重要性。

「是史基普嗎?」沙洛又再度呼叫。

太空犬卡薩可回應呼叫聲。卡薩可笨拙地從一棟半圓形且蓋有尖塔的建築物裡走出來。建築物在水池上留下了倒影。

卡薩可看起來好像中毒了。

卡薩可全身顫抖，眼睛一動也不動地凝視著沙洛旁邊的地方。那個地方什麼東西也沒有。

卡薩可停止抖動，牠似乎意識到牠的下一步將使牠遭受非常可怕的疼痛。

然後，卡薩可會因身上著了聖艾爾摩之火[18]而起火燃燒並發出劈啪聲。

聖艾爾摩之火是釋放電能時產生的火光。任何生物如果被這火燒到，頂多感到被一根羽毛搔過般的不適。同時，這彷彿著了火的生物就不會再感到憂慮。

從卡薩可身上發放出來的火光看起來相當恐怖，還使臭氧的惡臭味更為濃厚。

卡薩可並沒有移動。很久以前牠就不再對身上著火這種事感到震驚了。牠只是悲傷地忍受著聖艾爾摩之火。

火焰消失了。

倫法德出現在拱廊下。他看起來相當慵懶沉悶。顯形結束後，一條大約有一英尺寬的透明條飾從他全身上下通過。緊緊跟隨在後的是兩條只有一英寸寬的透明條飾。

倫法德高舉著雙手，張開手指。從他的指尖散發出好幾道粉紅色、紫羅蘭色，及淡綠色的聖艾爾摩之火。他的頭髮上出現好幾道金黃色火光。這些使他整個人看起來像是個會發出燦爛光芒的光環。

「停止。」倫法德有氣無力地說。

倫法德身上的聖艾爾摩之火消失了。

沙洛看得目瞪口呆。「史基普……」他說：「史基普，到底是怎麼一回事？」

「是太陽黑子。」倫法德說。他拖著雙腳走到淡紫色的椅子前，整個身子靠坐在椅子上面，並用一隻鬆軟無力且蒼白如溼巾的手蓋住雙眼。

18　聖艾爾摩之火（St. Elmo's fire）：因空氣中強大的電場作用所造成的一種放電現象，常發生在雷雨中。

卡薩可躺在他身邊。卡薩可全身在發抖。

「我、我從來沒有見過你這個樣子。」沙洛說。

「太陽上也從來沒出現過像這樣的風暴。」倫法德說。

對於太陽黑子影響了他那曾多次穿梭於漏斗狀時間區域朋友一事，沙洛毫不驚訝。他多次看到倫法德和卡薩可因受到太陽黑子的影響而生病——其中最嚴重的症狀就是暈眩。不過，這次倫法德指尖上和頭髮所發出的光芒則是他首次見到的。

當沙洛此刻看著倫法德和卡薩可的時候，他們卻在頃刻間變成兩度空間的物體，好像是塗在波浪狀旗幟的圖案。

他們又鎮定下來，不再搖搖晃晃。

「史基普，有什麼需要我幫忙的嗎？」沙洛說。

倫法德低聲呻吟著。「人們什麼時候才會停止問這個討厭的問題？」他說。

「很抱歉。」沙洛說。他的腳掌現在已完全洩氣變成凹狀的杯形橡皮。他的腳掌在擦亮的走道上發出吸吮的聲音。

「難道你非得發出這種噪音不可嗎？」倫法德不高興地說。

年長的沙洛真想死掉算了。這是他的朋友溫斯頓．奈爾斯．倫法德第一次用這麼嚴苛的話語對他說話。沙洛實在無法忍受。

年長的沙洛將他三隻眼睛當中的兩隻閉起來。第三隻沒有閉著的眼睛則瞄著天空。快速飛翔的知更鳥在天空中形成兩個小圓點。

這一對知更鳥發現了一股上升的氣流。

牠們都沒有鼓動翅膀。

牠們身上羽毛的棟作相當和諧一致。對牠們而言，生命就是往上攀升的夢。

「葛洛。」一隻泰坦星知更鳥叫著。

「葛洛。」另一隻泰坦星知更鳥也回應地叫著。

兩隻知更鳥同時緊縮牠們身上的翅膀，接著像石頭般從高空掉落下來。

牠們似乎筆直地掉落在倫法德那棟大理石宮殿的牆外並且當場死亡。可是，過了一會功夫，牠們又開始快速往上飛，企圖做另一次的攀升。

這一次牠們飛進的天空裡正好還留有那艘載著馬拉吉．坎斯坦特、碧翠絲．倫法德和他們兒子克諾洛的太空船發出的蒸氣軌跡。太空船正準備要著陸。

「史基普……」沙洛說。

「你非得要那麼叫我不可嗎？」倫法德說。

「當然不是。」沙洛說。

「那麼，就不要這樣叫我。」倫法德說：「除非是和我從小一起長大的人，我並不喜歡別人使用那個名字。」

「我認為……我也是你的朋友……」沙洛說：「或許，我還可以被稱為……」

「我們是不是應該揭開那個友誼的面紗了？」倫法德說。

沙洛閉起他的第三隻眼睛。他整身皮膚不禁緊縮起來。「面紗？」他說。

「你的腳掌又在製造噪音了！」倫法德說。

「史基普！」沙洛大叫，他要糾正倫法德這種令人難以忍受的舉動和言語，「溫斯頓，你用這樣的方式對我講話就好像是場惡夢。我一直認為我們是朋友。」

「我想，我們應該說是曾經都互相被對方利用過。這樣的說法或許較為貼切。」倫法德說。

沙洛的頭在它頭上的平衡環裡緩緩搖晃著。「我想，我們的關係應該不只那樣而已吧。」

他想了一下，終於說了這句話。

「或許，我們可以這麼說。」倫法德露出相當不悅的語氣，「我們發現了能夠互相滿足對方需求的方法。」

「我、我很高興能夠幫助你，而我也真的很希望能對你有所幫助。」沙洛說。他打開他所有眼睛。他必須看倫法德會有什麼反應。他認為倫法德應該會再像以前那樣友善地對待他，因為沙洛真的曾經無私地幫助過他。

「難道你忘記了我曾送給你一半的『變動宇宙的能量』嗎？」沙洛說：「難道你忘了我曾經讓你仿造我的太空船嗎？難道你忘了是我將第一批在地球上招募到的人員載到火星的嗎？難道，你忘記是我幫你想出如何控制火星人使他們不會造反的點子嗎？難道，你忘記是我日復一日幫你設計那個新宗教的嗎？」

「沒錯。」倫法德說：「可是，你知道你最近做了什麼令我傷心的事嗎？」

「你指的是什麼？」沙洛說。

「算了，不提也罷。」倫法德說：「那是地球上一則古老笑話裡結尾的一句話，但在那種狀況下，卻一點也不好笑。」

「喔。」沙洛說。他知道很多地球上人類的笑話，但他不知道倫法德指的是哪一則。

「你的腳！」倫法德大叫道。

「很抱歉！假如我能像地球上的人類一樣哭泣，那我也會哭泣的！」沙洛已經無法控制他沉重的腳掌，它們依舊製造出倫法德討厭的噪音，「我實在覺得非常遺憾。我所知道的是，我已經盡到一個真正的朋友應盡的責任，我也從來不要求對方做出任何回報。」

「其實你用不著那麼做！」倫法德說：「你也不用要求任何東西。你只要坐著等待，就會有一樣你一直想要的東西掉到膝蓋上。」

「有什麼我一直想要的東西會掉到我的膝蓋上？」沙洛半信半疑地說。

「你那艘太空船的替換零件。」倫法德說：「它已經快到這裡了。坎斯坦特的兒子身上就帶著那個替換零件。或許你並不知道，那男孩一直當成他的護身符。」

原本坐著的倫法德這個時候站起來，他的身體變成綠色。他示意不要再說了。「很抱歉。」他說：「我又要生病了。」

溫斯頓・奈爾斯・倫法德和他的狗兒卡薩可再次生病，這次病得比以前都還要來得嚴重。

年老可憐的沙洛認為這次他們要不是被火烤成灰燼，就是耐不住高溫而爆炸。

卡薩可終於受不了聖艾爾摩之火而狂吠起來。

倫法德則挺直地站立著，他的眼睛睜得很大，他的身體已經變成燃燒起火的圓柱。

這次的侵襲結束了。

「很抱歉。」倫法德還故意裝出一副非常高雅的樣子說：「您剛才想說的是……？」

「什麼？」沙洛垂頭喪氣地說。

「您剛才好像說些什麼——或者，好像正想說些什麼。」倫法德說。從他額頭前的汗水可輕易看出他剛才遭受某種極為悲慘的事。他把香菸放在骨頭製成的長型菸嘴上點燃，盡量往上抬起下巴。菸嘴垂直地指向天空。「在接下來的三分鐘之內，我們都不會再受到干擾。」他說：「您想要說的是？」

沙洛努力回想剛才和倫法德交談的主題。當他回想起來時，卻使他更為沮喪。最不可能發生的不幸事件終於發生了。倫法德不僅發現特拉法馬鐸人對地球上人類的諸多事務有巨大影響力——當然這已經足夠使倫法德生氣，而倫法德似乎還將自己視為造成那種影響力的要素之一。

沙洛曾經很焦慮地懷疑倫法德可能也受到特拉法馬鐸人的影響，後來他又打消這種懷疑的念頭。即使真如他所疑，那他也沒有任何能力去改變這個事實。他甚至沒和倫法德討論過這件事，要是這麼做的話，將立即毀損他們之間美好的友誼。現在，他將要試探倫法德的口風，希望最後自己能發現，原來倫法德並沒有如他想像中知道那麼多事情。「史基普……」他說。

「拜託……」倫法德說。

「倫法德先生……」沙洛說：「你是不是認為，就某方面來說，我利用過你？」

「不是你。」倫法德說：「我是指你那些在特拉法馬鐸星上的同族機器人。」

「嗯。」沙洛說：「史基普，你、你認為你、你曾被利用嗎？」

「特拉法馬鐸人進入太陽系後。」倫法德苦澀地說：「就挑選我，並且像一把削皮器般利用我！」

「假如你可以預知自己將被特拉法馬鐸人利用。」沙洛憐惜地說：「那你以前為什麼都沒提起過？」

「沒有人喜歡把自己想成是個被利用的人。一般人都會一再延緩，到最後時刻才不得不承認『自己被利用』這個事實。」倫法德苦笑著，「或許，你會驚訝地發覺，不管我的自傲多麼愚蠢錯誤，我一直對於能夠自己做決定感到相當自傲。」

「這我毫不驚訝。」沙洛說。

「喔，是這樣嗎？」倫法德不悅地說：「我想，對一部機器來說，它應該很難理解這樣的心態。」

這當然是他們兩人關係當中的最低潮。沙洛是被設計和製造而成的，他無疑是一部機器。他也從來沒有隱藏這個事實。不過，倫法德以前不曾拿這個事實來侮辱他。現在，可以極為確定的是，他正拿這個事實來侮辱沙洛。倫法德還自以為好心地讓沙洛了解到，做為機器本來就是要毫無感覺、毫無想像力、非常粗俗，而且還應該行事果斷、根本不能帶有絲毫的良心——

沙洛輕易地受到這種指控的傷害。他覺得非常感傷。他原以為一五一十告訴倫法德自己的情形將有助於提升他們友誼的親密度，卻沒想到，如今因為倫法德知道太多他的祕密，使倫法德能夠輕易地傷害他。

他又再度緊閉他三隻眼睛當中的兩隻眼，睜著的第三隻眼睛觀看泰坦星的知更鳥。這種知更鳥和地球老鷹的體型不相上下。

沙洛希望他是隻泰坦星的知更鳥。

載著馬拉吉．坎斯坦特、碧翠絲．倫法德和他們兒子克諾洛的太空船在宮殿上低空飛過，降落在溫斯頓海的海岸上。

「我敢向你擔保。」沙洛說：「我並不知道你被利用過。我一點也不知道，你曾經是……」

「你這部機器。」倫法德不悅地說。

「請告訴我，你曾經被如何利用。」沙洛說：「我敢向你擔保……我完全不知道……」

「你這部機器。」倫法德說。

「史基普——溫斯頓，倫法德先生，」沙洛說：「在我一直為這段友誼努力不懈及多方嘗試之後，假如你對我的觀感還是那麼惡劣，顯然我再怎麼做也無法改變你的心意。」

「這正是一部機器會說的話。」倫法德說。

「那是一部機器以前會說的話。」沙洛低聲下氣地說。他的腳掌膨脹到和德國棒球一樣大。他準備在走出倫法德的宮殿後就行走在溫斯頓海的海面上，再也不回來了。只有當他的腳掌完全膨脹之後，他才能領會倫法德提出的質詢。而那個質詢似乎又清楚暗示著，年老的沙洛依然能夠以某種方式來使錯誤的事物重新恢復正確。

即使沙洛是機器，他也足以敏銳地察覺到，他必須搖尾乞憐，才能問出他該做的事究竟是什麼。他硬起頭皮。為了這段友誼，他心甘情願搖尾乞憐。

「史基普……」他說：「告訴我該怎麼做。不管是什麼事，無論如何請你告訴我。」

「在很短的時間之內。」倫法德說：「有一場爆炸將會把我炸離整個太陽系。」

「天哪！」沙洛大叫著：「史基普！」

「不，不，請不要可憐我。」倫法德邊說邊往後退，深怕被碰觸，「這是一件非常好的事。真的。我將會看到很多新東西和很多新生物。」他勉強地微笑著。「你應該知道的，在太陽系裡單調規律的生活很容易使人倦怠。」他發出刺耳的大笑聲。「畢竟。」他說：「我又不是將死去或怎樣。所有已經存在的事物將會一直存在，而所有將會存在的事物事實上早已一直存在著。」他迅速搖了搖頭，一滴眼淚因而被他甩掉，他並不知道原來他的眼裡有那滴淚。

「但由於我好幾次來回穿梭於漏斗狀的時間區域。」他說：「因此，我仍然很想知道，太陽系這一段插曲的主題是什麼。」

「你、你曾經在你的《火星簡史》那本書裡清楚記載描述此一插曲。」沙洛說。

「我寫的那本《火星簡史》，」倫法德說：「並沒有提到我曾深深地被特拉法馬鐸星人影響這件事。」他咬緊牙根說。

「在我和我的狗像瘋子手中的蒼蠅拍般胡亂飛離太陽系的天空時。」倫法德說：「我很想知道，你攜帶的那封信函內容是什麼。」

「我、我對於信函的內容實在一無所知。」沙洛說：「它的信封口牢牢封住。他們還命令我——」

「不要再聽從特拉法馬鐸傳來的命令。」溫斯頓・奈爾斯・倫法德說：「就像任何一部機器，你不應相信你的本能。不過，沙洛，看在我們友誼的份上，我希望你現在能夠打開信函，把裡面的內容念給我聽。」

§

馬拉吉・坎斯坦特、碧翠絲・倫法德和他們年輕粗暴的兒子克諾洛三個人在溫斯頓海岸一株泰坦星雛菊的樹蔭底下悶悶不樂地野餐。這個家庭裡的每個成員都各自倚靠在雕像上。

曾經是太陽系裡的花花公子、現在則滿臉鬍鬚的馬拉吉・坎斯坦特仍穿著前後印有橘色問號的淡黃色衣服。這是他僅有的一套衣服。

坎斯坦特靠在一尊聖方濟[19]的雕像上。這尊聖方濟像一直想要成為兩隻凶猛可怕、顯然像禿頭鷹的巨鳥的朋友。坎斯坦特無法很正確地分辨出牠們原來就是泰坦星知更鳥，畢竟他尚未見過泰坦星的知更鳥。一個地球小時前，他才剛抵達泰坦星。

看起來像是個吉普賽皇后的碧翠絲正斜靠在一個年輕物理系學生的雕像上。乍看之下，這位身穿實驗衣的科學家似乎是個追求真理的完美典範。每個人都深信，當他的眼睛凝視著試管的時候，只有真理才能取悅他。每個人都會認為，他對地球人類的關懷如同在水星洞穴般。那裡有一個腳踏實地、清心寡欲的年輕人。而且，每個人在看見沙洛在那尊雕像上所刻的主題「原子能的發現」之後，也都毫無異議地承認這個主題。

往下看，這個年輕的真理追求者令人驚訝地是勃起的。

不過，碧翠絲還沒有發現這個事實。

年輕的克諾洛和他母親一樣具有深膚色和不安全感。他已經準備好，或者也可以說他試圖從事他的第一件野蠻行為。克諾洛正企圖在他倚靠的雕像底部刻上一些地球人類使用的齷齪字句。他將使用他的幸運符較為銳利的一端進行這項工作。

結果卻是，這個由泰坦星泥炭所雕塑而成的雕像，由於它像鑽石般堅硬，反倒將克諾洛的幸運符尖銳側磨得圓滑。

現在正被克諾洛刻上地球文字的那尊雕像其實是一組家人：一個尼安德塔人、他的伴侶和他們的嬰孩。這是非常感人的作品。那些蹲坐著、毛茸茸的、充滿希望的生物雖然看起來醜

---

19 聖方濟（St. Francis of Assisi）：成立方濟會、天主教教會運動及自然環境的守護聖人。

陋，內心卻非常美麗。

雖然沙洛賦予這件雕塑作品一個非常諷刺的主題，卻絲毫無損它的重要性和普遍性。沙洛對雕塑出來的雕像都賦予極為可怕的主題。他這麼做好像是要向別人宣稱，他並不是嚴肅的藝術家。他賦予尼安德塔人家庭的主題是源起於這個事實——在嬰孩眼前、一隻人類的腳架在粗陋叉子上烤著。

主題是：這隻小豬。

§

「不論發生什麼事，不論發生什麼美好、悲傷、快樂，或是可怕的事。」馬拉吉・坎斯坦特在泰坦星上對他的家人說：「假如我有所反應，那就罰我下地獄。現在，看起來好像某人或某種事物想要我做出某種特別的反應，不過我會淡然處之。」他抬起頭來看著環繞土星周圍的光環，露出了撇嘴的輕蔑表情。「難道你們不認為這些光環美麗得難以用言語和筆墨來形容嗎？」他朝地面吐一口痰。

「假如有人想用巧妙的計謀利用我。」坎斯坦特說：「那他一定會大為失望。那他最好先欺騙這些雕像當中的某一座雕像。」

他再度向地面吐痰。

「就我個人來說。」坎斯坦特說：「整個宇宙就好像是廢物堆積場，裡面的每項東西標價都過高。我正在一堆堆的堆積物當中，找尋廉價品。每項所謂廉價品都和炸藥電線相接通。」他又再度向地面吐痰。

「我不做了。」坎斯坦特說。

「我放棄了。」坎斯坦特說。

「我不幹了。」坎斯坦特說。

坎斯坦特的小家庭成員表情冷淡地同意他的說法。坎斯坦特將要發表的華麗演說已是陳腔濫調。在從地球到泰坦星這一段長達十七個地球月的旅途中，同樣的演說內容他已發表過許多次。而內容對曾在火星待了很久的火星人來說，根本就是老生常談的道理。

不過，坎斯坦特倒也並非真的是對他的家人發表演說。他用極大的音量演說，希望能讓聲音穿過雕像林立的地方傳到溫斯頓海的對面。其實，他是要對倫法德或任何潛藏在附近的人發表一個對他們有利的政策演說。

「這是我們最後一次參加我們不喜歡、不了解的實驗、戰鬥或慶祝會。」坎斯坦特放大音量地說。

「了解——」這是從距離海岸兩百碼的小島上的宮殿圍牆傳來的回音。那座宮殿當然就是為丹羅敏，也就是倫法德用白色大理石所建造的大型宮殿。當坎斯坦特看到宮殿聳立在那裡時，並不感到驚訝。他從太空船裡走出來的時候就看見了。他看到它在小島上閃閃發光，彷彿聖奧古斯丁建立的新耶路撒冷。

「接下來會怎樣呢？」坎斯坦特問那個回音：「所有雕像都會甦醒過來嗎？」

「甦醒？」那個回音說。

「那只不過是回音而已。」碧翠絲說。

「我當然知道那是回音。」坎斯坦特說。

「我剛才不確定你是否知道那只是回音。」碧翠絲說。她顯得疏遠而有禮貌。她一直對坎斯坦特相當有禮貌，既不會責罵他，也不會對他抱有任何期望。若換了一個氣質較不高雅的女人，那很可能會對他百般刁難，時常責罵他、要求他創造奇蹟。

在這趟旅程當中，他們並沒有發生任何愛情的行為。坎斯坦特和碧翠絲兩人對彼此都不感興趣。事實上，任何在火星待得很久的火星人都不會對愛情感興趣。

無庸置疑地，在這段長途旅程中，坎斯坦特已經拉近了他和他的伴侶及小孩之間的距離。他們之間的關係已不像當初在新港倫法德房產裡的鷹架上般毫無感覺。不過，在這個小家庭唯一可以發現的「愛」仍是克諾洛和碧翠絲的母子之愛。除了母子之愛以外，就只有客套、陰鬱的憐惜，以及隱藏在內心對於被迫再度成為一家人的積怨。

「噢，天哪……」坎斯坦特說：「當你停止不去思考的時候，人生變得相當可笑。」

當年輕的克諾洛聽到他的父親說人生可笑的時候，他並沒有發出微笑。

年輕的克諾洛是這個家族成員中最不可能認為人生可笑的一員。畢竟，碧翠絲和坎斯坦特大可苦澀地嘲弄他們經歷的各種事件。但年輕的克諾洛就無法和他們一同嘲弄。他本身就是當中的一個事件。

令人感到有些驚訝的是，年輕克諾洛的寶物竟是一個護身符和一把彈簧刀。

現在，年輕的克諾洛拿出彈簧刀，冷靜地輕彈刀刃。他瞇著雙眼。他準備動手殺人，假如殺人變得必要的話。他看見從小島的宮殿裡駛出一艘鍍金的划船。划槳的人當然就是沙洛。他之所以划著船，是為了要運送坎斯坦特一家人到宮殿裡。沙洛划得並不好，因為他從來就沒有划過船。他用他的杯形橡皮腳掌緊抓住划槳。

由於他頭部後面有一隻眼睛，使他在划槳時比人類要輕鬆多了。

年輕的克諾洛用他那把明亮彈簧刀反射的光芒射進年老沙洛的眼睛裡。

沙洛眨動著頭後面的眼睛。

對克諾洛來說，將彈簧刀的反射光芒射入沙洛的眼睛並不是件胡作非為的舉動。這是叢林部落土著使用的一種詭計，目的在使視線內任何一種的生物感到不舒適。在克諾洛和他的母親一同待在亞馬遜河雨林部落的期間，他們學會大約一千種部落土著的詭計，而這只是其中一種罷了。

碧翠絲伸出一隻棕色手臂放在石頭上，「再讓他不舒服點。」她溫柔地對克諾洛說。

於是，年輕的克諾洛再度將彈簧刀反射出來的光芒射到年老沙洛的眼睛裡。

「他的軀體看起來是他身上唯一柔弱的部分。」碧翠絲絲毫沒有移動她的雙唇說：「假如你不能讓他的身體受到傷害，不妨試試他的眼睛。」

克諾洛同意地點點頭。

當坎斯坦特看到他的伴侶和兒子組成了極有效率的自衛單位之後，他不禁覺得心寒。他們的計畫裡並沒有坎斯坦特。他們根本不需要他。

「我該做什麼呢？」他喃喃自語。

「噓！」碧翠絲嚴厲地說。

沙洛已將鍍金的船划到海灘上。那是一尊裸體女子吹奏伸縮喇叭的雕像。它的主題倒是一團謎：艾佛琳和她的神奇小提琴。

沙洛悲傷到絲毫不在乎自己的安全，他甚至還不知道，他的樣子可能會使人害怕。他在離登陸地點不遠的一塊巨大泰坦星泥炭上站立了一會。他那些疲憊的腳掌正吸吮著潮溼的泥炭。他費力地用腳掌移動著身體。

當他接近坎斯坦特一家人時，克諾洛彈簧刀上的光芒使他頭暈目眩。

「請不要這樣……」他說。

一顆石塊從彈簧刀光芒處丟過來。

沙洛低下身體。

有隻手抓住他瘦長的脖子，用力將他摔到地上。現在，年輕的克諾洛跨在年老的沙洛身上，他用彈簧刀尖銳的地方刺向沙洛的胸部。碧翠絲則蹲在沙洛頭部旁邊，她手上拿著石頭，還做出要把他的頭砸成碎片的樣子。

「來吧！殺了我吧。」沙洛發出尖銳的聲音說：「這麼一來，你將會幫我個大忙。我真希望死掉。我曾經對上帝說，我真希望當初沒有被組合。殺了我吧！這樣就可以一同除去我的悲傷，然後你們就可以去看他。他要求你們去他那裡。」

「他是誰？」碧翠絲說。

「你那可憐的丈夫，也是我以前的朋友——溫斯頓．奈爾斯．倫法德。」沙洛說。

「他現在在那裡？」碧翠絲說。

「在那座小島上的宮殿裡。」沙洛說：「除了他那隻忠實的狗兒以外，沒有人跟他在一起。他快要死了。他要求你們……他要求你們三個人都要去。他還說他再也不要見到我。」

§

馬拉吉．坎斯坦特看到一雙鉛色的嘴唇高深莫測地吻著稀薄的空氣，位在雙唇後的舌頭咋出舌音。突然間，雙唇往後緊閉著，使他無法看到溫斯頓．奈爾斯．倫法德健美的牙齒。

坎斯坦特自己早已露出牙齒來，他早已準備好，當他看到曾對他造成那麼大傷害的人出現時，他一定會憤怒地咬牙切齒。不過，他現在還沒做出咬牙切齒的樣子。一方面是因為沒有人會看到——沒有人會看到他咬牙切齒，並且知道他為何這麼做。另一方面則是因為坎斯坦特突然發現自己極度缺乏恨意。

他原先準備要做出的舉動最後卻衰退成粗俗鄉巴佬式的張口結舌。這是鄉巴佬在看到可能使人致命的疾病時才會做出的舉止。

已經完全顯形的溫斯頓．奈爾斯．倫法德現在正躺在池邊屬於他的淡紫色椅子上。他的雙眼看著天空沒有眨動，好像已失去視力的樣子。他單手吊掛在椅子旁邊，鬆軟無力的手指正抓著太空獵犬卡薩可的狗鍊。

狗鍊並沒有掛在狗兒的脖子上。

太陽系裡的一場爆炸分開了他和他的狗兒。只有當宇宙展現慈悲時，他和他的狗兒才能再相聚。

可是，溫斯頓．奈爾斯．倫法德和他的狗兒居住的宇宙並沒有展現慈悲。卡薩可比他的主人早一步被送到不知名的地方，從事根本不可能達成的任務。

當卡薩可狂吠離去後，不僅留下一陣臭氧味道和微弱火光，同時也出現一陣像一大群蜜蜂飛在一起的嗡嗡聲。

倫法德讓那條沒有吊掛在狗脖子上的狗鍊從他的手上滑落到地面。狗鍊顯得了無生氣。它發出雜亂的聲音、形成一堆雜亂的東西。它可說是地心引力的奴僕，不但沒有任何靈魂，且一出生就擁有一根破碎的脊椎骨。

倫法德那雙鉛色的嘴唇移動了。「嘿，碧翠絲，我的妻子。」他發出陰沉的聲音。

「嘿，太空流浪漢。」他說。這次他讓他的聲音聽起來好像很親切的樣子。「太空流浪漢，你願意來到這裡再冒一次險，可見得你相當勇敢。」倫法德說：「德式棒球明星，你好。擁有護身符的克諾洛，歡迎你來。」

那三個他一一對他們講話的人才剛走進宮殿的牆裡。他們三個人和倫法德之間有座池塘。年老的沙洛並沒有如願被殺死。現在，他正坐在停在宮殿牆外的鍍金划船船尾裡暗自悲傷。

「我並不會死去。」倫法德說：「我只不過是向太陽系說再見。其實，我甚至連再見也不想說。若從巨大無垠的漏斗狀時間區域的角度來看事情的話。那我將會永遠在這裡。只要我曾經到過的地方，我就會一直在那個地方。」

「不過碧翠絲，我還是要和你一同去度蜜月。」他說：「坎斯坦特先生，我仍然會在新港一棟房子樓梯底下的一個小房間裡和你談話。而且，還會和你與寶哲在水星的洞穴裡玩躲躲貓的遊戲。至於克諾洛嘛……」他說：「我還是會觀看你在火星學校的運動場展現你精湛的德式棒球球技。」

他呻吟了一下。雖然只是個短暫的呻吟，卻聽得出來是個悲傷的呻吟。

泰坦星上香甜柔和的微風帶走這個短暫的呻吟。

「朋友們，不論我們曾說過什麼，我們還是會再說——也就是說，曾經說過的，不僅現在會再說，未來還是會再說。」倫法德說。

短暫的呻吟聲再度出現。

倫法德當它是一團煙圈般看著它消失。

「關於太陽系裡的生活，有些事情你應該要知道。」他說：「我曾多次進出漏斗狀的時間區域，早就已經知之甚詳。由於那是件非常噁心的事情，我一直盡可能不去想它。」

「那件噁心的事情是：地球上的人類做過的每件事都是被居住在十五萬光年之遠的星球上的生物影響掌控。那個星球的名字是特拉法馬鐸。」

「至於那些特拉法馬鐸人是如何掌控我們，我毫無所悉。但是我知道他們掌控我們的目的何在。他們之所以掌控我們，是為了使我們能運送一個替換零件給一位因太空船擱淺而被迫停留在這個泰坦星的特拉法馬鐸信差。」

倫法德用一根手指指著年輕的克諾洛。「年輕人，你……」他說：「你的口袋裡就裝著那一個替換零件。整個人類歷史的最高潮點就裝在你的口袋裡。你口袋那個神奇的東西，就是每個地球的人類那麼奮不顧身、那麼鍥而不舍、那麼暗中摸索，以及那麼竭盡心力想要製造和運送的東西。」

從倫法德那根責難的手指頂端發出了電子樹枝般的嘶嘶聲。

「那個你稱作護身符的東西。」倫法德說：「正是那位特拉法馬鐸信差等待這麼久要取得的替換零件。」

「那個信差，」倫法德說：「就是現在退縮在牆外、擁有橘子色皮膚的生物。他的名字是沙洛。我一直希望那位信差能夠讓人類看一下他攜帶的信函。在他的旅程中，人類一直都在後方提供有效援助。非常不幸的是，他奉命不能將信函的內容拿給任何人看。他是機器，而就機器來說，除了把命令當作命令外，別無選擇。」

「我曾經很有禮貌地請他讓我看看那封信。」倫法德說：「卻被他斷然拒絕。」

發自倫法德手指上、彷彿電子樹枝的火光不斷成長，最後形成螺旋狀的電子火光，將倫法德整個身體環繞起來。倫法德以一種既悲傷又輕蔑的態度看待那個螺旋狀的電子火光。「我想或許就是這次了。」他對著電子火光說。

確實是它沒錯。螺旋狀的電子火光稍微縮短了些，好像在屈膝行禮。它接著又開始繞著倫法德的身體不斷旋轉，最後形成綠光組成的繭。

當它旋轉的時候，幾乎沒發出什麼聲音。

「我所能說的是。」倫法德從綠光繭裡面說：「在我受到特拉法馬鐸人的掌控而毫無抗拒能力地從事特拉法馬鐸人要我做的事情時，我也都一直盡最大的努力來做有益於地球的事。」

「或許，現在那零件已被傳送到那個特拉法馬鐸信差那裡，特拉法馬鐸星人將獨自離開太陽系。地球上的人類已經好幾千年無法隨心所欲做他們想做的事，但或許，現在他們已經能自由自在發展、追求他們自己的性向和喜好。」他打噴嚏後又繼續說：「令人感到不可思議的是，地球上的人類已經能夠了解到這其中的道理。」

綠光繭離開地面後，在半球狀的圓形屋頂上徘徊。「請你們把我當成太陽系地球新港的紳士來懷念我。」倫法德說。他的語氣聽起來非常祥和，他的心情也非常寧靜，至少，他現在和他在任何地方將可能遇到的人是處於同等的地位了。

「時間已經到了。」從綠光繭裡傳來倫法德發自聲門的高音，「再見！」

綠光繭和倫法德消失得無影無蹤。

自此以後，就沒有人再見過倫法德和他的狗兒。

§

倫法德和綠光繭消失後，年老的沙洛以跳躍方式進入宮殿庭院裡。

嬌小的特拉法馬鐸人顯得相當瘋狂。他用他其中一隻杯形橡皮腳掌扯下掛在他脖子附近的信函。

他抬頭看著綠光繭曾經徘徊的地方。「史基普！」他對著天空大叫：「史基普！信函在這裡！我告訴你信函的內容！信函在這裡！史基基基基基基普！」

他的頭在平衡環裡翻了個筋斗。「他已經走了。」他有氣無力地說。他喃喃自語地說：「已經走了。」

「我是機器嗎？」他有點猶豫地對著自己也好像是對著坎斯坦特、碧翠絲和克諾洛說：「一點也沒錯，我是機器，其實我的族人全是機器。我是特拉法馬鐸星設計和研製出來最可靠、最有效率、最具預測能力，以及最耐用的多功能機器人。換句話說，我是我們能製造出的最佳機器。」

「我將如何證實自己是一部好機器呢？」沙洛問道。

「安全可靠嗎？」他說：「他們命令我到抵達目的地時才能打開信函，可是我現在已經打開了。」

「有效率嗎？」他說：「以前我只要輕鬆跨出一步，就能越過倫法德山，但自從失去我在宇宙裡最要好的朋友之後，現在我連跨過一片枯葉都頗為吃力。」

「最具預測能力嗎？」他說：「在觀看人類達兩千個地球年後，我變得和地球上的小女生一樣既怯懦、善感又愚蠢。」

「最為耐用嗎？」他陰鬱地說：「這我們看了之後就會知道。」

他將他長久以來一直攜帶的信函放在倫法德那張無人的淡紫色椅子上。

「我的好朋友——我把信函放在你的椅子上了。」他對著他記憶中的倫法德說：「史基普，希望這能帶給你些許慰藉。你的好朋友這麼做已經帶給他自己極大痛苦。為了交給你信函——即使遲了許久，你的老朋友沙洛必須和他自己的內心相互交戰，也就是，必須和他身為機器的本性交戰。」

「你要求一部機器做出它不可能做到的事情。」沙洛說：「但它還是答應了你的要求。」

「那部機器已經不再是機器了。」沙洛說：「那部機器的接觸已遭腐蝕，它的軸承遭到破壞，它的線路發生短路，至於它的齒輪也已磨損。他的心智像地球人的心智，時常發出嗡嗡聲和劈啪聲。也就是說，他的心和地球人一樣，充滿過多的愛、榮譽、尊嚴、權利、成就、正直、獨立自主等想法。」

年老的沙洛從倫法德那張空椅上再度撿起信函。信的內容寫在一張正方形的鋁箔紙上。至於內容則只有一個黑點。

「你們想不想知道我是如何被利用，以及我的一生是如何被糟蹋浪費嗎？」他說：「你們想不想知道，那封我一直攜帶幾乎達半百萬個地球年之久、原應該在一千八百多萬年前送達的信函，是什麼內容嗎？」

他用其中一隻杯形橡皮腳掌拿出信函。

「是一個黑點。」他說。

「只有一個黑點而已。」他說。

「在特拉法馬鐸語裡，一個黑點意味著……」年老的沙洛說：「致意。」

來自距離十五萬光年的特拉法馬鐸星的嬌小的機器，在對自己、坎斯坦特、碧翠絲和克諾洛說明了信函內容的含意後，突然跳到宮殿庭園的外面，並一路跳到圍牆外的海灘上。

他在那裡結束了自己的生命。他拆掉自己，將身體各個部分胡亂丟往四處。

克諾洛獨自跑到外面的沙灘上，小心翼翼地在沙洛散布於各處的身體各部位之間走動著。克諾洛很清楚，他身上攜帶的護身符具有非凡的力量和意義。

而他一直都在懷疑，可能會有某個較高等的生物最後終將前來向他索取護身符。事實上，這也是護身符的真正本質——人類絕對不可能真正擁有它們。

在它們真正的主人，也就是較高等的生物前來索取之前，它們只是細心地照料代為保管的人類，並讓他們獲得一些好處。

克諾洛並沒有徒勞無功和漫無秩序的概念。對他來說，每件事物似乎都是井然有序的。

這男孩自己也非常適切地參與在那有條不紊的秩序當中。

他從口袋裡拿出他的幸運符。他毫不後悔地丟到沙灘上，讓它置身於沙洛散布在各處的身體各部分之間。

克諾洛深信，遲早有一天，宇宙的神奇力量將會重新組合每件東西。

這是一成不變的道理。

結語　和史東尼團聚

老爹，馬拉吉，太空流浪漢，你很疲倦，你是那麼地疲倦。凝視著地球那顆最為昏暗的星球，然後好好地想一想，你的四肢變得多麼笨重呀！

——沙洛

已經沒什麼好說的了。

馬拉吉．坎斯坦特已經成為泰坦星上非常年老的人。

碧翠絲．倫法德已經成為泰坦星上非常年老的女人。

他們去世時都非常安詳，兩人去世的時間相差不到二十四小時。他們在七十四歲時去世。

只有泰坦星上的知更鳥知道他們的兒子克諾洛最後到底怎麼了。

§

當馬拉吉．坎斯坦特七十四歲的時候，他已經是個膝蓋往內彎而且粗俗平凡的老人。他的頭髮全禿光了，大多數的時候他都裸露著身體。不過，他的臉上卻留著修剪得相當整齊的短尖鬍鬚。

他一直都住在沙洛擱淺在泰坦星上的太空船裡。他在裡面住了三十年。

坎斯坦特從沒想過要駕駛那艘太空船。他甚至不敢觸摸任何按鈕。沙洛那艘太空船的按鈕比火星人製造的太空船上的按鈕還要複雜好幾倍。太空船內的儀板上總共有兩百七十三個不同的旋鈕、開關和按鈕，上面都刻著特拉法馬鐸文字。

不過，坎斯坦特倒是曾經小心謹慎地想在太空船裡面找出克諾洛那護身符的用處。他希望護身符能如同倫法德所說，具有替換發電機零件的作用。

也許有點迷信，護身符好像真有那種功用。有一次，通往發電機的艙門冒出大量煙霧。坎斯坦特見狀後打開門，發現裡面已經被煙霧燻黑。污垢下面是沒有連接任何東西的軸承和凸輪。

坎斯坦特也有辦法補那些洞了。他把克諾洛的護身符補在軸承上和凸輪之間，配合得絲絲入扣，就連瑞士的巧手工匠也自嘆弗如。

§

坎斯坦特擁有很多嗜好，因此他就讓那些嗜好幫助他度過在泰坦星宜人氣候下的時光。

他感到最有趣的嗜好就是，在解體的特拉法馬鐸信差沙洛散布在各處的各個身體部分中間閒逛。坎斯坦特花費數千個地球小時一直想重新組合沙洛，希望它在組合完成後還能像以前那樣到處走動。

可是到目前為止，好運都沒有降臨在他的身上。

坎斯坦特第一次嘗試重新組合嬌小的特拉法馬鐸信差時，他還希望，假如重新組合的工作大功告成，沙洛會同意將年輕的克諾洛載回地球。

坎斯坦特自己和他的伴侶碧翠絲並不想要飛回地球。不過，坎斯坦特和碧翠絲認為他們的兒子還有一大段人生的旅途要經歷，他們都希望他能和地球上的人類一同過著快樂又忙碌的生活。

但是，當坎斯坦特七十四歲的時候，對他們夫婦來說，讓年輕的克諾洛回到地球已經不再是非常迫切的問題。年輕的克諾洛已不再那麼年輕。根據地球上人類的算法，他已經四十二歲了。他已經完全適應泰坦星上的生活，若將他送到別的地方，對他來說是極為殘忍的事情。

當年輕的克諾洛只有十七個地球年歲的時候，他就逃出他那宮殿般的家，以便加入泰坦星上最令人讚賞的生物——泰坦星知更鳥的陣營裡。克諾洛現在居住在泰坦星知更鳥於卡薩可湖旁的諸多巢穴之間。他穿著牠們的羽毛製成的衣服，坐在牠們下的蛋上面，分享牠們的食物，講著牠們的語言。

坎斯坦特從來沒有見過克諾洛。有時在深夜，他可以聽到克諾洛的大叫聲。坎斯坦特並沒有對那些大叫聲加以回應，因為那種叫聲對泰坦星上任何人或事物都不具意義。

那叫聲是為一顆經過泰坦星的衛星而叫的。

有時，當坎斯坦特外出採集泰坦星草莓或帶有斑點、兩磅重的鷸鳥蛋時，他會爬到樹林空地中由樹枝和石塊建造而成的小廟祠上面。克諾洛已經建造了好幾百座這種小廟祠。

小廟祠的建材成分都一樣。正中央擺了一塊大石頭，以象徵土星。綠色樹枝製成的木環將大石頭團團圍繞——代表土星的光環。而在光環上則放了一些小石頭，這是代表土星的九個衛星。這九個代表衛星的小石頭當中，最大的一顆則代表泰坦星。而在那顆代表著泰坦星石頭的下面，總是會壓著一些泰坦星知更鳥的羽毛。

從泰坦星的樹林空地裡這麼多小廟祠可以清楚地發現，已經不再年輕的克諾洛曾經花費無數個小時來建造這些小廟祠。

而當年老的馬拉吉．坎斯坦特發現他兒子搭建的小廟祠因疏忽而無人整理的時候，他就盡己所能地整理好。坎斯坦特除掉四周的雜草並且用耙子將雜草耙到一邊，然後，他又在代表土星的大石頭四周做了新的樹枝木環。他也會在代表泰坦星的那顆石頭下面，放上剛從知更鳥身上拔出來的羽毛。

整理小廟祠是身為父親的坎斯坦特對兒子所能做的最親密、最具心靈交流的舉動。

對於他的兒子以近乎宗教般的態度來建造小廟祠一事，他一直抱持著尊重的心情來對待。

有時候，當坎斯坦特凝視著那間他整修過的小廟祠時，他也在腦海裡嘗試著移動自己一生當中的一些生命元素和成分。每當這個時刻來臨，他的腦海裡總會浮現出兩件令他悲傷的事情——他殺害他唯一最要好的朋友史東尼·史蒂文生；以及他在人生即將走到盡頭時才贏得碧翠絲·倫法德的愛。

坎斯坦特一直都不清楚克諾洛是否知道是誰幫他整理那些小廟祠。或許，克諾洛會認為是他信奉的神所整理的。

雖然這樣一來顯得有些可悲，但這也是件非常美妙的事。

碧翠絲·倫法德自己一個人住在倫法德建造的白色大理石宮殿裡。她和克諾洛之間的接觸不及她和坎斯坦特來得深厚。每隔一段不確定的時間，克諾洛總會偷偷游泳進入宮殿，從倫法德的衣櫃裡拿出衣服來穿，然後宣稱當天是他母親的生日。接著又繃著臉以極為緩慢的速度和他的母親做非常禮貌性的文明式談話。

直到這一天快要結束的時候，克諾洛就會胡亂地對著他所穿的衣服、他母親，以及他所遵奉的文明發怒。他會撕裂身上的衣服，像知更鳥般大叫，然後潛入溫斯頓海裡面。

每當碧翠絲經歷過這種生日宴會之後，她總會把一枝划槳插在面臨著海岸的沙灘上，接著又在上面綁一張白色床單，讓它隨風飄揚著。

其實，她之所以讓床單在風中飛揚，目的也就在於向馬拉吉·坎斯坦特發出訊號，請求他立即前來幫助她控制她的情緒。

而當坎斯坦特對她的求救訊號有所回應並抵達宮殿時，碧翠絲總會用相同的字詞來自我安慰。

「至少。」她總是會這麼說：「他已不再是成天纏著媽媽長不大的男孩。至少，他因為擁有偉大的心靈，才會加入那些最為尊貴、最為美麗的生物陣容。」

§

那張白色的床單，也可說就是她苦惱的象徵，現在仍然在風中飛揚著。

馬拉吉．坎斯坦特自己划著獨木舟抵達白色大理石宮殿。那艘以前曾經載著他們一家人抵達宮殿的鍍金划船，已因腐蝕而沉入海底。

此時坎斯坦特身上正穿著原本屬於倫法德的藍色羊毛浴袍。他是在宮殿裡發現的。他那件太空流浪漢裝磨破了，他於是帶走藍色羊毛浴袍。這是他唯一一件衣服，而也只有在造訪碧翠絲的時候，他才會穿上。

坎斯坦特搭乘的獨木舟裡有六個鳩下的蛋，兩夸特泰坦星野生草莓，一個泥炭製容器、內盛三加侖發酵過的雛菊乳狀液，大約兩斗的雛菊種子，八本他從藏書達四萬冊的宮殿圖書館裡借閱的書籍，還有他自製的掃把和鏟子。

坎斯坦特完全能自給自足。他可以製造並蒐集到他需要的每項東西。這使他獲得極大滿足感。

碧翠絲並不依賴坎斯坦特。倫法德老早就在白色大理石宮殿裡儲存了大量地球人類的食物和飲料。碧翠絲一直都不愁吃喝。

坎斯坦特現在帶給碧翠絲他利用泰坦星上的資源製成的食物，是因為他對自己在多項技能方面的純熟技術感到相當自豪。他想要以做為一個供應者的身分來炫耀他的技術。

坎斯坦特認為他有義務這麼做。

坎斯坦特將他自製的掃把和鏟子放在獨木舟裡。碧翠絲所住的那座白色大理石宮殿總是堆滿掃把和鏟子，亂七八糟的。碧翠絲從來不會打掃，每當坎斯坦特去造訪她的時候，總會幫她清理垃圾。

§

碧翠絲·倫法德是個獨眼、體態輕盈、滿嘴金牙並擁有棕膚色的年老婦人——她和椅子的腳一樣細長、強硬。不過，從她歷經滄桑的臉上仍看得出她具有雍容華貴的氣質。

對那些詩詞、死亡和神奇事物稍有概念的人來說，馬拉吉·坎斯坦特那位自傲和顴骨突出的伴侶正是完美人類的最佳典範。

或許她帶有些許瘋狂。在她僅和其他兩個人共同生活在同一個星球的歲月中，她一直都在撰寫一本名叫《太陽系生活之真正目的》的書籍。在那本書裡，她駁斥倫法德的觀念——人類在太陽系裡生活的目的就在聯絡上來自於特拉法馬鐸星的信差。

當碧翠絲的兒子離開她加入知更鳥的陣容後，她就開始撰寫那本書。直到目前為止，她那用普通寫法寫成的手稿已經占據白色大理石宮殿三十八立方英尺的面積。

每當坎斯坦特探訪她的時候，她總會對著手稿大聲念出她最近寫的內容。

現在，在坎斯坦特在宮殿外的庭園裡漫步走動的同時，她也正坐在倫法德那張老舊的淡紫色椅子上，大聲念著她的稿件。她身上披著由粉紅色和白色鬆絨線所做成的床罩。床罩上面還繡著以下訊息：上帝毫不在乎。

那曾是供倫法德私人使用的床罩。

碧翠絲一直讀著，內容則一再駁斥特拉法馬鐸人影響力的重要性。

坎斯坦特並沒有仔細聆聽她到底在念些什麼。他只是靜靜欣賞碧翠絲那鏗鏘有力且得意洋洋的聲音。他現在正在池塘旁的出入水孔附近，他已經轉動門閥，池塘裡的水最後終將流得一乾二淨。池塘裡的水曾變得像是由泰坦星藻類和豌豆加上奶油做成的濃湯。每次坎斯坦特造訪碧翠絲，他總和那些暗綠色海藻進行爭鬥，但他總是失敗的那一方。

「我想，我最不願承認的。」碧翠絲大聲讀著她的著作：「就是特拉法馬鐸人的影響力和地球上發生的事情有極大的關係。不過，那些以個人名義替特拉法馬鐸人工作並維護特拉法馬鐸人利益的地球人，事實上和我現在所說完全不一樣，應該將其另當別論。」

在池塘出入水孔附近的坎斯坦特將一隻耳朵靠近已經被他打開的門閥。從流水的聲音聽來，水流的速度相當緩慢。

在倫法德沒有消失、沙洛也尚未死去的那段日子裡，他們都曾致力於讓池塘裡的水保持清澈。但自從坎斯坦特接替了維護池塘的工作後，藻類就不斷滋生。池塘的底部和周圍各邊都抹了一層黏稠度極高的黏土，而在池塘中央膠塑的圓丘上則豎立三具雕像——泰坦星的三個女妖。

坎斯坦特知道那三個女妖曾在他的人生當中扮演過極為重要的角色。他在《火星簡史》和溫斯頓·奈爾斯·倫法德定的修訂版聖經兩本書中閱讀到關於他和那三個女妖的章節。除了提醒他「性」曾經使他相當困擾外，那三個美女如今對他已沒有太大意義。

坎斯坦特離開出入水孔。「水流的速度愈來愈慢。」他對碧翠絲說：「我想，我再也不能拖延挖掘排水管的時間了。」

「真的非這樣做不可嗎？」碧翠絲說。她的視線從草稿移到坎斯坦特。

「真的非這樣做不可。」坎斯坦特說。

「那麼——你就做你覺得該做的吧！」碧翠絲說。

「這就是我一生的故事。」坎斯坦特說。

「我剛才忽然想到，有些觀念應該寫在我的書裡。」碧翠絲說：「真希望沒有人會拿走我寫的書。」

「假如有人想輕舉妄動，我一定用這把鏟子打他。」

「你暫時先不要說話。」碧翠絲說：「先讓我整理好思緒。」她站起來走到宮殿入口處，不讓坎斯坦特和土星光環使她分心。

她端詳掛在入口處牆上的油畫許久。那是整座宮殿裡唯一的油畫。它是坎斯坦特從新港一路帶來的。

油畫裡有個穿著白色衣服的純潔少女，手上正握著屬於她自己的小白馬的韁繩。

碧翠絲知道那個小女孩是誰。油畫上還貼了黃銅色的標籤，上面寫著：〈少女時期的碧翠絲・倫法德〉。

全身穿著白色衣服的小女孩和如今已是老婦的碧翠絲，兩者之間形成一個相當強烈的對比。

碧翠絲突然轉身背對油畫，然後又走到宮殿的中庭裡。現在。她已經可以確定要在她撰寫的書裡加入哪些觀念。

「對任何人來說。」她說：「可能發生在他身上最為不幸的事，就是不被其他人利用去做事。」

這樣的觀念使她寬心不少。她躺在倫法德那張老舊的椅子上，眼睛凝視著遠處天空那些美麗的土星光環——也就是倫法德彩虹。

「雖然我不太想被別人利用。」她對坎斯坦特說：「但我還是要感謝你利用我。」

「千萬不要那麼客套。」坎斯坦特說。

他開始打掃宮殿的中庭。他正在打掃除去的雜亂物是由雛菊種子殼、地球花生殼、去骨雞肉罐頭空罐子，以及揉成一團的丟棄稿紙組成。它們都是被風從外面吹進來的。

碧翠絲的食物大多是雛燕菊種子、花生和去骨雞肉。她能在食用這些食物的同時繼續埋頭寫作，用不著停筆。

她能夠單手吃東西，另一隻手寫作。她把寫作當成她生活中最重要的事，她想寫下每件事來。

當坎斯坦特的清掃工作完成一半時，他暫停下來看看池水的排放情形。

水流的速度相當緩慢。原先聚集在三個泰坦星女妖附近的綠色藻類已隨著下降的水面，漸漸和雕像疏離。

坎斯坦特身體斜靠在打開的門閥上，傾聽著水流的聲音。

他聽到水流在水管裡發出的美妙聲音。他也聽到一些其他的聲音。

他突然聽不到一個熟悉且可愛的聲音。

他的伴侶碧翠絲已不再呼吸了。

§

馬拉吉·坎斯坦特把他的伴侶埋葬在溫斯頓海岸的泰坦星泥炭裡。她被埋葬的地方看不到一具雕像。

當天空飛著成群的泰坦星知更鳥時，馬拉吉．坎斯坦特向碧翠絲道再見。此刻，至少有一萬隻巨大高貴的泰坦星知更鳥在附近飛翔。

牠們的數目如此龐大，使得白天變得昏暗，也使空氣因牠們揮舞著翅膀震動。

牠們悄然無聲。

當天中午，克諾洛從一座小山丘俯看著那座新建的墳墓。他拿下頭上的羽毛帽，像翅膀般地拍打著。

他看起來非常強壯和威武。

「父親和母親，謝謝你們。」他大聲地叫著：「謝謝你們賜予生命給我。再會了！」

他離去了，而那群泰坦星知更鳥也跟著他一道離去。

§

年老的馬拉吉．坎斯坦特帶著比加農砲彈還要沉重的心，回到宮殿裡。

他之所以又回到宮殿，主要是希望將裡面各項事物都整理得井然有序後再離開。

遲早有一天，會有其他人前來這座宮殿。

宮殿應事先清理乾淨，以便隨時等候其他人到來。而當其他人到來時，從窗明几淨和井然有序的環境中，能體會到前任居住者應當是個愛好整潔的人。

倫法德那張老舊椅子附近有些鳩蛋、泰坦星的野生草莓、裝有發酵雛菊乳狀物的罐子，以及裝有雛菊種子的籃子。這些都是坎斯坦特在碧翠絲生前送來的東西。它們都容易腐爛。這座宮殿下一個居住者到來時，它們很可能都腐爛了。

於是，坎斯坦特將這些東西搬到他的獨木舟裡。

他並不需要它們。也沒有人需要它們。

當他坐在獨木舟裡挺直腰桿準備出發時，他看見那個來自於特拉法馬鐸的嬌小信差——沙洛正朝著他從水面上走過來。

「你好嗎？」坎斯坦特說。

「你好嗎？」沙洛說：「非常感謝你把我重新組合起來。」

「我並不認為我組合得正確。」坎斯坦特說：「否則怎麼還會有條裂縫呢？」

「你組合得非常正確。」沙洛說：「我只不過還不能決定，是否要在自己身上留下裂縫。」

他排出他腳掌裡的空氣，發出了嘶嘶聲，「我想我現在要到處走動一下。」

「最後你還是會再傳遞信函嗎？」坎斯坦特說。

「任何一位被賦予這麼愚蠢的任務而且還傳遞了這麼遠路程的人。」沙洛說：「除了繼續維護那個愚蠢的信念完成任務之外，也實在別無選擇了。」

「我的伴侶在今天去世了。」坎斯坦特說。

「請你務必節哀順變。」沙洛說：「有沒有什麼事需要我幫忙的？不過，史基普曾經告訴我，這是英語裡最為愚蠢和令人憎惡的一句用語。」

坎斯坦特的雙手相互地摩擦著。他在泰坦星上的伴侶之重要性，就如同右手對左手般重要。「我非常懷念她。」他說。

「我明白了，你終於愛上她了。」沙洛說。

「大約在一個地球年以前。」坎斯坦特說：「我和碧翠絲在那麼長時間的相處後，我們終於了解，不管人類的生活是由誰控制，人類生活的目的就在於愛自己身邊的每一個人。」

「假如你和你兒子想搭太空船飛回地球的話。」沙洛說：「我倒很樂意幫忙。」

「我兒子已經加入知更鳥的陣容裡。」坎斯坦特說。

「這對他來說是件好事！」沙洛說：「假如知更鳥願意接納我，那我也很想加入。」

「地球。」坎斯坦特訝異地說。

「只要幾小時的功夫，我們就可以抵達地球。」沙洛說：「因為現在太空船已經可以再度飛行了。」

§

「既然在這裡非常孤單。」坎斯坦特說：「那何不……」他點了點頭。

在返回地球的途中，沙洛一直在想，建議坎斯坦特返回地球會是個極大的錯誤嗎？當坎斯坦特堅持太空船必須降落在美國印地安納州的印地安納波里市時，他就開始在想著這個問題。坎斯坦特這個堅持實在令人驚訝。對無家可歸的老年人來說，印地安納波里市絕對不是個理想的地方。

沙洛想把坎斯坦特安置在美國佛羅里達州的聖彼德堡鎮，年老的坎斯坦特卻仍然堅持己見。他只想到印地安納波里市，其他什麼也沒說。

沙洛原先以為一定是坎斯坦特在印地安納波里市有親人或商場上認識的人，但事實卻並不如他所想的那樣。

「我不認識半個住在印地安納波里市的人。除了一項事物之外，我對印地安納波里市也一無所知。」坎斯坦特說：「我甚至是從書籍中得知那件事的。」

「你在書本上讀到什麼？」沙洛有些不安地問。

「印地安納州的印地安納波里市。」坎斯坦特說：「是整個美國境內首次絞死一位因殺害印地安人而被判死刑的白人之處。我就是喜歡那種將殺害印地安人的凶手處死的人。」坎斯坦特說：「那種人最適合和我在一起。」

沙洛的頭又在平衡環裡翻了個跟斗。他的腳掌在鐵製地板上發出令人感到悲傷的吸吮聲。很顯然地，他太空船裡的乘客對自己所被載往的星球幾乎一無所知。

至少，坎斯坦特有錢。

這倒還有希望。他身上帶著地球上各國的貨幣，總額有三千美金。他是從掛在宮殿房間衣櫥中的倫法德外套口袋裡拿到這些錢的。

至少他有衣服。

他身上穿著一件原本屬於倫法德的寬鬆斜紋軟呢西裝，裡面的那背心前面還掛著一把象徵成績優秀美國大學生及畢業生所組成的榮譽學會之徽章。

沙洛要求坎斯坦特將西裝連同徽章一起帶走。

此外坎斯坦特還擁有一件大衣、一頂帽子和一雙鞋。

一個地球小時之後，太空船就要抵達地球，即使坎斯坦特堅持在印地安納波里市降落和定居，但沙洛仍然一直在思考如何讓坎斯坦特的餘生過得不虞匱乏。

為了讓坎斯坦特生命的最後幾秒鐘能過得快活些，沙洛決定對坎斯坦特施以催眠術。如此一來，坎斯坦特的生命將完美結束。

坎斯坦特現在已經處於被催眠狀態。他透過舷窗，凝視著窗外的宇宙。

沙洛走上前來靠在他身旁，對他說了一些安慰的話語。

「老爹，馬拉吉，太空流浪漢，你疲倦了，非常地疲倦。」沙洛說：「凝視著最昏暗的星球——地球，然後想一想，你的四肢已變得多麼沉重。」

「沉重。」坎斯坦特說。

「老爹，總有一天你將會死去。」沙洛說：「我很抱歉這麼說，但這是千真萬確的事實。」

「千真萬確。」坎斯坦特說：「不要覺得抱歉。」

「太空流浪漢，當你知道你將要死去時。」沙洛以催眠術的方式說：「一件非常美妙的事將發生在你身上。」於是，他就在坎斯坦特的生命即將消逝前，對坎斯坦特描述著他將想像得到的快樂事物。

那將會是催眠後的幻想。

「醒醒！」沙洛說。

坎斯坦特全身抖動一下後，視線從舷窗移開。「我在什麼地方？」他說。

「你在一艘由泰坦星出發、準備飛往地球的特拉法馬鐸太空船上。」沙洛說。

「喔。」坎斯坦特說。「我想。」他過了一會才又接著說：「我剛才一定睡著了。」

「沒錯，你剛才小睡了一下。」沙洛說。

「是的……我、我認為我將……」坎斯坦特說。他躺在臥床上。他睡著了。

沙洛將熟睡中的太空流浪漢和他的臥床綁緊。他也把自己緊緊綁在控制椅上。他設定了三個號碼盤，又重新檢查上面的每個數據後，按下淡紅色的按鈕。

他靜靜坐在椅子上。現在，再也沒有什麼事要做了。

從現在開始，每件事物都是全自動。三十六個地球分鐘之後，太空船將自動降落在銀河太陽系地球美國印地安納州印地安納波里市郊外接近一條公車路線終點站的附近。

降落的時候將是凌晨三點。

降落的時候將是冬天。

§

太空船在印地安納波里市南郊一塊積著四英寸雪的空地上降落。由於每個人都還在睡夢中，因此沒人看見它降落的情形。

馬拉吉．坎斯坦特從太空船裡走出來。

「老爹，那邊有公車招呼站。」沙洛輕聲地說。其實，輕聲說話是有必要的。在只有三十英尺遠的地方有一幢兩層樓的房屋，且臥室的窗戶還打開著。沙洛指著街道旁覆蓋著白雪的長椅。「你大概需要等十分鐘。」他輕聲說：「公車將直接載你到市中心。你要求司機在經過一間優良旅館時讓你下車。」

坎斯坦特點點頭。「我會沒事的。」他輕聲說。

「你覺得怎麼樣？」沙洛輕聲說。

「暖烘烘的。」坎斯坦特輕聲說。

在附近那幢兩層樓房臥室裡睡覺的人被吵醒了。「嘿，老兄。」睡眠遭到干擾的人抱怨地說：「講話小聲點。」

「你真的沒事嗎？」沙洛輕聲說。

「我很好。」坎斯坦特輕聲說：「暖烘烘的。」

「祝你好運！」沙洛輕聲說。

「住在這裡的人並不會這麼說。」坎斯坦特輕聲說。

沙洛眨一眨眼睛。「我又不是這裡的人。」他環視了四周雪白的世界，輕聲地說。他感覺雪花正飄在他的臉上。他思考著暗黃色街燈在這片雪白死寂的世界中所隱藏的象徵含意。「好漂亮的景色。」他說。

「可不是嗎？」坎斯坦特輕聲說。

「可惡！」那個被吵醒的人以帶著威脅的語氣對擾亂他睡眠的人說：「去你的！你們這些混球！你們到底在搞什麼鬼？」

「你該走了。」坎斯坦特輕聲說。

「好吧。」沙洛輕聲說。

「再見了。」坎斯坦特輕聲說：「非常謝謝你。」

「用不著客氣。」沙洛輕聲說。他走回太空船並關上氣閥。太空船升空的時候還發出了類似以嘴對著空瓶口吹氣的聲音。沒多久，它就消失在片片的雪花中。

「後會有期。」它似乎這麼說著。

當馬拉吉．坎斯坦特走到長椅上等車的時候，他的雙腳發出唧唧喳喳的聲音。他撥掉長椅上的雪，坐了下來。

「天哪！」被吵醒的人大叫，好像他突然了解外面發生了什麼事情的樣子。
「我的天哪！」他再度大叫，似乎一點也不喜歡他突然了解的事情。
「是幽浮？」他說，語氣不很確定，也不知道怎麼辦才好。
「好啊，竟然作弄我！」他大叫著。
那些作弄他的人似乎已經逃之夭夭。

§

雪下得更大了。
因大雪的緣故，使得馬拉吉．坎斯坦特等待的公車晚了兩小時才到站。
當公車抵達的時候已經太晚了。馬拉吉．坎斯坦特已經死去。
由於沙洛事先曾對他施以催眠術，當他快要死亡的時候，他以為自己看到唯一最要好的朋友——史東尼．史蒂文生。
當片片雪花飄落在坎斯坦特的身上時，他幻想著天空的雲端間忽然放射出一道太陽光，光完全是為了他而放射的。
嵌著鑽石的金黃色太空船順著太陽光滑落下來，降落在積著白雪、無人走過的街道上。
一個身材矮胖、頭部鮮紅的男子嘴上刁著雪茄，從太空船裡走出來。他非常年輕。他身上穿著老爹那套制服——也就是火星步兵攻擊部隊的制服。

「嘿，老爹。」他說：「請進來吧！」

「進去？」坎斯坦特說：「你是誰？」

「老爹，我是史東尼．史蒂文生。難道你不認得我了嗎？」

「史東尼？」坎斯坦特說：「你真的是史東尼嗎？」

「又有誰能像我這樣乖張地走路呢？」史東尼說。他大笑著。「快進來吧！」他說。

「要去哪裡呢？」坎斯坦特說。

「去天堂。」史東尼說。

「天堂的情形怎麼樣？」坎斯坦特說。

「只要整個宇宙沒有解體。」史東尼說：「那裡的每個人永遠都快快樂樂。老爹，進來吧。

碧翠絲已經在那裡等著你。」

「碧翠絲？」老爹說著，走進太空船。

史東尼關上氣閥，按下「開」的按鈕。

「我們……我們現在就要去天堂嗎？」坎斯坦特說：「我、我將要到天堂去嗎？」

「老兄，不要問我為什麼。」史東尼說：「不過我可以告訴你，那上面有某個人喜歡你。」

馮內果年表

麥田編輯部整理

一九二二　十一月十一日出生於美國印第安那州。

一九三六　就讀蕭瑞吉高中。

一九四〇　就讀康乃爾大學，為校刊The Cornell Daily Sun撰寫專欄文章。二次大戰開始後，離開學校從軍，軍方送他去巴特勒大學修細菌學，接著到卡內基技術學校與田納西大學修機械工程。

一九四四　馮內果從部隊返鄉探親前一天，母親自殺過世。

一九四五馮內果被德軍囚禁在德勒斯登戰俘營時，與戰俘躲進名為「第五號屠宰場」的地下肉類儲藏室，成為倖存七名美軍戰俘之一，並以此經驗寫出《第五號屠宰場》。戰爭結束後與高中同學Jane Marie Cox結婚，生了三個小孩Mark、Edith與Nanette。

在芝加哥大學修習人類學，但沒拿到學位，轉而接受奇異公司的公關工作。

一九五〇　馮內果於《科利爾週刊》（*Collier's Weekly*）發表第一篇短篇故事〈倉屋效應報告〉（*Report on the Barnhouse Effect*），後收錄於一九六八年出版的《歡迎到猴子籠來》。自此馮內果開始在《科利爾週刊》、《週六晚郵報》（*The Saturday Evening Post*）等各家刊物發表短篇小說，專事寫作。

一九五一　離開奇異公司，成為專職作家。

一九五二　馮內果第一本小說《自動鋼琴》（*Player piano*）出版。

一九五八　馮內果的姊姊、姊夫相繼過世，馮內果收養了他們的三個小孩Tiger、Jim與Steven。

一九五九　出版《泰坦星的海妖》。

一九六一　出版《夜母》（*Mother Night*），於一九九六年改編電影、《哈里森・布吉朗》（*Harrison Bergeron*），以及第一部短篇小說集《貓舍裡的金絲雀》（*Canary in a Cat house*）。

一九六三　出版《貓的搖籃》。

一九六五　出版《金錢之河》（*God Bless You, Mr. Rosewater*）。

一九六八　出版《歡迎到猴子籠來》（*Welcome to the Monkey House*）。

一九六九　出版小說《第五號屠宰場》，奠定他在美國及世界文壇的地位，於一九七二年改編電影。

一九七〇	出版劇作《祝妳生日快樂》（*Happy Birthday, Wanda June*），同年於百老匯演出，一九七一年改編電影。
一九七一	與Jane Marie Cox離婚。
	芝加哥大學以《貓的搖籃》作為論文，授與馮內果人類學碩士學位。
一九七二	出版*Between Time and Timbuktu*，同年改編為電視影集。
	發表短篇小說〈空間大操〉（*The Big Space Fuck*），收錄於美國科幻小說大師哈蘭・埃利森（Harlan Ellison）選編的小說集《又是危險的幻象》（*Again, Dangerous Visions*）。
一九七三	出版《冠軍的早餐》（*Breakfast of Champions*），一九九九年改編電影。
一九七四	出版《此心不移》（*Wampeter, Forna And Granfalloons*）。
一九七六	出版《鬧劇》（*Slapstick*），一九八二年改編電影。
	與Jill Krementz結婚，育有女兒Lily。
一九七九	出版《囚犯》（*Jailbird*）。
一九八二	出版《槍手狄克》（*Deadeye Dick*）。
一九八四	馮內果以酒服安眠藥企圖自殺未遂。
一九八五	出版《加拉巴哥群島》（*Galpagos*）。

一九八七	出版《藍鬍子》（*Bluebeard*）。
一九九〇	出版《戲法》（*Hocus Pocus*）。
一九九七	出版半自傳體《時震》（*Timequake*），在書中他誓言絕不再提筆，宣稱「上帝要我停止寫作」。
二〇〇二	重新提筆進行新的寫作計畫。
二〇〇五	出版《沒有國家的人》（*A Man Without A Country*）。
二〇〇七	四月十一日，在紐約市病逝，享年八十四歲。
二〇〇九	集結馮內果遺留下來的短篇小說、演講稿、書信等，出版《獵捕獨角獸》（*Armageddon in Retrospect: And Other New and Unpublished Writings on War and Peace*）。
二〇一二	集結馮內果的六篇短篇故事、一篇散文以及未完成的科幻作品，出版《人生就是那麼回事：馮內果短篇》（*Sucker's Portfolio*）。
二〇一三	丹．魏克菲（Dan Walkefiel）選編九篇馮內果的演說稿，並為之作序，出版《這世界還不好嗎？》（*If This Isn's Nice, What Is?*）。
二〇一四	丹．魏克菲選編馮內果的書信集，並為之作序，出版*Kurt Vonnegut: Letters*。

GREAT! 61 **泰坦星的海妖**

THE SIRENS OF TITAN

作者	馮內果（Kurt Vonnegut）
譯者	張佩傑
封面設計	莊謹銘
主編	徐 凡
責任編輯	丁 寧
國際版權	吳玲緯　楊 靜
行銷	闕志勳　吳宇軒　余一霞
業務	李再星　陳美燕　李振東
總編輯	巫維珍
編輯總監	劉麗真
發行人	凃玉雲
出版	麥田出版 地址：10483台北市中山區民生東路二段141號5樓 電話：(02)2500-7696 傳真：(02)2500-1967
發行	英屬蓋曼群島商家庭傳媒股份有限公司城邦分公司 地址：10483台北市中山區民生東路二段141號11樓 網址：www.cite.com.tw 客服專線：(02)2500-7718｜2500-7719 24小時傳真專線：(02)-2500-1990｜2500-1991 服務時間：週一至週五09:30-12:00｜13:30-17:00 劃撥帳號：19863813 戶名：書虫股份有限公司 讀者服務信箱：service@readingclub.com.tw
香港發行所	城邦（香港）出版集團有限公司 地址：香港灣仔駱克道193號東超商業中心1樓 電話：+852-2508-6231 傳真：+852-2578-9337
馬新發行所	城邦（馬新）出版集團【Cite(M) Sdn. Bhd.】 地址：41-3, Jalan Radin Anum, Bandar Baru Sri Petaling, 57000 Kuala Lumpur, Malaysia. 電話：+603-9056-3833　傳真：+603-9057-6622 讀者服務信箱：services@cite.my
麥田部落格	http://ryefield.pixnet.net
印刷	中原造像股份有限公司
三版一刷	2023年11月
售價	420元
ISBN	978-626-310-531-7
電子書	978-626-310-551-5 (EPUB)

國家圖書館出版品預行編目(CIP)資料

泰坦星的海妖／馮內果著；張佩傑譯. -- 三版. -- 臺北市：麥田出版：英屬蓋曼群島商家庭傳媒股份有限公司城邦分公司發行，2023.11
面；　公分
譯自：The sirens of Titan
ISBN 978-626-310-531-7（平裝）
874.57　　112012853

城邦讀書花園
www.cite.com.tw

Printed in Taiwan.
本書若有缺頁、破損、裝訂錯誤，請寄回更換。